CHONGWENGUAN

读古人书　友天下士

百余年前，崇文书局于武昌正觉寺开馆刻书，成晚清四大书局之一。所刻经籍，镌工精雅，数量众多，流布甚广，影响巨大。为赓续前贤，昌明国学，弘扬文化，本社现致力于传统典籍的出版。既专事文献整理，效力学术，亦重文化普及，面向大众。或经学，或史论，或诸子，或诗词，各成系列，统一标识，名之为"崇文馆"。

崇文馆

中国古典诗词校注评丛书

陈子昂诗全集【汇校汇注汇评】

曾军　编著

长江出版传媒｜崇文书局

中国古典诗词校注评丛书
编撰委员会

前　言

　　陈子昂真可谓是诗中英豪！他在蓟门城楼、幽州台上一声慨叹，打动了千古诗心，引发了诗坛风气的嬗变。明人盛赞"一代唐音起射洪"。

一

　　陈子昂，字伯玉。梓州射洪县（今属四川）人。生于唐高宗显庆四年（659），卒于周久视元年（700）①，享年42岁。因曾任麟台正字、右拾遗，又称陈正字、陈拾遗。他出生的那一年，"初唐四杰"之王勃、杨炯约10岁，宋之问、沈佺期约5岁。

----

　　①杜晓勤梳理了20世纪关于陈子昂生卒年的几种代表性观点：（1）20世纪20年代，郑振铎《文学大纲》认为陈子昂生于高宗显庆元年（656），逝于武后圣历元年（698）。赵景深、郑宾于、陈子展、谭丕谟、罗根泽、周祖譔等均继此说。（2）1935年，罗庸《陈子昂年谱》认为，陈子昂当生于公元661年，卒于公元702年。根据是：赵儋《为故右拾遗陈公建旌德之碑》云："年二十四，文明元年进士，射策高第。其年高宗崩于洛阳宫。"由中宗文明元年甲申（684）上推24年，为高宗龙朔元年辛酉（661），由龙朔元年辛酉下推42年，为武氏长安二年壬寅（702），即子昂生卒年。刘大杰、游国恩、马茂元、朱东润、郭绍虞均从罗说。（3）1930年，梁廷灿《历代名人生卒年表》说，陈子昂生于高宗显庆元年（656），卒于圣历初，年40余。1959年姜亮夫编《历代人物年里碑传综表》，所定生年与梁廷灿同，卒年是武后天册万岁元年（695），年40整。（4）20世纪80年代初，彭庆生《陈子昂生卒年考》，定陈子昂生于高宗显庆四年（659），年42。韩理洲、吴明贤、九嵏人等皆有考辨。（《隋唐五代文学研究》第四章第五节《陈子昂研究》，北京出版社2001年，第240页）

陈子昂生长于"俗以财雄""士多豪侈"(陈子昂《临邛县令封君遗爱碑》)的蜀中梓州射洪,"本是贵公子","世为豪族"(卢藏用《陈氏别传》)。五代祖方庆,好道,得墨子五行秘书,隐于武东山。祖父陈辩"少习儒学,然以豪英刚烈著闻,是以名节为州国所服"(陈子昂《堂弟孜墓志铭》)。父亲陈元敬"瑰伟倜傥,年二十,以豪侠闻。属乡人阻饥,一朝散万钟之粟而不求报……居家园以求其志,饵地骨、炼云膏四十余年"(卢藏用《陈氏别传》)。这个家族杂糅了儒、墨、道、侠、阴阳、纵横各家思想,培养了陈子昂豪侠任气、轻财好施的性格。据传陈子昂十七八还不知书,十八岁开始折节读书,博览经史百家典籍,文才尤其出众。但陈子昂应该从年轻时就十分关心国事,积极地想要参与现实社会政治。王运熙曾指出:"年青时代的陈子昂,对于国家的政治、经济等情况已经给予很大的注意。从他以后所写的《上蜀川安危事》《上蜀中军事》《上益国事》等章奏中,可以看出子昂在青年时期对于自己的故乡蜀地的各方面的情况是非常熟悉的。"(《陈子昂和他的作品》,徐鹏校点《陈子昂集》)

调露元年(679),陈子昂 22 岁,初入长安游太学。永隆元年(680)春,到东都洛阳应试,落第,途经长安西返故里。回到射洪后,陈子昂一方面栖居山林,游仙学道;一方面做好来年再试的准备。开耀二年(682),陈子昂再度应试,进士及第,未获授官,随即还归射洪,求仙学道,此间与晖上人交游颇多。

光宅元年(684),陈子昂诣阙上书,谏灵驾西还。武后十分欣赏他的才能,擢麟台正字,从此陈子昂正式进入仕途,居东都洛阳。垂拱元年(685)撰《上军国利害事》。垂拱二年(686)从左补阙乔知之北征同罗、仆固,此间曾随乔知之军队到达西北居延海、张掖河一带,同年归朝。垂拱三年(687)上书谏讨生羌。垂拱四年(688)

上《谏用刑书》。永昌元年(689)上《答制问事》八条,迁右卫胄曹参军,上《谏刑书》。天授二年(691)秋以继母忧解官返里。长寿二年(693)守制期满,重返洛阳,擢右拾遗。长寿三年(694)坐逆党陷狱,证圣元年(695)狱解,复官右拾遗。万岁通天元年(696)契丹李尽忠、孙万荣叛乱,陈子昂随武攸宜东征契丹,任府参谋。神功元年(697)进谏不纳,被武攸宜贬为署军曹。七月凯旋回朝,继续担任右拾遗。圣历元年(698)秋,陈子昂40岁,以父老解官归侍,诏带官取给而归。圣历二年(699)家居侍养,辑汉武帝至唐的史事,撰《后史记》,草拟出大纲。七月父卒,陈子昂亲撰墓志文。久视元年(700)家居守制,被县令段简诬陷,收系狱中,忧愤而卒,年42岁。葬射洪独坐山。

陈子昂是一个有着明确政治抱负的诗人,他的整个政治生涯都处于武则天当权的时代。他在政坛上崭露头角的时候,正碰上唐高宗病殁,武则天临朝称制。陈子昂上书,武则天亲自召见,大加赞赏,授予他麟台正字,由是名声大噪。陈子昂本来就身负雄才,抱负不凡,欲济世安民,又被武则天数度召见,令他条陈国是,一度产生知遇之感,希望依靠她实现自己的政治理想。他对武则天时代的重大政治事件与行为,如灵驾西游、边防问题、讨伐生羌、酷吏淫刑、人才任用等,都用书表的形式提出了明确的建议,言辞切直,思虑深刻,显示出杰出的政治才能。但武则天欣赏的只是陈子昂的文才,对陈氏的经世方略并不看重,陈氏的谏净之词,受到武则天的赞赏却并未被真正采纳。

陈子昂又是一个渴慕求仙学道、向往隐逸生活的诗人。他一生隐居蜀山两次。第一次是在永淳元年至二年(682－683)落第后归蜀隐居;第二次是在圣历元年至二年(698－699)辞官返乡直到身陷囹圄。这两次隐居的出发点和思想情绪是截然相反的,第一次隐居是被动的,欲待时而出,第二次隐居则是主动选择从官场解脱。在很多诗句中也可以发现,他在仕途中也常常萌生出尘外之想。他与几位志同道合的诗人同被称为"方外十友",应该就是这种思想的表现。《新唐书·陆余庆传》载:"余庆雅善赵贞固、卢藏用、陈子昂、杜审言、宋之问、毕构、郭袭微、司马承祯、释怀一,时号'方外十友'。"

这位诗中豪杰,不惑之年就英年早逝,传记与史书所言皆不无可疑之处,留给后人一团迷雾。他的诗文则让历史永远记住了他。

二

陈子昂的诗文得到了诗坛极高的评价。其好友卢藏用认为陈诗"卓立千古,横制颓波,天下翕然,质文一变"。李白美誉其为"麟凤",杜甫称赞他是"雄才",韩愈也说"国朝盛文章,子昂始高蹈"。明代高楝赞颂其诗:"能掩王、卢之靡韵,抑沈、宋之新声,继往开来,中流砥柱,上遏贞观之微波,下决开元之正派。"(《唐诗品汇》)高度赞扬了陈子昂革新诗风的伟大成就。

陈子昂诗大体包括两个方面的内容:一方面批评时弊,如关心百姓疾苦、批评贪官酷吏、极谏淫刑、加强边防、反对战争、任用贤能、复兴太学等;一方面渴慕求仙隐居,如人生无常的感慨、壮志难酬的悲愤、怀古思乡的愁绪、诚恳真挚的友情、退隐山林的忧愤和思索等。陈子昂一生,两次从军,两次被贬,两次下狱,年仅四十即归隐,旋即忧愤而卒,可谓历经坎坷,怀才而无用武之地。作为一个富于现实关怀的诗人,陈子昂所有的诗歌都指向当时的社会,两次从军,使他对边塞形势和当地人民生活获得了较为深刻的认识。即便是那些表达求仙意愿、倾慕隐居生活的诗歌,也都是对现实社会的曲折映射。

陈子昂在《与东方左史虬修竹篇序》一文中,慨叹"汉魏风骨,晋宋莫传",批评"齐梁间诗,采丽竞繁,而兴寄都绝",赞扬东方虬的《咏孤桐篇》"骨气端翔,音情顿挫,光英朗练,有金石声"。他要求诗歌继承《诗经》"风雅""兴寄"的优良传统,关心现实社会;要恢复建安风骨,情感充沛真挚,语言顿挫有力,风格爽朗刚健。陈子昂的诗歌创作,就是这种理论主张的具体体现:较多地运用事典,注重诗歌的形象性,《诗经》和《楚辞》的比兴手法,建安、正始诗歌慷慨悲壮、雄浑苍劲的格调,阮籍、鲍照的艺术风格。其五言古诗,成就最高,继承并发扬了从《诗经》到汉乐府,到建安、正始诗歌的优良传统,最为著名的是《登幽州台歌》与《感遇》三十八首。

闻一多从内容和风格上将陈诗分为三类:《感遇》超旷高古,同晖上人诸作泓峥萧瑟,近体晶莹爽朗。(《闻一多全集·唐诗编·陈子昂》)他指出:"要问陈子昂诗的境界与风格是怎样产生的,就得向中国历史和他本人的家世去找原因","陈子昂的复杂思想,可以说纵横家给了他飞翔之力,道家给了他飞翔之术,儒家给他顾尘之累,佛家给了他终归人世而又妙赏自然之趣"。(同上)杜晓勤进一步说明:"由于受纵横家重文辞之气势和自小任侠使气、放荡不羁性格的影响,陈子昂在写作近体诗时还注重以气格压一切,赋物写景也不太着意细部描写,而是喜用大笔勾勒,驭文以情,情景相洽,造成雄浑的诗境。"(《从家学渊源看陈子昂的人格精神和诗歌创作》,《文学遗产》1996 年 6 期)

仙道之想与豪侠之气的冲突,也许是陈子昂在唐代诗人中独树一帜、超卓千古的根本原因。在文学创作中,文学表达的技巧固然重要,而真正对诗歌风格起决定性作用的,往往是诗人的人格与个性气质。陈子昂"体弱多疾、貌寝寡援","感激忠义,常欲奋身以答国士"(卢藏用《陈氏别传》)。孱弱的身体、豪侠之气和雄才抱负,在陈子昂身上奇妙地组合在一起,致使陈诗中充满着这样的奇异的矛盾:一方面求仙慕远,一方面用世心切;一方面哀叹天道循环,要遁世隐居,一方面强烈地针砭时弊,积极地想要参与现实政治。两方面的想法都非常激烈,两方面的诗句都同样热切。也正是这种奇异的组合,使他的诗充满着感愤幽郁之气,开启了盛唐诗歌雄浑阔大的新境界!

三

陈子昂的诗文在唐代就已经流传很广,赵儋《陈公旌德碑》称:"拾遗之文,四海之内,家藏一本。"其友人卢藏用在其诗文的搜集整理上居功厥伟。陈子昂死后,卢藏用为之编次遗文《陈子昂集》十卷,前有卢氏所撰序文,后有《陈氏别传》,今天所能见到的各种刻本,基本上都源出卢本。卢本曾以《陈子昂集》《陈拾遗集》《陈伯玉集》的名义刊刻过,皆为十卷本,都已佚亡。敦煌出土残写本《故陈子昂遗集》为现存最早的本子,也当从卢本所出。

明弘治四年(1488),杨澄重编《陈伯玉文集》十卷于射洪,此为现今能见到的最早的陈子昂全集刻本。收辑作品比较多,并附录《新唐书》本传等有关材料。清康熙年间修《全唐诗》,卷八三、八四为《陈子昂集》,参照杨刻本编撰而成,较杨本多出 10 首,共计收入陈诗 128 首。去掉卷首《尘尾赋》,换上《大周受命颂》之第三章《庆云章》,增补《登幽州台歌》《魏氏园林人赋一物得秋亭萱草》《晦日宴高氏林亭并序》《晦日重宴高氏林亭》《上元夜效小庾体》《三月三日宴王明府山亭》《采树歌》《山水粉图》《春台引》(后三首杨澄刻本收在卷七杂著中),且诗、序合并。乾隆期间编《四库全书》,集部收

《陈拾遗集》十卷,注明是内府藏本,所用底本就是明隆庆五年(1571)邵廉刻弘治刻本《陈伯玉文集》十卷附录一卷本。民国张元济编《四部丛刊》也以弘治本为底本。《世界文库》本曾据明、清各本对弘治本作过若干校订。

清道光十七年(1854),杨国桢在四川刊刻《陈子昂诗文全集》五卷本。此书文集三卷诗集二卷,先文后诗。《陈伯玉文集》三卷,以《尘尾赋》起,《祭率府孙录事文》止,收文109篇。《陈伯玉诗集》二卷,收诗128首,合计收诗文237。《杨柳枝》作为遗录收入。

今人徐鹏校点《陈子昂集》(中华书局,1960),以《四部丛刊》本为底本,校以《全唐诗》《全唐文》《文苑英华》及杨国桢刊本,文字较为精善,并补辑了诗7首,文6篇,成为较完备的本子,后附今人罗庸《陈子昂年谱》。

今人彭庆生有《陈子昂诗注》(四川人民出版社,1981),后附其所编《陈子昂年谱》及"诸家评论"。又有《陈子昂集校注》(黄山书社,2015),收录诗128首,诗文皆搜罗全录,所出校注集各家之大成,校、注皆较精审。本编诗歌编年及文字校勘多参考并吸收此书成果。

本编所提及陈子昂诗集各版本分别为:国家图书馆藏明弘治四年(1488)杨澄校刻《陈伯玉文集》,简称弘治本、杨校;敦煌写本《故陈子昂集》残卷,简称敦煌本;南京图书馆藏明翻宋本《陈伯玉集》二卷,简称翻宋本;明正德、嘉靖间铜活字《唐五十家诗集》本《陈子昂集》二卷,上海古籍出版社1981年影印,简称活字本;明嘉靖四十四年(1565)王廷刻本《陈子昂集》十卷,黄丕烈校,简称嘉靖本、黄校;明万历三十七年(1609)舒其志刻本《陈伯玉文集》十卷,简称万历本;四库全书本《陈拾遗集》十卷,简称四库本。其余所参校的古籍有:清彭定求等编《全唐诗》,康熙扬州诗局本,上海古籍出版社 1986 年影印;宋李昉等编《文苑英华》,中华书局 1966 年影印宋配明本,简称《英华》;宋姚铉编《唐文粹》,清光绪庚寅杭州许氏榆园校刊本,简称《文粹》;宋计有功撰《唐诗纪事》,四部丛刊影印明嘉靖本,简称《纪事》;宋刘克庄撰《后村诗话新集》,四部丛刊影印旧抄《后村先生大全集》本,简称《新集》;书目文献出版社 1984 年影印本《诗渊》;明高棅编选《唐诗品汇》,上海古籍出版社 1982 年影印明汪宗尼校订本,简称《品汇》。

目　录

调露元年(679)

初入峡苦风寄故乡亲友

故乡今日友,欢会坐应同。宁知巴峡路,辛苦石尤风①。

【题解】

此诗约作于调露元年(679)诗人初出蜀时,坐船遇大风,遥想故国亲友欢会,抒写旅途艰辛与对故乡的思念。

【注释】

①石尤风:逆风,旋风,飓风。元伊世珍《琅嬛记》卷中引《江湖纪闻》:"石尤风者,传闻为石氏女嫁为尤郎妇,情好甚笃。为商远行,妻阻之,不从。尤出不归,妻忆之,病亡,临亡长叹曰:'吾恨不能阻其行,以至于此。今凡有商旅远行,吾当作大风,为天下妇人阻之。'自后商旅发船,值打头逆风,则曰:'此石尤风也。'遂止不行。"

江上暂别萧四刘三旋欣接遇①

昨夜沧江别,言乘天汉游②。宁期此相遇,尚接武陵洲③。
结绶还逢育,衔杯且对刘④。波潭一㳽㳽,临望几悠悠⑤。
山水丹青杂,烟云紫翠浮。终愧神仙友,来接野人舟⑥。

【题解】

此诗约作于调露元年(679)自蜀入京道中。眼前的壮丽山川,昔日的先贤雅士,萧育结绶,刘伶衔杯,神仙友,野人舟,抒写出途中结交朋友的欣喜之情。

①江上：弘治杨澄刻本作"江山"，翻宋本、活字本、四库本、《英华》卷二一八、《全唐诗》卷八四皆作"江上"。

②天汉：银河。

③武陵洲：《英华》作"武陵州"。

④逢：翻宋本作"奉"。诗中以汉代结缓之萧育喻指萧四，以晋朝衔杯之刘伶喻指刘三。萧育事见《汉书·萧育传》，刘伶事见《晋书·刘伶传》。萧四、刘三名不详。

⑤泱泱：水盛的样子。

⑥野人舟：平民之舟。见《晋书·隐逸传》郭翻事。

白帝城怀古①

日落沧江晚，停桡问土风②。城临巴子国，台没汉王宫③。
荒服仍周甸，深山尚禹功④。岩悬青壁断，地险碧流通。
古木生云际，归帆出雾中⑤。川途去无限，客思坐何穷。

【题解】

此诗约作于调露元年（679）初出蜀时，被方回誉为"唐人律诗之祖"。描写白帝城一带的壮丽景色，抒发怀古幽思和旅途感慨。

【注释】

①白帝城：故城在今重庆市奉节县白帝山上。

②土：弘治本作"士"，翻宋本、嘉靖本、活字本、四库本、《英华》卷三〇八、《品汇》卷七二、《全唐诗》卷八四皆作"土"。土风：当地风土人情。

③汉王宫：指永安宫，故址在重庆市奉节县。

④"荒服"句：意谓巴子国虽然地处偏远，仍是周家郊野。荒服：泛指偏远之地。周甸：《国语·周语上》："夫先王之制，邦内甸服，邦外侯服，侯、卫

2

宾服,蛮、夷要服,戎、狄荒服。"

⑤木:《英华》作"树"。归帆:《英华》《全唐诗》作"孤帆"。

【汇评】

元方回:律诗自徐陵、庾信以来,骈骈尚工,然犹时拗平仄。唐太宗时,多见《初学记》中,渐成近体,亦未脱陈、隋间气息。至沈佺期、宋之问,而律诗整整矣。陈子昂《感遇》古诗三十八首,极为朱文公所称。天下皆知其能为古诗,一扫南北绮靡,殊不知律诗极精。此一篇置之老杜集中,亦恐难别,乃唐人律诗之祖。如沈,如宋,如老杜之大父审言,并子昂四家观之可也,盖皆未有老杜以前律诗。(《瀛奎律髓》卷三)

明胡应麟:排律自工部、考功外,云卿《酬苏员外》《塞北》,必简《答苏味道》,伯玉《白帝怀古》,玄宗《晓发蒲关》,太白《寄孟浩然》《登扬州西灵塔》《赠宋中丞》,嘉州《送郭十射》,摩诘《玉霄公主山庄》《送晁盖》《感化寺》《悟真寺》,皆一代大手笔,正法眼,学者朝夕把玩可也。(《诗薮·内编》卷四)

又:子昂"古木生云际,归帆出雾中",即玄晖"天际识归舟,云中辨江树"也;子美"薄云岩际宿,孤月浪中翻",即仲言"白云岩际出,清月波中上"也。四语并极精工,卒难优劣。然何、谢古体,入此渐启唐风;陈、杜近体,出此乃更古意,不可不知。(《诗薮·内编》卷四)

明谭元春:今排律有如此亦足,不必尽责以高深也,然再狼狈不得。(《唐诗归》卷二)

明周珽:模写的是实境,虽画亦不能尽其妙。(《唐诗选脉会通评林》,转引自《唐诗汇评》)

明唐汝询:伯玉自蜀入楚,道经白帝,故停桡以问土风,则巴国之号犹存,汉王之宫已废,而周之甸,禹之功,尚可想也。盖巴近于周,峡为禹凿,亦因所经,以寻其迹耳。(《唐诗解》卷四五)

明许学夷:初唐五言,虽未成律,卢照邻"地道巴陵北"、骆宾王"二庭归望断"及陈子昂"日落沧江晚"三篇,声体尽纯而气象宏远,乃排律中翘楚,盛唐诸公亦未有相匹者。(《诗源辨体》卷一二)

明陆时雍:"古木生云际,归帆出雾中",景色写入霏微。(《唐诗镜》卷三)

清王熹儒：章法严整。(《唐诗选评》卷八)

清王尧衢：前解晚泊白帝城怀古，后解以峡中路杳为转合，而中以蜀道始通之意排入，亦不脱怀古意。(《唐诗合解》卷一二)

清纪昀："问土风"三字领下四句。与下《岘山》一首，俱以气格压一切。(《瀛奎律髓刊误》卷三)

清无名氏：气格浑融，而才锋溢出，真奇作也。(《瀛奎律髓汇评》引)

清陈德公：力振靡习，中四韵全见浑拔，而七、八、九、十尤警。(《闻鹤轩初盛唐近体读本》卷一一引)

清卢麰、王溥：第四"没"字法老。九、十著"云际""雾中"，遂觉"古木""孤帆"迷离杳霭，成为极隽之联。结即承此。"坐何穷"，盖言坐是故耳。(《闻鹤轩初盛唐近体读本》卷一一)

清管世铭：陈子昂之《白帝》，杜审言之《赠苏味道》，沈佺期之《和韦舍人早朝》，宋之问之《晦日昆明池应制》，景龙以前之名篇也。(《读雪山房唐诗序例·五排凡例》)

清王寿昌：唐人佳句有可以照耀古今、脍炙人口者，如陈拾遗之"古木生云际，归帆出雾中"……此等句当与日星河岳同垂不朽。(《小清华园诗谈》卷下)

清曹锡彤：此诗并下篇(指《岘山怀古》)皆赴江东途中作。按"周甸"之"甸"，当作郊野解。《左传》"郊甸"注云云。而唐汝询《诗解》引《禹贡》"五百里甸服"，以为白帝城实周家之甸服地，王尧衢、夏世钦等并同此说。夫诗明言"荒服"，本与畿内之甸服相去甚远，何得又为甸服？况白城在周时实为夔巴之地，与甸服无干，则数说皆误矣。(《唐诗析类集训》卷一三)

度荆门望楚

遥遥去巫峡，望望下章台①。巴国山川尽，荆门烟雾开。
城分苍野外，树断白云隈。今日狂歌客，谁知入楚来②。

【题解】

此诗约作于调露元年(679)初出蜀时。摹写自蜀入楚的沿途风光,远近虚实相生,平淡简远,为写景之佳作。

【注释】

①章台:即章华台之简称,春秋时期楚灵王所建,故址在今湖北省监利县西北。

②狂歌客:指楚狂接舆,春秋时期楚国隐士。事见《论语·微子》与《高士传》卷上。

【汇评】

元方回:陈拾遗子昂,唐之诗祖也,不但《感遇》诗三十八首为古体之祖,其律诗亦近体之祖也。其《白帝》《岘山》二首极佳,已入"怀古"类,今揭此一诗,为诸选之冠。(《瀛奎律髓》卷一"登览")

明胡应麟:子昂"野戍荒烟断,深山古木平""城分苍野外,树断白云隈"等句,平淡简远,王、孟二家之祖。(《诗薮·内编》卷四)

明唐汝询:伯玉,蜀人,今自蜀入楚,而序其道路之景。因言己本狂歌之士,不自意其入楚,毋乃与接舆同调乎!(《唐诗解》卷三一)

明邢昉:每于结句情深,酷似摩诘。(《唐风定》卷一二上)

清冯舒:如此出题,如此贴题,后人高不到此。(《瀛奎律髓汇评》引)

清冯班:如此方是"度荆门望楚",一团元气成文。(《瀛奎律髓汇评》引)

清蒋西谷:首句是"度荆门",二句是"望楚",然"遥遥"二字即带"望"字,"下"字回顾"度"字。古人法律之细如此。落句挽合"度"字,有力。(《瀛奎律髓汇评》引)

清王夫之:平大苍直,正字之以变古者,然蕴藉自在,未入促露。一结巧句雅成。(《唐诗评选》卷三)

清黄生:起联总冒。中二联写景,分一详一略。(《唐诗矩》卷一)

清吴廷伟、顾元标:此章因自蜀入楚,而序其道路之景如此,终言狂歌之客,若与接舆同调之意。(《唐诗体经》卷一)

清查慎行:初唐人新创格律,即陈、杜、沈、宋,亦未能出奇尽变,不过情

景相生,取其工稳而已。(《初白庵诗评》卷下)

清沈德潜:序自蜀入楚道路,结言楚有狂歌之士,今反狂歌入楚也。(《唐诗别裁》卷九)

清纪昀:连用四地名,不觉堆砌,得力在以"度"字"望"字分出次第,使境界有虚有实,有远有近,故虽排而不板。五六写足"望"字。以上六句写得山川形胜满眼,已伏"狂歌"之根。结二句借"狂歌"逗出"楚"字,用笔变化,再一挨叙正点,则通体板滞矣。(《瀛奎律髓刊误》卷一)

清陈德公:体节高浑,独辟成家,初唐气雾扫尽矣。又:三、四分画地界,甚苍亮。五承四、六承三,居然可寻。结是使事出新法。(卢龘、王溥选辑《闻鹤轩初盛唐近体读本》卷一引)

晚次乐乡县①

故乡杳无际,日暮且孤征②。川原迷旧国,道路入边城③。
野戍荒烟断,深山古木平。如何此时恨,噭噭夜猿鸣④。

【题解】

此诗约作于调露元年(679)自蜀入京时。故乡日远,日暮乡关何处,夜猿噭噭,愁肠寸断,抒写旅途感慨,思乡之情。"野戍荒烟断,深山古木平",自然妙趣,历来深受夸赞。

【注释】

①乐乡县:故城在今湖北省荆门市北。

②杳:弘治本作"香"。

③原:翻宋本作"源"。

④噭噭(jiào):猿啼声。

【汇评】

元方回:盛唐律诗体浑大,格高语壮;晚唐下细工夫,作小结裹,所以异也。学者详之。(《瀛奎律髓》卷一五)

又：起两句言题，中四句言景，末两句摆开言意，盛唐诗多如此。全篇浑雄齐整，有古味。（《瀛奎律髓》卷二九）

明顾璘："野戍荒烟断，深山古木平"，无句法，无字眼，天然之妙。（《批点唐音》卷三）

明胡应麟：初唐五言律，杜审言《早春游望》《秋宴临津》《登襄阳城》《咏终南山》，陈子昂《次乐乡》，沈佺期《宿七盘》，宋之问《扈从登封》，李峤《侍宴甘露殿》，苏颋《骊山应制》，孙逖《宿云门寺》，皆气象冠裳，句格鸿丽。初学必从此入门，庶不落小家窠臼。（《诗薮·内编》卷四）

又：子昂"野戍荒烟断，深山古木平""城分苍野外，树断白云隈"等句，平淡简远，王、孟二家之祖。（《诗薮·内编》卷四）

明周敬：子昂《次乐乡》《度荆门》二诗，古淡雅远，超绝今古。（《唐诗会通评林》，转引自《唐诗汇评》）

明谭元春："古木平"便奇，若云山平、路平，则不成语景。（《唐诗归》卷二）

明唐汝询："故乡""旧国"，语若重叠，细味之，当自有别。"迷"者，非行而迷失也，川原日异，念旧国，所经若迷耳。（《唐诗解》卷三一）

明陆时雍：古澹。（《唐诗镜》卷三）

清王熹儒：律体中尚带古意。（《唐诗选评》卷五）

清查慎行："故乡""旧国"犯重。唐初律诗不甚检点，以后讲究精细，乃免此病。（《初白庵诗评》卷下）

清王尧衢：前解写题面，后解言晚次之情，中二联造语天然，而仄起亦复高古。（《唐诗合解》卷七）

清沈德潜：前此风格初成，精华未备。子昂崛起，坚光奥响，遂开少陵之先。（《唐诗别裁》卷九）

清黄生：全篇直叙格。五、六写景而极天然之趣，后来王、孟之祖也。七句用"如何"二字振起，章法警动。次乐乡则去故乡益远，此时未免有恨，如何更有夜猿嗷嗷，增我断肠乎？"如何"二字略断，以下句五字续之；"此时恨"三字另读，为之断续句。（《唐诗矩》卷一）

清方世举：长吉但无七律，其五律颇多，而选家诸本未采，大抵视为齐梁格诗也。以为格诗,未尝不是;然唐初尚无律,如陈子昂"深山古木平"一首,亦格也,而李于鳞选入五律,指为开山初祖,与王绩"东皋薄暮望"一首之格而变律者同列,正见于鳞之识。(《方扶南批本李长吉诗集·总评》)

清纪昀:此种诗当于神骨气脉之间,得其雄厚之味。若逐句拆看,即不得其佳处;如但摹其声调,亦落空腔。又:"野戍"句同《岘山怀古》诗,惟第四字少异,亦未免自套。(《瀛奎律髓刊误》卷一五)

又:晚唐法亦如此,但气格卑弱耳。盖诗之工拙,全在根柢之浅深,诣力之高下,而不在某句言情、某句言景之板法,亦不在某句当景而情、某句当情而景,及通首全不言景、通首全不言情之变化。虚谷不讥晚唐之用意猥琐,而但讥其中联之言景,遇此等中联言景之诗,既不敢讥,又不欲自反其说,遂不能更置一语,但以"多如此"三字浑之。盖不究古法,而私用僻见,宜其自相窒碍也。(《瀛奎律髓刊误》卷二九)

清卢麰、王溥:拔起自杰。中联是其高浑正调。结欲稍开,亦复琅琅在耳。(《闻鹤轩初盛唐近体读本》卷一)

清曹锡彤:前二韵就乐乡叙其离乡,并写县晚;后二韵写晚次景情,结归"恨"字。(《唐诗析类集训》卷一二)

岘山怀古①

秣马临荒甸,登高览旧都。犹悲堕泪碣,尚想卧龙图②。
城邑遥分楚,山川半入吴。丘陵徒自出,贤圣几凋枯。
野树苍烟断,津楼晚气孤③。谁知万里客,怀古正踟蹰④。

【题解】

此诗约作于调露元年(679),诗人自蜀入京路过襄阳,怀古言志,通过缅怀诸葛亮、羊祜,抒发自己建功立业的愿望。

【注释】

①岘山:又名岘首山,在今湖北省襄阳市南。《元和郡县志》卷二一载。

②堕泪碣:晋代羊祜乐山水,镇守襄阳时经常在岘山置酒言咏。羊祜死后,襄阳百姓在岘山建碑立庙,岁时飨祭,望碑落泪,杜预名之为"堕泪碑"。事见《晋书·羊祜传》。方者为碑,圆者为碣。卧龙图:指诸葛亮《隆中对》中所提出的雄图大略。事见《三国志·蜀书·诸葛亮传》。

③津楼:渡口的楼亭。

④踯躅:《全唐诗》卷八四作"跼蹐"。

【汇评】

元方回:此老杜以前律诗,悲壮感慨,即无纤巧砌凿。"丘陵徒自出"一句,疑有误字。(《瀛奎律髓》卷三)

明周敬:伯玉《怀古》二诗,楷正之极,唐初妙品。又:此诗起结有法,对联严整,不在《白帝怀古》之下。"(《唐诗选脉会通评林》,转引自《唐诗汇评》

明叶羲昂:此诗起结有法,俯仰慷慨,气格豪迈,绝去浮靡之习。(《唐诗直解》,转引自《唐诗汇评》)

明唐汝询:山为羊公品题,地与隆中相接,故因秣马登之以吊古也。碑在犹当堕泪,图存非复卧龙,徒增想望耳。且地为吴楚之交,山川特秀;然丘陵自出,贤圣凋枯者几人。树古楼孤,烟荒景暮,踯躅览古,弥不胜情,然无可为俗人言者,观"谁知"二字可见。(《唐诗解》卷四五)

明陆时雍:"野树苍烟断,津楼晚气孤",语气高古。子昂古色苍茫,淡淡写意,其趣已足。(《唐诗镜》卷三)

清王熹儒:短排当以正字二诗(指本篇及《白帝城怀古》)为准绳。(《唐诗评选》卷八)

清吴乔:五排,即五古之流弊也。至庚子山,其体已成,五律从此而出。排律之名,始于《品汇》,唐人名长律,宋人谓之长韵律。此体无声病者不善,如唐太宗《正日临朝》、虞世南《慎刑》、苏味道《在广》,皆不发调。陈拾遗《白帝》《岘山》二篇,古厚敦重,足称模范。(《围炉诗话》卷二)

清纪昀:"丘陵自出",语本《穆天子传》西王母谣。(《瀛奎律髓刊误》卷三)

清陈德公:浑浑高格,二章(指本篇及《白帝城怀古》)皆射洪本色也。"丘陵"二句白语,无限苍凉,堪人朗咏。(《闻鹤轩初盛唐近体读本》卷一一

引)

清卢麰、王溥：对起便警。九、十"断""孤"二字法老，亦正与七、八情景相称。结虽率不弱。(《闻鹤轩初盛唐近体读本》卷一一)

清曹锡彤：(前四句)就登岘以发怀古之端也。(中四句)就岘山推言怀古之实，以明古之久废也。(后四句)就山景结明怀古也。(《唐诗析类集训》卷一三)

清翁方纲：伯玉《岘山怀古》云："丘陵徒自出，贤圣几凋枯。"《感遇》诸作，亦多慨慕古圣贤语。杜公《陈拾遗故宅》诗云："位下何足伤，所贵者圣贤。"正谓此也。今之解杜者，乃谓"圣贤"指伯玉，或又怪"圣贤"字太过，何欤？(《石洲诗话》卷一)

于长史山池三日曲水宴①

摘兰籍芳月，被宴坐回汀②。　泛滟清流满，葳蕤白芷生③。
金弦挥赵瑟，玉柱弄秦筝④。　岩榭风光媚，郊园春树平⑤。
烟花飞御道，罗绮照昆明⑥。　日落红尘合，车马乱纵横。

【题解】

此诗约作于调露元年(679)，为春游太学时宴席酬对之作。葳蕤白芷，秦筝赵瑟，岩榭风光，郊园春树，烟花罗绮，无尽风光。一地凌乱车辙，记录了此夜无尽繁华。

【注释】

①于长史：即太宗、高宗朝宰相于志宁的曾孙于克构，官至左监门率府长史。三日：指三月三日上巳节，是古代举行"被(fú)除衅浴"活动中最重要的节日，通过在流水边洗濯来被除灾祸，祈降吉福，谓之禊(xì)祠。曲水宴：魏晋时士大夫在被禊的同时，在水滨举行宴会谈文论赋，饮酒时将酒杯置于流水之中，酒杯随水流动到谁的面前，谁就要饮酒吟诗，谓之曲水宴。宴：弘治本无此字，四库本、《全唐诗》卷八四有。

10

②籍:活字本、四库本、《杂咏》卷一六、《品汇》卷七二、《全唐诗》皆作"藉"。芳月:指春天,《英华》卷一六五、翻宋本、《品汇》皆作"芳日"。

③泛滟:浮光闪耀貌。

④玉柱:称美人的手指。《杂咏》《全唐诗》作"玉指",赵瑟:战国时流行于赵国,渑池会上秦王又要赵王鼓瑟,故称"赵瑟"。秦筝:古秦地的一种弦乐器。传说筝是秦国蒙恬所造,故称"秦筝"。

⑤岩榭:《杂咏》作"岩嶂"。

⑥昆明:指昆明池,故址在今陕西省西安市西南。

调露二年（680）

上元夜效小庾体诗①

三五月华新，遨游逐上春。相邀洛城曲，追宴小平津②。
楼上看珠妓，车中见玉人。芳宵殊未极，随意守灯轮③。

【题解】

此诗约作于调露二年（680）正月十五。子昂到洛阳应试，参加高氏游宴而作。虽为酬唱之作，却颇有于繁华喧闹中遗世独立之感。

【注释】

①弘治本、翻宋本、活字本、四库本均无此诗，《杂咏》卷七、《全唐诗》卷八四存此诗，但诗题中无"宴"字，《高氏三宴诗集》卷下有。《三宴诗集》《全唐诗》无"诗"字，《杂咏》《纪事》卷七有。小庾体：即庾信体，风格轻艳。

②小平津：古津渡名。在今河南省孟津县东北。

③灯轮：形状如同车轮的大型彩灯。

晦日宴高氏林亭①并序

夫天下良辰美景，园林池观，古来游宴欢娱众矣②。然而地或幽偏，未睹皇居之盛；时终交丧，多阻升平之道。岂如光华启旦，朝野资欢。有渤海之宗英，是平阳之贵戚③。发挥形胜，出凤台而啸侣；幽赞芳辰，指鸡川而留宴④。列珍羞于绮席，珠翠琅玕；奏丝管于芳园，秦筝赵瑟。冠缨济济，多延戚里之宾；鸾凤锵锵，自有文雄之客⑤。总都畿而写望，通汉苑之楼台；控伊洛而斜□，临神仙之浦溆⑥。则有都人士女，侠客游童,出金市而连镳,入铜街而结驷⑦。香车绣毂,罗绮生风,宝盖珚鞍,珠玑耀日。于时律穷太簇⑧,气淑中京⑨。山河春而霁景华,城阙丽而年光满。淹留自乐,玩花鸟以忘归;欢赏不疲,对林泉而独得。伟矣!信皇州之盛观也。岂可使晋京才子,孤标洛下之游,魏室群公,独擅邺中之会⑩。盍各言志,以记芳游。同探一字,以华为韵⑪。

寻春游上路,追宴入山家⑫。主第簪缨满,皇州景望华⑬。
玉池初吐溜,珠树始开花⑭。欢娱方未极,林阁散余霞。

【题解】

此诗约作于调露二年(680)正月,为游宴酬答之作。序文骈词俪语,诗句珠光宝气,皆描绘才子芳游宴集之盛况。

【注释】

①弘治本、翻宋本、活字本、四库本均无此诗,《高氏三宴诗集》卷上、《杂咏》卷九、《全唐诗》卷八四存。晦日:阴历正月的最后一天。高氏:名正臣。

②园林:《全唐诗》作"园亭"。

③渤海:是高氏郡望,在今河北省河间市、沧县至山东省无棣县一带。平阳:汉景帝女长公主,嫁平阳侯曹寿,故又称平阳公主,后改嫁卫青。平阳贵戚也是指高氏。

④凤台:古台名。这里指公主宅第。鸡川:在今河南省洛阳市东洛水与伊水交汇处,据传汉高祖的母亲在此受玉鸡之瑞,故名。事见《宋书·符瑞志》上。

⑤文雄:《高氏三宴诗集》《纪事》作"文雅"。

⑥总:《杂咏》作"抚"。汉苑:指东汉上林苑,故址在今河南省洛阳市东。神仙:此处指洛神。浦溆:水边。

⑦铜街:铜驼街。

⑧太簇:古人将十二律与十二月相配,太簇配正月,因以为农历正月的

13

别称。时穷太簇:指正月之末,即晦日。

⑨中京:与后文的皇州都是指洛阳。

⑩孤标:《杂咏》作"惟推"。晋京才子洛下之游,指苏绍、石崇、潘岳等30人的金谷(今河南省洛阳市西北)之会。事见石崇《金谷诗序》。魏氏群公邺中之会:指曹丕兄弟及刘祯、王粲等游宴赋诗。

⑪同探一字:古人分韵作诗,先规定一些字为韵,拈到何字就以何字为韵作诗。这里指都以"华"字为韵。以华为韵:《高氏三宴诗集》《纪事》作"凡二十有一人皆以华字为韵"。

⑫追宴:《杂咏》作"退宴"。

⑬主第:公主的府邸。簪缨:古代官员的冠饰,比喻达官显贵。景望:景观,《高氏三宴诗集》作"景物"。

⑭吐溜:涌出水流。

晦日重宴高氏林亭①

公子好追随,爱客不知疲。象筵开玉馔,翠羽饰金卮。
此时高宴所,讵减习家池②。循涯倦短翮,何处俪长离③?

【题解】

此诗约作于调露二年(680)正月晦日。为游宴酬答之作。前首重在描绘集会盛况,此首重在描写盛宴。

【注释】

①弘治本、翻宋本、活字本、四库本均无此诗,《杂咏》、《全唐诗》卷八四存。高氏林亭:《杂咏》无此四字,《全唐诗》有。

②高宴所:指高氏林亭。习家池:古迹名。即习郁池,又称高阳池,故址在今湖北省襄阳市南。

③循涯:省察自身的名分。短翮(hé):短翅,喻小才。何处:《全唐诗》作"何以"。俪:相并,相偶。长离:即凤。古代传说中的灵鸟,一说为神名。

14

三月三日宴王明府山亭①

暮春嘉月，上巳芳辰。群公禊饮，于洛之滨②。
奕奕车骑，粲粲都人③。连帷竞野，袨服缛津④。
青郊树密，翠渚萍新。今我不乐，含意待申⑤。

【题解】

此诗约作于调露二年(680)三月三日。陈子昂初试落第，见此良辰美景，冠盖云集，斯人憔悴，愀然不乐。

【注释】

①弘治本、翻宋本、活字本、四库本均无此诗，《杂咏》卷一六、《全唐诗》卷八四存。《杂咏》诗题末尾有"得人字"。王明府：名不详。明府是县令的尊称。

②禊饮：即前注之上巳节曲水宴。

③奕奕：高大美盛貌。粲粲：鲜明貌。

④连帷竞野：帷幕相连，绵延于郊野。袨服缛津：美丽衣裳辉映水滨。

⑤今我不乐：语出《诗经·唐风·蟋蟀》。待申：清道光丁酉杨国桢刊本作"未申"。

落第西还别刘祭酒高明府①

别馆分周国，归骖入汉京②。地连函谷塞，川接广阳城③。
望迥楼台出，途遥烟雾生。莫言长落羽，贫贱一交情④。

【题解】

此诗约作于调露二年(680)落第从长安返乡途中，馆舍、关塞、楼台，渐次没入烟雾缥缈之中,见出诗人失意惆怅之感。

【注释】

①西还:弘治本作"西蜀"。刘祭酒、高明府:名不详。

②别馆:客舍。周国:周天子之城,这里指洛邑,在今河南省洛阳市。归骖:指驱车返归。汉京:指长安。

③函谷塞:即函谷关,故址在今河南省灵宝市北。川:指渭水。广阳:北魏县名,唐初改为栎阳,故城在今陕西省西安市临潼区北。《英华》误作"广陵城"。

④落羽:羽毛摧落。喻失意。"贫贱"句:用《史记》语,《史记·汲郑列传》赞曰:"始翟公为廷尉,宾客阗门;及废,门外可设雀罗。翟公复为廷尉,宾客欲往,翟公乃大署其门曰:"一死一生,乃知交情。一贫一富,乃知交态。一贵一贱,交情乃见。"

落第西还别魏四懔①

转蓬方不定,落羽自惊弦。山水一为别,欢娱复几年。
离亭暗风雨,征路入云烟。还因北山径,归守东陂田②。

【题解】

此诗约作于调露二年(680)落第从长安返回途中。以转蓬不定、落羽惊弦自况感伤心境,亦有隐居待时之志。

【注释】

①魏懔:宰相魏玄同之子,行四。事见《新唐书·宰相世系表二中》。

②径:弘治本作"遥"。北山径、东陂田:泛指隐士居处。

宿襄河驿浦①

沿流辞北渚,结缆宿南洲。合岸昏初夕,回塘暗不流。
卧闻塞鸿断,坐听峡猿愁②。沙浦明如月,汀葭晦若秋③。
不及能鸣雁,徒思海上鸥④。天河殊未晓,沧海信悠悠⑤。

【题解】

此诗约作于落第归途。才子失意,山川堤岸,雁鸣猿啼,沙明如月,秋晚芦荻,无一不增惆怅。思及庄子处材与不材之间,聊以遣怀。

【注释】

①襄:弘治本作"让",《英华》本作"骧"。襄河:即襄水,汉水自襄阳以下之别称。驿浦:水边驿站。

②卧:《英华》《品汇》作"行"。

③沙浦:水边沙滩。汀葭(jiā):水边芦苇。

④不及:翻宋本、《英华》、《品汇》作"未及"。不鸣雁:典出《庄子·山木》:"夫子出于山,舍于故人之家。故人喜,命竖子杀雁而烹之。竖子请曰:'其一能鸣,其一不能鸣,请奚杀?'主人曰:'杀不能鸣者。'明日,弟子问于庄子曰:'昨日山中之木,以不材得终其天年,今主人之雁,以不材死;先生将何处?'庄子笑曰:'周将处乎材与不材之间。'"

⑤沧海:《英华》本"一作江海"。

送梁李二明府①

负书犹在汉,怀策未闻秦②。复此穷秋日,芳樽别故人。
黄金装屦尽,白首契逾新③。空羡双凫舃,俱飞向玉轮④。

入东阳峡与李明府船前后不相及①

东岩初解缆,南浦遂离群。出没同洲岛,栖泊异汀濆②。
风烟犹可望,歌笑浩难闻。路转青山合,峰回白日曛。
奔涛上漫漫,积水下沄沄③。倏忽犹疑及,差池复两分。
离离间远树,蔼蔼没遥氛④。地入巴陵道,星连牛斗文⑤。
孤狖啼寒月,哀鸿叫断云⑥。仙舟不可见,遥思坐氛氲⑦。

【题解】

此诗约作于永隆元年(680)秋。峡江道中,友人同行,乐何如哉!无奈峰回路转,峡险流急,客船前后遥遥,竟然无法企及,徒增遗憾。

【注释】

①东阳峡:在今重庆市巴南区西。船:翻宋本、活字本、《全唐诗》卷八四作"舟"。

②栖泊:活字本、《品汇》卷七二、《全唐诗》作"沿洄"。汀:活字本、四库

18

本、《品汇》《全唐诗》作"渚"。汀渍：水边平地。

③水：《英华》卷二四九作"浪"。下：《全唐诗》"一作浪"。沄沄(yún)：水流汹涌貌。

④离离：隐隐约约。间：《英华》作"开"。蔼蔼：微暗之貌。

⑤入：《全唐诗》作"上"。巴陵：南朝宋郡名，唐改为岳州，治所在今湖南省岳阳市。牛斗：二十八星宿中的牵牛与南斗，古人认为是吴、越的分界。东阳峡在楚地，吴、越与楚地相连。

⑥狖(yòu)：黑色长尾猿。

⑦仙舟：用《后汉书·郭太传》中李膺事。遥：《英华》《品汇》《全唐诗》作"摇"。氛氲：气盛貌，这里指思念之深。

宿空舲峡青树村浦①

的的明月水，啾啾寒夜猿②。客思浩方乱，洲浦寂无喧③。
忆作千金子，宁知九逝魂④。虚闻事朱阙，结绶骛华轩⑤。
委别高堂爱，窥觎明主恩⑥。今成转蓬去，叹息复何言。

【题解】

此诗约作于落第西还，途经空舲峡时。名落孙山，志郁难伸，游子思乡，魂归九逝，峡江静美，遂难入眼底。

【注释】

①空舲峡：即空泠峡，在今湖北省秭归县东南。青树村：不详，应为附近地名。

②的的：明亮貌。

③客思：《英华》二八九作"客愁"。

④九逝魂：化用《楚辞·九章·抽思》"惟郢路之辽远兮，魂一夕而九逝"句，谓游子精魂一夜之中多次返回故乡。

⑤朱阙：借指皇宫、朝廷。华轩：华美的车，喻指仕宦无成。

⑥爱:翻宋本、《英华》作"梦"。

入峭峡安居溪伐木
溪源幽邃林岭相映有奇致焉①

啸徒歌伐木,鹜楫漾轻舟②。靡迤随波水,潺湲溯浅流③。
烟沙分两岸,雾岛夹双洲④。古树连云密,交峰入浪浮。
岩潭相映媚,溪谷屡环周⑤。路迥光逾逼,山深兴转幽⑥。
麚麚寒思晚,猿鸟暮声秋⑦。誓息兰台策,将从桂树游⑧。
因书谢亲爱,千岁觅蓬丘⑨。

【题解】

此诗约作于调露二年(680)。安居溪幽美的景色:浅流、烟沙、雾岛、古
树、山峰、岩潭、溪谷相互交错,若隐若现,的确是"幽邃"深静,不失"奇致"
之美。见此美景,诗人望峰息心,"誓息兰台策,将从桂树游","千岁觅蓬
丘"。

【注释】

①活字本、《英华》卷一六六无"安居溪"等十七字。安居溪:即安居水,
发源于今四川省乐至县东北,东南流至今重庆市铜梁区北入涪江。映:弘
治本作"眠"。

②啸:弘治本作"肃"。啸徒:呼唤同伴。鹜:活字本、四库本、《英华》、
《品汇》、《全唐诗》作"骛"。鹜楫:船桨飞快划动。

③靡迤:曲折连绵貌。波水:翻宋本、四库本、《品汇》、《全唐诗》作"迴
水"。潺湲:水流貌。

④雾岛:弘治本、《英华》作"露岛"。

⑤"岩潭"句:山岩深潭互相映衬更显幽美,溪涧环绕山谷曲折萦回。

⑥迥:《英华》作"迴"。逼:翻宋本作"出"。

⑦麏(jūn)：同"麇"，獐子。鼯：大飞鼠。

⑧息：翻宋本作"想"。兰台策：指进士试策。将从：翻宋本作"徒将"。从桂树游：指隐居山林。

⑨千岁：语出《庄子·天地》："千岁厌世，去而上仙，乘彼白云，至于帝乡。"蓬丘：仙山，即蓬莱山。

合州津口别舍弟至东阳
峡步趁不及眷然有怀作以示之①

江潭共为客，洲浦独迷津。思积芳庭树，心断白眉人②。
同衾成楚越，别凫类胡秦③。林岸随天转，云峰逐望新。
遥遥终不见，默默坐含颦。念别疑三月，经途未一旬④。
孤舟多逸兴，谁共尔为邻⑤。

【题解】

此诗约作于落第归途。言与弟合州渡口相遇，又追赶至东阳峡却未赶上，抒写兄弟情谊深切。

【注释】

①合州：治所在今重庆市合川区，弘治本作"合平"。步趁：追赶。舍弟：《陈氏别传》、两《唐书》本传、赵儋《故右拾遗陈公旌德碑》都未说陈子昂有弟，其名字生平均无可考。峡：弘治本无"峡"字。怀：活字本、《全唐诗》作"忆"。

②芳庭树：喻指优秀子弟。《世说新语·言语》："谢太傅问诸子侄：'子弟亦何预人事，而正欲使其佳？'诸人莫有言者，车骑（谢玄）答曰：'譬如芝兰玉树，欲使其生于阶庭耳。'"白眉人：指马良，《三国志·蜀书·马良传》："马良，字季常，襄阳宜城人也。兄弟五人，并有才名。乡里为之谚曰：'马氏五常，白眉最良。'良眉中有白毛，故以称之。"二者都是指兄弟。

③凫:诸本作"岛"。楚越、胡秦:皆喻指距离遥远。

④途:活字本、《全唐诗》作"游"。

⑤"孤舟"二句:用庄子语。《庄子·山木》:"彼其道幽远而无人,吾谁
与为邻?"

鸳鸯篇①

飞飞鸳鸯鸟,举翼相蔽亏②。俱来渌潭里,共向白云涯。
音容相眷恋,羽翮两逶迤③。苹萍戏春渚,霜霰绕寒池④。
浦沙连岸净,汀树拂潭垂⑤。年年此游玩,岁岁来追随。
凤凰起丹穴,独向梧桐枝⑥。鸿雁来紫塞,空忆稻粱肥⑦。
乌啼倦永夕,鹤鸣伤别离⑧。岂若此双禽,飞翻不异林⑨。
刷尾青江浦,交颈紫山岑⑩。文章负奇色,和鸣多好音⑪。
闻有鸳鸯绮,复有鸳鸯衾。持为美人赠,勖此故交心⑫。

【题解】

此诗约作于早期。以鸳鸯始终相伴相随,喻朋友相交相知,然吟咏未
出新意。唐代以"鸳鸯"为题者,尚有罗邺:"红闲碧霁瑞烟开,锦翅双飞去
又回。一种鸟怜名字好,尽缘人恨别离来。暖依牛渚汀莎媚,夕宿龙池禁
漏催。相对若教春女见,便须携向凤凰台。"许浑:"两两戏沙汀,长疑画不
成。锦机争织样,歌曲爱呼名。好顾栖息,堪怜泛浅清。凫鸥皆尔类,唯羡
独含情。"李商隐:"雌去雄飞万里天,云罗满眼泪潸然。不须长结风波愿,
锁向金笼始两全。"吉师老:"江岛蒙蒙烟霭微,绿芜深处刷毛衣。渡头惊起
一双去,飞上文君旧锦机。"卢汝弼:"双浮双浴傍苔矶,蓼浦兰皋绣帐帏。
长羡鹭鸳能洁白,不随鸂鶒斗毛衣。霞侵绿渚香衾暖,楼倚青云殿瓦飞。
应笑随阳沙漠雁,洞庭烟暖又思归。"吴融:"翠翘红颈覆金衣,滩上双双去
又归。长短死生无两处,可怜黄鹄爱分飞。"又有崔钰《鸳鸯诗》七绝八首:

"其一 难向雕笼鹦鹉传,传言不到玉关前。鸳鸯枕上鸳鸯梦,梦断寒宵已隔年。其二 年去年来彩袖残,残花不耐依阑看。鸳鸯机上鸳鸯锦,锦织成来欲难寄。其三 嗔忿双眉锁不开,开帘小玉唤看梅。鸳鸯裙上鸳鸯绣,绣得郎曾赞叹来。其四 来向花前赏暮春,春园消恨白花新。鸳鸯花上鸳鸯果,果核双仁亦可嗔。其五 分袂垂杨拂钿车,车轮盼断倚寒闾。鸳鸯笺上鸳鸯字,字字相思带泪书。其六 书系苍鸿寄白云,云连衰草黯斜曛。鸳鸯池上鸳鸯颈,颈欲交时翼已分。其七 秋送微凉到锦裯,裯施席展怯横陈。鸳鸯屏上鸳鸯画,画里双栖似笑人。其八 人去天涯懒上楼,楼头七夕望牵牛。鸳鸯针上鸳鸯线,线待拈将又怯秋。"可从诗旨与诗体两方面参看。

【注释】

①鸳鸯:水鸟。《诗经·小雅》有《鸳鸯》篇。

②飞飞:飞行貌。蔽亏:互相遮蔽。

③羽翮(hé):翅膀。逶迤:曲折绵延,这里指鸳鸯羽翼相连。

④苹萍:白苹与浮萍,皆水草名。渚:水中小洲。霰(xiàn):小雪珠。

⑤浦沙:水边沙滩。汀树:岸边之树。

⑥独向:翻宋本作"栖独"。

⑦梁:弘治本作"梁"。

⑧永夕:《文粹》卷一七上、《全唐诗》作"依托"。

⑨飞翻:四库本作"翻飞"。

⑩刷尾:刷羽,以喙梳理羽毛。《文粹》《品汇》作"刷毛"。

⑪文章:指羽毛色彩交相辉映。多:《品汇》作"皆"。

⑫勖(xù):勉励。故交:翻宋本作"结交"。

【汇评】

明顾璘:以喻庆会。(《批点唐音》卷一)

明张震:此诗盖喻君臣道合,志同千载,一遇如鸳鸯不离其偶,而雌雄相合,始终不渝,故末言"持为美人赠,勖此故交心",则愿君臣保其始终,而不使有间也。(《唐音辑注》卷一)

明许学夷:《鸳鸯篇》《修竹篇》等,亦皆古、律混淆,自是六朝余弊,正犹叔孙通之兴礼乐耳。(《诗源辨体》卷一三)

开耀二年(682)

题田洗马游岩桔槔^①

望苑长为客，商山遂不归^②。谁怜北陵客，未息汉阴机^③。

【题解】

此诗约作于开耀二年(682)举进士之时。称颂田游岩任职东宫，仍保持隐士本色。

【注释】

①田游岩：京兆三原(今陕西省三原县北)人，初补太学生，后罢归，悠游山水二十余年，入箕山，居许由庙旁，自号"许由东邻"。后拜崇文馆学士，迁太子洗马。事见两《唐书》本传。洗马：即太子洗马，东宫属官，掌管经籍，出入侍从。桔槔：汲水器，《庄子·天运》称其"引之则俯，舍之则仰"。

②望苑：即博望苑。这里借指太子宫。弘治本作"望远"。商山：在今陕西省商洛市商州区东南。秦末东园公、绮里季、夏黄公、甪里先生四人隐居商山，时称"商山四皓"。高祖召之不至。后高祖欲废太子，吕后用张良计，使太子卑辞厚礼迎四人。高祖见四皓辅弼太子，遂不废太子。事见《史记·留侯世家》。

③北：弘治本作"比"。北陵：即五陵，汉高祖长陵、惠帝安陵、景帝阳陵、武帝茂陵、昭帝平陵，皆在汉长安城北，故又称北陵。客：翻宋本、四库本、《全唐诗》作"井"。北陵客：当时田游岩客居长安，故此称。汉阴机：用《庄子·天地》汉阴丈人事，子贡见老人取水灌园，用力多见效少，建议他用木凿的槔，既快又省力，老人却拒绝用机械，要去除"机心"，保持真朴。

永淳二年(683)

山水粉图①

山图之白云兮,若巫山之高丘②。

纷群翠之鸿溶,又似蓬瀛海水之周流③。

信夫人之好道,爱云山以幽求④。

【题解】

此诗约作于永淳二年(683)。陈子昂家居学道,有隐居求仙之志。

【注释】

①翻宋本、活字本无此诗。粉图:粉壁上的画图。

②山:弘治本作"仙"。

③群翠:草木丛生的山峰。蓬瀛:蓬莱、瀛洲,传说中的海上仙山。

④好:《英华》作"妙"。幽求:潜心探求。《英华》作"水幽"。

春日登金华观①

白玉仙台古,丹丘别望遥②。山川乱云日,楼榭入烟霄。

鹤舞千年树,虹飞百尺桥。还疑赤松子,天路坐相邀③。

【题解】

此诗一说作于仪凤元年(676)至仪凤三年(679)居金华山读书时,一说约作于永淳二年(683)进士及第之后居家学仙时。春日赏金华奇景,台观楼榭,古树飞桥,参天入云,犹似仙人相邀,心怀逸兴,飘然欲去,有神仙之志。

①金华观：即玉京观，在今四川省射洪县金华镇北金华山。《品汇》卷五七、《诗渊》作"九华观"。

②古：活字本作"上"。仙台、丹丘：皆指神仙居住的地方。

③疑：弘治本作"逢"。赤松子：传说是神农时的雨师。见西汉刘向《列仙传》卷上。邀：《英华》作"招"。

【汇评】

明胡应麟：唐人句律有全类六朝者。……陈子昂"鹤舞千年树，虹飞百尺桥"。……右置梁、陈间，何可辨别？（《诗薮·内编》卷四）

明唐汝询："仙台"指观而言，观虽古而丹丘则遥，慕仙居而未可至也。然此地山川楼榭、奇树飞桥之属，种种不群，是亦俨然仙境矣，安知无赤松于天路相邀乎？"鹤舞"是形容树之奇，以下句对看自见。（《唐诗解》卷三一）

清黄周星：亦幽亦壮。（《唐诗快》卷八）

清王熹儒：结有远韵。（《唐诗评选》卷五）

清吴延伟、顾元标曰：此章俱言九华之古，风景之殊，虽非仙境，而类乎仙境，故言仙师逢于天路也。（《唐诗体经》卷一）

清王尧衢：前解登九华观，后解描写观如仙境，以应首句"白玉""丹丘"之奇。（《唐诗合解》卷七）

清曹锡彤：首韵扼定登观，以"别望遥"三字立案；中二韵就春日申言"别望遥"之胜；末韵仍以望仙意结。（《唐诗析类集训》卷一二）

酬晖上人夏日林泉见赠①

闻道白云居，窈窕青莲宇②。岩泉流杂树，石室千年古③。
林卧对轩窗，山阴满庭户。方释尘劳事，从君袭兰杜④。

此诗约作于永淳二年(683)夏,陈子昂进士及第尚未做官之前。以佛寺的清幽,喻指晖上人世外修行的高洁。

【注释】

①晖上人:闻一多《唐诗大系》考晖上人为大云寺圆晖。彭庆生认为,陈子昂与晖上人的唱和之作,有诗六首、序二篇,作于释褐之前和以继母忧守制之时,其地都在子昂故里。《光绪重修潼川府志》卷三"寺观"载射洪武东山下真谛寺与陈子昂故宅相近,故晖上人应是真谛寺的僧人。上人:对僧人的尊称。弘治本无"见赠"二字。

②青莲:原产于印度的青色莲花,佛教常用来比喻佛之眼目。青莲宇是对佛寺的美称。

③"岩泉"二句:《品汇》、《文粹》、《全唐诗》卷八三作"岩泉万丈流,树石千年古"。

④尘劳事:四库本、《文粹》、《全唐诗》作"尘事劳"。袭兰杜:石兰、杜衡都是香草,用香草熏衣,喻指隐居修德。

酬晖上人秋夜山亭有赠

皎皎白林秋,微微翠山静。禅居感物变,独坐开轩屏①。
风泉夜声杂,月露霄光冷②。多谢忘机人,尘忧未能整③。

【题解】

此诗约作于永淳二年(683)秋。秋林秋山秋夜,禅居禅意禅心。秋意澄明,禅心宁静,子昂虽志在四方,亦歆慕不已。"风泉夜声杂,月露霄光冷",子昂眼中景,亦透着禅意。

【注释】

①物变:《品汇》卷三作"时变"。轩屏:窗户和门屏。

②杂:弘治本作"绝"。霄:翻宋本、活字本、《品汇》、《全唐诗》作"宵"。

③多谢：十分惭愧。忘机：弘治本作"忘怀"。忘机人：去除机心、淡泊清静之人。

【汇评】

明钟惺："风泉夜声杂，月露霄光冷"，景中禅，似右丞。（《唐诗归》卷二）

明谭元春："多谢"妙。（《唐诗归》卷二）

明唐汝询：通篇高古，但是《文选》中来。（《汇编唐诗十集》，转引自陈伯海主编《唐诗汇评》）

清冯舒：首二句出题，千古常规也。大历后结句必紧收，已前则不必，而自妙贴，自开创。（李庆甲辑《瀛奎律髓汇评》引）

清无名氏：一般景物入唐初之手，便尔高迥，此时代之别也。（李庆甲辑《瀛奎律髓汇评》引）

清王寿昌：诗之天然成韵者，如谢康乐之"远岩映兰薄，白日丽江皋"……陈拾遗之"风泉夜声杂，月露霄光冷"……谭用之之"秋风万里芙蓉客，暮雨千家薜荔村"之类是也。（《小清华园诗谈》卷下）

秋日遇荆州府崔兵曹使宴①并序

若夫尊卑位隔，荣贱途分，使卿士大夫，倚轩裳而傲物②；山栖木食③，负林壑而骄人。未能有屈富贵于沉冥④，杂薜萝于簪笏⑤。天人坐契，相从云雾之游⑥；风雨不疲，高纵琴樽⑦之赏。崔兵曹紫庭公胄⑧，青云贵人，以钟鼎不足以致奇才⑨，烟霞可以交名士⑩。皇华昭国，怀风绋而高寻⑪；白桂追游，邀兔罝而下顾⑫。大矣哉，生年未识，一见而交道遂存；此日披怀，千载之风期坐合⑬。支道林之雅论，妙理沉微⑭；崔子玉之雄才⑮，斯文未丧。属乎金龙掌气⑯，石雁惊秋，天沉寥而烟日无光⑰，野寂寞而山川变色。芸其黄矣，悲白露于苍葭；木叶落兮,惨红霜于绿树。尔其高兴洽,芳酒阑⑱,顿羲和而不留⑲,顾华堂而欲晚。长歌何托,思传稽古之文⑳;爰命小人,率记当时之事㉑。人探一字,六韵成篇。

辎轩凤皇使,林薮鹖鸡冠㉒。江湖一相许,云雾坐交欢。
兴尽崔亭伯,言忘释道安㉓。秋光稍欲暮,岁物已将阑㉔。
古树苍烟断,虚庭白露寒㉕。瑶琴山水曲,今日为君弹㉖。

【题解】

此诗约作于永淳二年(683)秋。用释道安、支道林等高僧喻晖上人,以崔瑗、崔骃等名士喻崔兵曹。佛家高僧与达官贵胄两种人生,在此宴席中相遇,忘怀彼此的身份,共谱知音之曲。

【注释】

①弘治本诗、序分列,且诗题为"遇荆州崔兵曹使"。荆州府:治所在今湖北省荆州市荆州区。崔兵曹:名未详,《喜马参军相遇醉歌》序中也提及。兵曹:即兵曹参军事。

②轩裳:卿大夫的车服,代指官位爵禄。

③山栖木食:指隐居山林。

④沉冥:隐逸。

⑤薜萝:薜荔和女萝。借指隐者服饰。簪笏:官员之冠饰和手板。

⑥天人坐契:即天人合一。云雾之游:指游仙,这里指隐逸。

⑦高纵:恣意放纵。琴樽:弹琴饮酒。

⑧紫庭:皇宫。公胄:贵族后裔。

⑨钟鼎:击钟列鼎而食,比喻宝贵荣华。

⑩烟霞:泛指山水、山林。

⑪皇华:《诗·小雅》中的篇名。后以之为赞颂奉命出使或出使者的典故。昭:光耀。凤绂(fú):皇帝之诏令。

⑫白桂:开白花桂树,俗称银桂。象征高洁。兔罝(jū):捕兔的网。代指隐者。

⑬生年：《全唐诗》作"生平"。披怀：坦露胸怀，真心相对。风期：友谊，情谊。

⑭支道林：支遁，东晋著名的佛学者。事见《梁高僧传》卷四和《世说新语·文学》。沉微：深奥玄妙。

⑮崔子玉：崔瑗，东汉著名的书法家、文学家和儒家学者。事见《后汉书·崔瑗传》。

⑯属(zhǔ)：适值，正当。金龙掌气：指秋天。

⑰沇(xuè)寥：清朗空旷。

⑱高兴：高雅的兴致。芳酒：美酒。阑：残。

⑲羲和：传说中驾日车的神。

⑳长歌：放声高歌。稽古：考察古事。

㉑爰：乃。小人：诗人谦称。率记：略记。

㉒辎轩：古代使臣乘坐的轻车。凤皇使：使臣的美称。林薮：山林。鹖(hè)鸡冠：鹖冠，用鹖鸟的羽毛织成的帽子，是隐士的服饰，代指隐士。

㉓崔亭伯：即崔骃。言忘：即《庄子·外物》的"言者所以在意，得意而忘言"。释道安：南朝僧人。事见《高僧传》卷五。

㉔秋光：翻宋本、活字本、《全唐诗》作"秋林"。岁物：草木，因其一年一度荣枯，故称。

㉕虚庭：《全唐诗》作"虚亭"。

㉖瑶琴：用玉装饰的琴。《英华》、《品汇》卷七二作"琴中"。山水曲：用伯牙和钟子期之事，意谓崔兵曹是自己的知音。事见《吕氏春秋·本味》。

送别出塞

平生闻高义，书剑百夫雄①。言登青云去，非此白头翁②。
胡兵屯塞下，朝寄属云中③。君为白马将，腰佩骍角弓④。
单于不敢射，天子仁深功⑤。蜀山余方隐，良会何时同⑥。

【题解】

　　此诗约作于永淳元年(682)至永淳二年(683)之间,陈子昂第一次应试落第后隐居蜀山之时。诗人送别派往北方边塞的将军,表达对其创建军功的祝愿。

【注释】

　　①高义:品行高尚,坚持正义。书剑:指文武才能。百夫雄:杰出人才。

　　②白头翁:白发老人,诗人自称。

　　③胡兵:此处指突厥。朝寄:朝廷之重托。四库本、《全唐诗》卷八三作"汉骑",翻宋本、王本作"胡寄"。云中:汉郡名。

　　④白马将:魏将庞德,庞德常骑白马,谓之"白马将军"。此处借以赞誉送别出塞的将军。骍(xīng)角弓:用赤色牛角装饰的强弓。《诗经·小雅·角弓》:"骍骍角弓。"

　　⑤不敢射:用项羽事,见《史记·项羽本纪》:"汉有善骑射者楼烦,楚挑战三合,楼烦辄射杀之。项王大怒,乃自被甲持戟挑战。楼烦欲射之,项王瞋目叱之,楼烦目不敢视,手不敢发,遂走还入壁,不敢复出。汉王使人间问之,乃项王也。汉王大惊。"伫:等待。

　　⑥蜀山:诗人故里。方隐:正归隐。良会:美好的聚会。

感遇　其十一

　　吾爱鬼谷子,青溪无垢氛①。囊括经世道,遗身在白云。
　　七雄方龙斗,天下乱无君②。浮荣不足贵,遵养晦时文③。
　　舒之弥宇宙,卷之不盈分④。岂图山木寿,空与麋鹿群⑤。

【题解】

　　此诗约作于光宅元年(684)释褐之前,是子昂隐居生活的写照,以追步鬼谷子自处,有抱负、有才能,鄙弃浮荣,养晦待时,身在山谷,有愿朝廷。

【注释】

①鬼谷子:战国时的纵横家。青溪:山名,在今湖北省当阳市西北。垢氛:恶浊之气。

②七雄:指战国时期燕、赵、韩、魏、齐、楚、秦七个强国。乱:翻宋本、四库本、《文粹》卷一八、《新集》、《全唐诗》卷八三作"久"。

③荣:弘治本作"云"。遵养:顺应时势,修养道德,隐居待时。

④之:翻宋本、《文粹》、《纪事》、《新集》、《全唐诗》作"可"。化用《淮南子·原道训》"道者……舒之幠于六合,卷之不盈于一握"句。

⑤图:翻宋本、活字本、《文粹》、《纪事》、《新集》、《品汇》、《全唐诗》作"徒"。山木寿:《庄子·山木》之木以不材无益于世而长寿。

【汇评】

宋刘辰翁:其诗多言世外,此又以鬼谷自负,非无能者。(《唐诗品汇》五古卷三引刘须溪语)

明顾璘:嘉遁世也。(《批点唐音》卷一)

明张震:按此诗寓言抱负才器不得致用之辞也。(《唐音辑注》卷一)

明唐汝询:此慕鬼谷子之为人而咏其事。言处绝尘之地,而抱经世之道,以世乱不可为,故遗荣晦迹,卷而怀之耳,岂若山木之以不材而寿哉?虽与麋鹿为群,实非其志也。(《唐诗解》卷一)

清沈德潜:"囊括经世道,遗身在白云",有体有用,尽此十字。言隐居而抱经世之道,以世乱不可为,故卷而怀之,非与麋鹿同群者等也。(《唐诗别裁》卷一)

清宋宗元:"囊括"二句,借以自况,占地特高。"舒之"四句,何等理致,何等身分!《网师园唐诗笺》,转引自《唐诗汇评》)

清陈沆:子昂少志经世,中年不遇,乃志归隐,故云"天下乱无君","遵养晦时文",冀俟王室中兴而复出也。子昂乞归,在圣历元年,庐陵王复立为太子之日,盖见唐室兴复有渐,己志稍慰,始归养也。惜不久寻卒,不逮开元之世耳。(《诗比兴笺》卷三)

光宅元年（684）

春夜别友人 二首

银烛吐青烟，金樽对绮筵^①。离堂思琴瑟，别路绕山川^②。
明月隐高树，长河没晓天。悠悠洛阳道，此会在何年^③。

紫塞白云断，青春明月初^④。对此芳樽夜，离忧怅有余。
清泠花露满，滴沥檐宇虚^⑤。怀君欲何赠，愿上大臣书^⑥。

【题解】

此二诗约作于光宅元年（684）离蜀赴洛时。第一首写与友人饯别，思念从银烛青烟的长夜直到月隐星垂的拂晓，别路遥遥，离情依依；第二首写别时景，满眼惆怅，又有建功立业的想望。

【注释】

①银烛：晶莹洁白的蜡烛。绮筵：丰美的筵席。
②思：嘉靖本黄校作"忍"。琴瑟：比喻亲密的友情。
③道：活字本、《品汇》卷五七作"去"。
④紫塞：北方边塞。青春：指春天。春季草木茂盛，其色青绿，故称。
⑤清泠：清凉寒冷。滴沥：雨水、露水滴落的声音。
⑥"怀君"二句：《汉书·东方朔传》载，东方朔曾上书自荐，"可以为天子大臣"。

【汇评】

明顾璘："银烛"二句：富丽。"离堂"二句：有味。（《批点唐音》卷三）

明胡应麟：唐五言律起句之妙者，"独有宦游人，偏惊物候新""春气满林香，春游不可忘""八月湖水平，涵虚混太清""银烛吐青烟，金樽对绮筵"……或古雅，或幽奇，或精工，或典丽，各有所长，不必如七言也。（《诗

33

薮·内编》卷五）

明唐汝询：此伯玉将之洛阳，饮饯于友人而作也。言彼张灯设席，丰美如此，故我思其堂之所有，念别路之间关，未忍遽去也。于是月沉河没，天将旦矣，从此入洛，当以何年而续此会乎？（《唐诗解》卷三一）

明陆时雍：气满。"明月""长河"，于秋时尤胜。（《唐诗镜》卷三）

清王夫之：雄大中饶有幽细，无此则一笨伯。结宁弱而不滥，风范固存。（《唐诗评选卷三》）

清毛先舒：王元长《饯谢文学离夜》诗云："离轩思黄鸟。"唐陈伯玉诗"离堂思琴瑟"，高达夫"只言啼鸟堪求友，无那春风欲送行"……俱本于此。（《诗辩坻》卷二）

清吴廷伟、顾元标：此赴洛阳而别友人之诗也，故先以"银烛""金樽"兴起离别之思。未知"会在何年"，正不忍别之意耳。（《唐诗体经》卷一）

清王尧衢：前解是夜宴，后解是临别，而情思周挚，见乎词矣。昔人评云："五、六语佳，第似秋夜，不见春景字。"又云："八腰字皆仄声，不觉其病，然亦当戒。"（《唐诗合解》卷七）

清黄生：全篇直叙格。拈着便起兴，体极佳。明月已隐高树，长河又没晓天，别思之急可知。用"已""又"二字分背面，谓之背面对，使不知此对法，未有不以"隐""没"二字为重复者矣。用"此会"绾住起处，写景方有着落。此题有二首，"春"字在第二首见。昔人病其五、六不切春景，终管窥之论也。（《唐诗矩》卷一）

清屈复：五、六是秋夜，非春夜，断不可学。若易"明月""长河"作"柳月""华星"，庶可耳。六句句法皆同，此亦初唐陈、隋余习，盛唐不然。（《唐诗成法》卷一）

清陈德公：第四极作意语，亦乃苍然。"吐""隐""没"字眼俱高。顾在此家已关深刻，缘其气爽，仍是浑然。（《闻鹤轩初盛唐近体读本》卷一引）

清卢麰、王溥：第四乃豫道征途阅历，是空际设想语。五、六由昏达旦，启行在即。结黯然神伤，凄其欲绝。（《闻鹤轩初盛唐近体读本》卷一）

清姚鼐：从小谢《离夜》一首脱化来。（《五七言今体诗钞》）

清王寿昌：诗之可宽者，如前人所论王勃"披襟乘石磴"之字意重沓，陈子昂"银烛吐青烟"之八腰字皆仄……有唐以诗取士,其律甚严,而当时名家犹不拘如此。后人乃执此等病以绳诗,岂其律较唐尤严耶?抑亦不知诗者之妄谈耳。(《小清华园诗谈》卷下)

酬田逸人见寻不遇题隐居里壁①

游人献书去,薄暮返灵台②。传道寻仙友,青囊卖卜来③。
闻莺忽相访,题凤久徘徊④。石髓空盈握,金经闭不开⑤。
还疑缝掖子,复似洛阳才⑥。

【题解】
此诗约作于光宅元年(684)诗人诣阙献书之后。寻仙访友而不遇,既疑仙缘颇远,又疑怀才难遇,实是内心忐忑之象。

【注释】
①田逸人:田游岩,活字本无"田"字,翻宋本、明刊本、活字本、杨本及《全唐诗》卷八四"逸人"下有"游岩"二字。一说田游岩当时已官拜太子洗马,不应寻仙卖卜,当另有其人。隐居:弘治本作"居隐"。

②游人:陈子昂自称。灵台:东汉第五颉客居地。这里指诗人在洛阳的住处。

③青囊:古代术士盛书和卜具的书袋。

④闻莺:怀念友人,用《诗经·小雅·伐木》"嘤其鸣矣,求其友声"之意。题凤:用吕安事,谓寻访田逸人而不遇。《世说新语·简傲》:"嵇康与吕安善,每一相思,千里命驾。安后来,值康不在,喜(嵇康之兄)出户延之,不入,题门上作'凤'字而去。喜不觉,犹以为欣。故作凤字,凡鸟也。"

⑤闭:翻宋本、活字本、《诗渊》、《全唐诗》作"祕"。石髓:石钟乳。金经:道教的仙经。

⑥缝掖子:儒生。缝掖,古代读书人所穿的大袖单衣。洛阳才:借贾谊事,指怀才不遇者。

感遇 其二十三

翡翠巢南海,雄雌珠树林^①。何知美人意,娇爱比黄金^②。
杀身炎州里,委羽玉堂阴^③。旖旎光首饰,葳蕤烂锦衾^④。
岂不在遐远,虞罗忽见寻^⑤。多材固为累,嗟息此珍禽^⑥。

【题解】

此诗约作于光宅元年(684)官麟台正字或稍后。托物言志,珍禽翡翠因羽毛美丽而遭受杀身厄运,诗人也为才华显露、言辞切直而忧心忡忡,忧谗惧祸。

【注释】

①翡翠:鸟名。《说文·羽部》言"翡翠出郁林",《太平御览》卷九二四引《交州记》言"翡翠出九真",汉郁林郡在今广西东南部,九真郡在今越南北部,皆在南海之滨,故云"巢南海"。雄雌:《新集》作"雌雄"。珠树林:树林的美称。

②何知:翻宋本、活字本、《新集》作"何如"。"娇爱"句:翡翠羽毛的颜色鲜艳,用作女子首饰,价值千金,故翡翠价值堪比千金。娇:活字本、《纪事》卷八、《新集》、《品汇》卷三、《全唐诗》卷八三作"骄"。

③炎州:南方炎热之地。《文粹》卷一八、《纪事》、《品汇》作"炎洲"。委:舍弃。

④光首饰:使首饰华美。烂锦衾:使被褥华美鲜明。

⑤虞罗:指猎人。

⑥"多材"句:言多材之患。典出《庄子·人间世》:"宋有荆氏者,宜楸柏桑。其拱把而上者,求狙猴之杙者斩之;三围四围,求高名之丽者斩之;七围八围,贵人富商之家求樿傍者斩之。故未终其天年而中道之夭于斧斤,此材之患也。"固:活字本、黄校、《文粹》、《纪事》、《新集》、《品汇》、《全唐诗》作"信"。嗟息:翻宋本、活字本、黄校、《文粹》、《纪事》、《新集》、《品汇》、

《全唐诗》作"叹息"。

【汇评】

宋刘辰翁:多是叹世,而卒不免于祸。子昂其子云乎!(《唐诗品汇》卷三引)

明顾璘:材美多累。(《批点唐音》卷一)

明张震:《选诗补注》以此为既仕之后所作,虽以武后爱其才而擢用之,终有自惜之意也。(《唐音辑注》卷一)

明唐汝询:此伯玉仕于朝而志不行,故以翡翠为比而惜其材也。……按伯玉上疏而武后奇其材,数召见,问得失,可谓亲君矣。然所论事,一无所采,官止拾遗,故有自惜之意,非真不乐事后也。不然,颂周受命,何为耶?(《唐诗解》卷一)

清邢昉:在暇远而见寻,斯可悲也。(《唐风定》卷一上)

清沈德潜:此见多才为累也。(《唐诗别裁》卷一)

清陈沆:子昂《尘尾赋》曰:"神好正直,道恶强梁。此仙都之灵兽,因何赋而罹殃?岂不以斯尾之有用,而杀身于此堂。"又云:"莫神于龙,受戮为醢;莫圣于麟,道穷于野。神不自智,圣不自知,况林栖而谷走,及山鹿与野麋。古人有言:天地之心,其间无巧,冥之则顺,动之则夭。谅物情之不异,又何有猜娇?"(《诗比兴笺》卷三)

清吴汝纶曰:此言时士不幸见知于武后也。(高步瀛《唐宋诗举要》卷一引)

感遇 其二十六

荒哉穆天子,好与白云期①。宫女多怨旷,层城闭蛾眉②。
日耽瑶池乐,岂伤桃李时③。青苔空萎绝,白发生罗帷④。

【题解】

此诗约作于从宦东都光宅元年(684)至天授二年(691)。借古讽今,以穆王之事暗指当朝。

【注释】

①穆天子:即周穆王,《穆天子传》载其西游瑶池见西王母之事。好:《纪事》卷八作"始"。白云:喻仙道。

②宫女:《品汇》卷三作"宫人"。层城:指后宫。闭:《诗式》卷三作"蔽"。

③耽:沉湎。瑶池:弘治本作"瑶台"。桃李时:喻宫女的青春。

④苔:弘治本作"笞"。帷:弘治本作"惟"。

【汇评】

宋刘辰翁:极似《风》意。(《唐诗品汇》卷三引)

明顾璘:上不惜贤,时将晚也。(《批点唐音》卷一)

明张震:此诗亦喻高宗宠于武氏,荒于国事,而贤者惜时之迈,不得展其用也。(《唐音辑注》卷一)

清陈沆:此追叹高宗宠武昭仪、废皇后淑妃之事也,故用穆王王母瑶池之事。骆宾王檄武后云:"入门见嫉,蛾眉不肯让人;掩袖工馋,狐媚偏能惑主。"言后宫不得进见,故剑皆成覆水也。(《诗比兴笺》卷三)

垂拱元年（685）

答洛阳主人

平生白云志,早爱赤松游①。事亲恨未立,从宦此中州②。
主人何发问,旅客非悠悠③。方谒明天子,清宴奉良筹④。
再取连城璧,三陟平津侯⑤。不然拂衣去,归从海上鸥。
宁随当代子,倾侧且沉浮⑥。

【题解】

此诗约作于垂拱元年(685)前后。抒发平生抱负,既向往白云赤松之仙道,也渴望良策济世,建功立业。

【注释】

①白云志:隐居求仙之志。赤松:赤松子,传说是神农时的雨师。

②宦:弘治本作"官"。中州:洛阳。

③何发:《英华》卷二四一、翻宋本、四库本、《诗渊》、《品汇》卷三、《全唐诗》作"亦何"。悠悠:随流貌,指凡流、凡庸。

④清宴:闲暇,指皇帝闲暇之时。良筹:良策。

⑤连城璧:即和氏璧。陟(zhì):登。《英华》作"徙"。平津侯:汉代有诏征文学,公孙弘对策第一,拜为博士,迁内史,后擢为御史大夫,又擢为丞相,拜平津侯。

⑥当代子:指当今世俗之人。倾侧:奸邪不正,反复无常。侧:《英华》《品汇》作"仄"。沉浮:随波逐流。

【汇评】

清黄周星:叙述生平,亦复浩浩落落。(《唐诗快》卷四)

感遇 其四

乐羊为魏将,食子殉军功①。骨肉且相薄,他人安得忠②?
吾闻中山相,乃属放麑翁③。孤兽犹不忍,况以奉君终④。

【题解】

此诗约作于垂拱元年(685)至天授元年(690)之间。此间,武则天任用酷吏淫刑,诛杀李唐宗室,子昂主张安抚宗室。这首诗委婉地表达了仁心之可贵。

【注释】

①敦煌遗书伯三四八〇存此诗,"功"下衍"名"字。"乐羊"二句:典出《韩非子·说林上》:"乐羊为魏将而攻中山,其子在中山,中山之君烹其子而遗之羹。乐羊坐于幕下而啜之,尽一杯。文侯谓堵师赞曰:'乐羊以我故而食其子之肉。'答曰:'其子而食之,且谁不食?'乐羊罢中山,文侯赏其功而疑其心。"

②且:敦煌本作"却"。

③中山相:陈子昂误记。孟孙是鲁大夫,不是中山相。属(zhǔ):托付。敦煌本作"嘱"。放麑(ní)翁:典出《韩非子·说林上》:"孟孙猎得麑,使秦西巴载之持归,其母随之而啼。秦西巴弗忍而与之。孟孙归,至而求麑。答曰:'余弗忍而与其母。'孟孙大怒,逐之。居三月,复召以为其子傅。其御曰:'曩将罪之,今召以为子傅,何也?'孟孙曰:'夫不忍麑,又且忍吾子乎?'故曰:'巧诈不如拙诚。乐羊以有功见疑,秦西巴以有罪益信。'"

④奉君终:侍奉君主的后嗣。

【汇评】

宋刘辰翁:此首用事造语皆有味,又胜建安古诗,如此实少。事虽误用,语自可传。(《唐诗品汇》卷三引)

明顾璘:言仁者可用,残者不可也。(《批点唐音》卷一)

明张震:此诗亦为武氏而作。初,高宗见武氏而悦之,时萧淑妃方有宠,王后欲夺其宠,潜令武氏长发,纳之后宫,以间淑妃。及武氏大幸,遂杀其女以诬王后而夺其位,故此云尔。谓既杀其子,不如西巴不忍麑之子,则于他人其能忍乎?(《唐音辑注》卷一)

明唐汝询:此诗未详所指,疑追刺太宗托孤非人也。意谓托孤重任,岂可委之忍心者乎?……按李勣尝为亡赖贼,非有忠贞之操,而太宗委以托孤之任,后果以一言立武氏,而唐祚几亡,则太宗之知人,不及文侯远矣。或以此诗讯高宗,而以乐羊况武后,其说亦通;然高宗已为武后所制,何暇及后嗣乎?藉令伯玉果有是讥,则亦《传赞》所谓"聋瞽"也。(《唐诗解》卷一)

清陈沆:刺武后宠用酷吏淫刑以逞也。《说苑》云云。武后天性残忍,自杀太子宏、太子贤及皇孙重润等。《旧唐书·酷吏传》十八人,武后朝居其十一,皆希旨杀人以献媚,宗室大臣无得免者。武后尝欲赦崔宣礼,其甥霍献可争之曰:"陛下不杀崔宣礼,臣请殒命于前。"头触殿阶流血,示不私其亲。是皆有食子之忠,无放麑之情矣,孰不可忍乎?子昂尝上疏极谏酷刑,又请抚慰宗室子弟,无复缘坐,俾得更生,毋致疑惧,即此诗旨。(《诗比兴笺》卷三)

感遇 其十二

呦呦南山鹿,罹罟以媒和①。招摇青桂树,幽蠹亦成科②。
世情甘近习,荣耀纷如何③。怨憎未相复,亲爱生祸罗④。
瑶台倾巧笑,玉杯殒双蛾⑤。谁见枯城蘖,青青成斧柯⑥。

【题解】

此诗约作于垂拱元年(685)至天授二年(691)年之间。以隐晦的笔法,批评武后宠信近臣酷吏,后患无穷。

【注释】

①呦呦：鹿鸣声。南山：即终南山，在今陕西省西安市南。罟(gǔ)：捕兽之网。媒：猎人用以诱捕野鹿的驯鹿。意即野鹿之所以落网，是因为驯鹿的诱致。

②"招摇"二句：意即桂树枯空，是由于蠹虫的危害。招摇：山名，《山海经·南山经》："招摇之山，临于西海之上，多桂。"幽蠹：深藏之蛀虫。科：空心。

③近习：君主宠信亲近的人。

④复：报复。亲爱：亲近喜爱的人。祸罗：祸如罗网。

⑤蛾：《纪事》卷八作"娥"。瑶台、玉杯：均指奢华的生活。巧笑、双蛾：均借指美女。《诗经·卫风·硕人》曰："齿如瓠犀，螓首蛾眉。巧笑倩兮，美目盼兮。"

⑥"谁见"二句：意谓幼芽不伐，将长成树木，可作斧柄。喻小事不慎，将酿成大祸。枯城蘖：翻宋本、《品汇》卷三作"孤城树"，《新集》作"枯城树"。蘖(niè)：树木嫩芽。

【汇评】

宋刘辰翁："玉杯殒双蛾"，谓妇人亦坐此，比之亲爱如复仇，内妒如桂树。(《唐诗品汇》卷三引)

明顾璘：叹情爱之生祸也。(《批点唐音》卷一)

明张震：此诗首四语盖喻王后憎萧妃之有宠，乃求武氏以夺之，且言武后贞固之德，如桂之长青，而不知更遭武氏之蠹，遂使怨憎之情未有报复，反为武氏所杀。虽然，武氏既杀二妃，而高宗独处于上，如孤城之树，人将伐之为斧柯，乃自伐之也。(《唐音辑注》卷一)

清陈沆：伤权幸挟私诬陷士类也。碧玉绿珠之篇，乔补阙以赤其族；细婢歌舞之衅，斛瑟罗几灭其家。求金不遂，泉帅殒躯于俊臣；宅第过侈，楚客见羡于公主，岂非怨憎报复之外，更有财色致祸之虞耶？鹿以媒获，桂以馨蠹，士以欲醢，何如枯蘖之无患无争乎？子昂疏云："太平之世，不应有乱臣贼子，日犯天诛。陛下何不悉召见系囚，自诘其罪。"又《申宗人冤狱书》云："臣若言非至忠，苟有侥幸，请受诛斩。"盖愤之深也。(《诗比兴笺》卷三)

垂拱二年(686)

感遇 其三

苍苍丁零塞,今古缅荒途^①。亭堠何摧兀,暴骨无全躯^②。
黄沙漠南起,白日隐西隅^③。汉甲三十万,曾以事匈奴^④。
但见沙场死,谁怜塞上孤^⑤。

【题解】

此诗约作于垂拱二年(686)陈子昂从乔知之北征时。诗中描写了西北边塞荒凉悲惨的景象,借汉代史事,批评朝廷不修边备,未能遏制突厥的侵扰,给人民带来了深重的灾难。

【注释】

①苍苍:苍茫旷远貌。丁零塞:丁零人居住的边塞之地。丁零,古族名,又作"丁灵""丁令"。汉时为匈奴属国,游牧于我国北部及西北部。唐置丁零州,隶属安西都护府之月支都督府。缅:遥远。

②亭堠:边塞上瞭望敌情的亭堡。摧兀:同"崔兀",高峻貌。兀:弘治本作"亢"。

③漠:《全唐诗》作"幕",翻宋本、《纪事》作"幂"。"白日"句:化用曹植《赠白马王彪》"原野何萧条,白日忽西匿"句。西隅:《品汇》卷三、弘治本作"天隅"。

④"汉甲"二句:典出《史记·匈奴列传》。

⑤塞上:《品汇》作"塞下"。

【汇评】

清陈沆:《汉书》注:"丁零,胡之别种也。"《通鉴》:"万岁通天元年,遣曹仁师、张玄遇等二十八将击契丹,全军覆没,大将皆为所获。诏募囚徒及奴以击契丹。子昂上书谏之。"即此所谓"汉甲三十万""暴骨无全躯"也。"但见沙场死,谁怜塞上孤?"谓边备不修,将帅非人,以致斯患。(《诗比兴笺》卷三)

感遇 其三十五

本为贵公子,平生实爱才。感时思报国,拔剑起蒿莱①。
西驰丁零塞,北上单于台②。登山见千里,怀古心悠哉③。
谁言未亡祸,磨灭成尘埃④。

【题解】
此诗约作于垂拱二年(686)北征之时。抒写从军边塞的感慨,既为贵公子,又富才略,登高望远,有建功立业之壮志,也有壮志难酬之感叹。

【注释】
①蒿莱:草野。
②单于台:故址在今内蒙古自治区呼和浩特市。
③悠哉:忧思貌,语出《诗经·周南·关雎》"悠哉悠哉,辗转反侧"。
④亡:万历本、活字本、四库本、《文粹》卷一八、《纪事》卷八、《新集》、《品汇》卷三、《全唐诗》卷八三作"忘"。祸:边患。磨灭:《纪事》《新集》作"磨没"。

【汇评】
宋刘辰翁:"本为"二句:与王粲意同。(《唐诗品汇》卷三引)
明唐汝询:《唐书》本传云云。此见疏于攸宜而自叹也。言我本贵人之子,自惜其才,不轻用世,特因时多难,而崛起草莽,于是遂有参谋之行,巡历边疆,登高望远,悠然有怀古立功之思焉。使攸宜而用我,则捐身殉国可也,孰谓我有畏祸之心?今不用而湮灭如尘埃矣,复安所树勋哉?(《唐诗解》卷一)

清陈沆:自伤壮志不遂也。本传言子昂家世豪富,尚气决,轻财好施,笃朋友,故有"本为贵公子,平生实爱才"之语。又言武攸宜讨契丹,表子昂参谋。次渔阳,前军败,举军震恐,子昂请申军令,择将士,选麾下精兵前进。攸宜不纳。数日复进计,攸宜怒,徙署军曹。又尝上书言襄时吐蕃不敢东侵者,由甘、凉士马强盛;今河南、凉州空虚,惟甘州饶沃,为河西咽喉地,宜益兵营农。数年之收,可饱士百万,何忧吐蕃哉! 其后吐蕃果入寇,终天后世,为边患最甚云云。则子昂之边略可知矣。(《诗比兴笺》卷三)

感遇 其三十七

朝入云中郡,北望单于台①。胡秦何密迩,沙朔气雄哉②。
藉藉天骄子,猖狂已复来③。塞垣无名将,亭堠空崔嵬④。
咄嗟吾何叹,边人涂草莱⑤。

【题解】

此诗约作于垂拱二年(686)北征之时。写边塞征战,将帅无能,百姓饱受战祸之苦。

【注释】

①云中郡:战国时置郡,秦汉治所在云中,故址在今内蒙古自治区托克托县。

②胡秦:这里指突厥与唐。密迩:靠近。沙朔:北方的沙漠。万历本作"沙漠"。

③藉藉:纷乱貌。天骄子:指突厥。天:弘治本作"夭"。

④塞垣:指长城。无:弘治本作"兴"。

⑤咄嗟:叹息。涂草莱:血涂野草,即死于战祸。

【汇评】

清陈沆:则天时边患,西吐蕃,北突厥,东契丹。前"西山事甲兵"一章,谓吐蕃也。"苍苍丁零塞",谓契丹也。此章"北望单于台",忧突厥也。武后杀程务挺、黑齿常之、泉献诚诸名将,又用阎知微送武延秀使突厥,为其侮笑,益轻中国,生边患也。(《诗比兴笺》卷三)

赠赵六贞固二首①

回中峰火入,塞上追兵起②。此时边朔寒,登陇思君子③。
东顾望汉京,南山云雾里④。

赤螭媚其形,婉娈苍梧泉⑤。昔者琅琊子,躬耕亦慨然⑥。
美人岂遐旷,之子乃前贤⑦。良辰在何许,白日屡颓迁⑧。
道心固微密,神用无留连。舒可弥宇宙,揽之不盈拳。
蓬蒿久芜没,金石徒精坚⑨。良宝委短褐,闲琴独婵娟⑩。

【题解】

此诗约作于垂拱二年(686)从乔知之北征途经陇坻时。第一首抒写对友人的深切怀念;第二首赞扬赵贞固的道德才华,又痛惜其怀才不遇。

【注释】

①弘治本无"贞固"二字。赵贞固,名元亮,行六,卫州汲县(今河南省卫辉市)人。少负志略,学无常师。年二十七,游洛阳。年三十九病逝,友人魏元忠、宋之问、陈子昂等共谥为昭夷先生。"方外十友"之一,陈子昂为撰《昭夷子赵氏碑》。事见《新唐书》卷一〇七本传。

②回中:古道路名,回中道。南起汧水河谷(今陕西省陇县北),北出萧关(今宁夏回族自治区固原市南),为关中平原与陇东高原间的交通要塞。回中烽火:指垂拱二年(686)同罗、仆固叛乱事。

③陇:陇山,又名陇坻、陇坂,在今陕西省陇县西南。

④汉京:指长安。南山:即终南山,在今陕西省西安市南。

⑤赤螭:赤龙。螭:弘治本作"蟠"。彤:《英华》、活字本、四库本、《诗渊》、《全唐诗》作"彩"。婉娈:柔美貌。娈:弘治本作"委"。苍梧:山名,在今湖南省宁远县。苍梧泉:即苍梧渊。

⑥琅琊子:指诸葛亮。慨:《英华》《诗渊》作"恺"。

⑦美人:谓贤士。遐旷:遥远。

⑧"良辰"二句:用阮籍《咏怀》其九"良辰在何许,凝霜沾衣襟"。何许:何处。

⑨蓬蒿:杂草。《英华》《诗渊》《全唐诗》作"蓬茅"。《高士传》卷中张仲蔚常居穷素,所处蓬蒿没人。此处喻赵贞固精诚坚贞,却无人赏识。

⑩良宝:喻贤才。委:丢弃。短褐:粗布短衣,贫贱者所服。婵娟:犹婵媛忧思萦绕貌。

观荆玉篇①并序

丙戌岁,余从左补阙乔公北征②。夏四月,军幕次于张掖河③。河洲草木无他异者,惟有仙人杖往往丛生④。幽朔地寒,与中国稍异⑤。余家世好服食,昔尝饵之⑥。及此役也,而息意兹味⑦。戍人有荐嘉蔬者,此物存焉⑧。余辗尔而笑曰⑨:"始者与此君别,不图至是而见之,岂非神明嘉惠,欲将扶吾寿也⑩。"因为乔公昌言其能。时东莱王仲烈亦同旅,闻之大喜,甘心食之,已旬有五日矣⑪。适有行人自谓能知药者,谓乔公曰:"此白棘也,公何谬哉⑫!"仲烈愕然而疑,亦曰:"吾怪其味甜,今果如此⑬。"乔公信是言,乃讥余,作《采玉篇》,谓宋人不识玉而宝珉石也⑭。余心知必是,犹以独见之故,被夺于众人,乃喟然叹曰⑮:嗟乎!人之大明者目也,心之至信者口也。夫目照五色,口分五味,玄黄甘苦亦可断而不惑也⑯。而路傍一议，二子增疑，况君臣之际，朋友之间乎⑰！自是而观，则万物之情可见也。感《采玉咏》，作《观玉篇》以答之，并示仲烈，讥其失真也。

鸱夷双白玉，此玉有淄磷⑱。悬之千金价，举世莫知真。
丹青非异色，轻重有殊伦。勿信工言子，徒悲荆国人⑲。

【题解】

此诗约作于垂拱二年(686)北征途中夏四月。价值连城的宝玉，被视作石头；献宝的贞士，被诬作骗子；滋补的药草，被视为白棘；独见之人反遭疑讥。借咏物抒发怀才不遇的慨叹。

【注释】

①《文粹》卷一八无"荆"字。荆玉：楚人和氏所得璞玉。见《韩非子·和氏》。

②丙戌岁：即垂拱二年(686)丙戌岁。乔知之：以左补阙摄侍御史，事见《旧唐书·文苑传中》。北征：征伐同罗、仆固。

③幕：帐篷。次：驻扎。翻宋本、《文粹》作"舍"。张掖河：今名黑河，源出甘肃、青海边境之祁连山，经张掖市西北，流入大漠，称弱水。

④仙人杖：仙人杖草。

⑤稍：翻宋本、《文粹》作"颇"。

⑥尝：活字本、《全唐诗》作"常"。

⑦而：四库本作"已"。

⑧戌：翻宋本作"或"。

⑨余：弘治本无此字。辴：《全唐诗》作"倏"。尔：四库本作"然"。辴（chǎn）尔：笑的样子。

⑩欲将：翻宋本、活字本、《文粹》、《全唐诗》作"将欲"。

⑪东莱：汉郡名，唐初改为莱州，治所在今山东省莱州市。王仲烈：即王无竞，事见两《唐书》本传。旅：《文粹》《全唐诗》作"旅舍"。

⑫白棘：灌木，味辛寒，可入药。主治心腹痛，痈肿溃脓，止痛。

⑬甜:活字本、四库本、《全唐诗》作"甘"。

⑭宋人:翻宋本作"余之"。珉:石之美者。典出《后汉书·应劭传》李贤注引《阙子》,宋之愚人得到一块燕石,以为大宝。

⑮喟然叹:翻宋本、活字本、《全唐诗》作"喟然而叹"。

⑯可:弘治本作"何"。

⑰君臣之际、朋友之间:翻宋本、《文粹》作"君臣之间,朋友之际"。乎:弘治本无此字。

⑱鸱(chī)夷:皮囊,藏玉的皮袋。淄磷:指璞玉表面的瑕疵。

⑲工言子:花言巧语的小人。翻宋本、活字本、四库本、《文粹》、《全唐诗》作"玉工言"。荆国人:指楚人和氏。

度峡口山赠乔补阙知之王二无竞①

峡口大漠南,横绝界中国②。丛石何纷纠,小山复翁艴③。
远望多众容,逼之无异色④。崔崒乍孤断,逶迤屡回直⑤。
信关胡马冲,亦距汉边塞⑥。岂伊河山险,将顺休明德⑦。
物壮诚有衰,势雄良易极⑧。迤逦忽而尽,泱漭平不息⑨。
之子黄金躯,如何此荒域⑩。云台盛多士,待君丹墀侧⑪。

【题解】

此诗约作于垂拱二年(686)北征途中。写峡口山一带险要的地形和奇瑰的景色,蕴含着"固国不以山川之险"而在德的思想。

【注释】

①峡口山:《新唐书·地理志四》谓甘肃张掖地区合黎山的峡口山,彭庆生注认为在居延海北,南为唐之陇右道,北为薛延陀,东为突厥。乔知之:官左补阙,事见《旧唐书·文苑传中》。王无竞:字仲烈,行二,事见两《唐书》本传。

②横绝:横跨。

③何:《英华》卷二四九作"相"。纷纠:交错杂乱貌。小山:翻宋本、《英华》、《诗渊》、《全唐诗》卷八三作"赤山"。翕赩(xī xì):草木茂盛貌。赩:弘治本作"绝"。

④逼:翻宋本、《诗渊》作"迫"。"远望"二句:意谓远望气象万千,近看并无特别之处。

⑤崔:《英华》作"摧"。崔崒(zú):高峻貌。乍:弘治本作"半"。逶迤(wēi yí):弯曲回旋的样子。

⑥关:封锁。冲:交通要道。距:《英华》《诗渊》作"拒"。抵挡,抵抗。

⑦"岂伊"二句:化用《孟子》和《史记》语,意谓治国重在修德,而不能倚仗山河之险。《孟子·公孙丑下》:"固国不以山溪之险,威天下不以兵革之利。得道者多助,失道者寡助。"《史记·孙子吴起列传》:"在德不在险。若君不修德,舟中之人尽为敌国也。"伊:《英华》《全唐诗》作"依"。河山:《英华》《诗渊》作"山河"。休明德:修明之德,美好清明的德行。

⑧"物壮"二句:化用《老子》三十章"物壮则老,是谓不道,不道早矣"和《史记·平准书》"是以物盛则衰,时极而转,一质一文,终始之变也"语,意谓任何事物都是盛极必衰,强极必弱。雄:《英华》作"高"。

⑨逦迤:曲折连绵的样子。泱:弘治本作"决"。泱漭:广大无垠貌。

⑩之子:指乔知之、王无竞。此:《英华》作"北"。

⑪云台:汉宫殿名。汉光武帝时,用作召集群臣议事之所,后用以借指朝廷。丹墀(chí):宫殿前红色的台阶。

【汇评】

明钟惺:"平不息"三字,与"青未了"意同,而更觉深静。(《唐诗归》卷二)

明谭元春:"远望多众容,逼之无异色",予尝言远山作青色、碧色、水墨色,驱车其上,直是一土堆石块耳。思其色所由成,不可得。诵子昂诗,知其同想。(《唐诗归》卷二)

题居延古城赠乔十二知之①

闻君东山意，宿习紫芝荣②。沧洲今何在，华发旅边城③。
还汉功既薄，逐胡策未行④。徒嗟白日暮，坐对黄云生。
桂枝芳欲晚，薏苡谤谁明⑤。无为空自老，含叹负平生⑥。

【题解】

此诗约作于垂拱二年(686)北征途中。慨叹乔知之年近半百，放弃东山之志从军边塞，却忠臣被谤，良策难用。

【注释】

①居延古城：汉唐以来西北地区的军事重镇。遗址在今内蒙古自治区额济纳旗境内。乔知之：官左补阙，事见《旧唐书·文苑传中》。弘治本无"知之"二字。

②东山意：隐居之志。东山，在今浙江省绍兴市上虞区西南，谢安出仕前曾隐居于此。宿习：素习。翻宋本、活字本、《品汇》、《全唐诗》作"宿昔"。紫芝荣：用商山四皓事指隐逸生活。《高士传》卷中："秦始皇时，四皓见秦政暴虐，乃退入蓝田山而作歌曰：'莫莫高山，深谷逶迤。晔晔紫芝，可以疗饥。唐虞世远，吾将安归？驷马高盖，其忧甚大。富贵之畏人，不如贫贱而肆志。'乃共入商洛，隐地肺山，以待天下定。"

③沧洲：滨水的地方。古时常用以称隐士的居住。弘治本作"沧州"。三国魏阮籍《为郑冲劝晋王笺》："然后临沧州而谢支伯，登箕山以揖许由。"华发：指乔知之北征时已头发花白。乔知之《拟古赠陈子昂》云："勤役千万里，将临五十年。"

④还汉：归朝。逐胡策：指乔知之所拟驱逐突厥的计策。内容详见陈子昂《为乔补阙论突厥表》。

⑤桂枝：喻忠贞之士，指乔知之。薏苡(yì yǐ)谤：用马援被谗之事，事见《后汉书·马援传》。比喻未收贿赂却遭诬谤。弘治本作"莜"。

⑥无为:不要,何必。含叹:含恨。平生:四库本、《全唐诗》作"生平"。

【汇评】

明唐汝询:起四句咎其轻出。"还汉"二语,言功业安在。"桂枝"二语,不惟无功,而且获罪。结愿其反初服。按乔知之唐史无传可考,疑是时亦从征而与伯玉同为攸宜官属。盖陈既坐谪,乔亦被谤,故赠此诗。(《唐诗解》卷一)

居延海树闻莺同作①

边地无芳树,莺声忽听新。间关如有意,愁绝若怀人②。
明妃失汉宠,蔡女没胡尘③。坐闻应落泪,况忆故园春④。

【题解】

此诗约作于垂拱二年(686)北征途中。借王昭君、蔡文姬入胡之事,抒写对故乡的思念之情。

【注释】

①居延海:即居延泽,在今内蒙古自治区额济纳旗西北。
②间关:宛转鸟鸣声。翻宋本、《诗渊》作"关关"。
③明妃:指汉代和亲匈奴的王昭君。晋人避司马昭讳,改称明君,又称明妃,事见《后汉书·南匈奴传》。蔡女:指东汉才女蔡文姬,曾在胡中十二年,事见《后汉书·董祀妻传》。
④况忆:《诗渊》作"忆昔"。坐闻:忽闻。

题祁山烽树上乔十二侍御①

汉庭荣巧宦,云阁薄边功②。可怜骢马使,白首为谁雄③?

此诗约作于垂拱二年(686)北征途中。抒写对乔知之屡立边功却白首沦落的不平。

【注释】

①弘治本"题"下有"赠"字。上:翻宋本、活字本、四库本、《全唐诗》作"赠"。祀山烽:边塞名,疑在居延海附近。乔十二侍御:乔知之,行十二,以左补阙摄侍御史。

②汉庭:指唐王朝。巧宦:善于钻营的官吏。宦:弘治本作"宫"。云阁:代指朝廷。

③可怜:可惜。骢马使:汉侍御史桓典常乘骢马,故为御史的美称,事见《后汉书·桓典传》。

【汇评】

明唐汝询:此见时不可为,故白首沦落,非拙于用世也。(《唐诗解》卷二一)

清曹锡彤:此诗盖从北征作。子昂《观荆玉篇序》云:"丙午岁,余从左补阙乔公北征,军幕次于张掖河。"其在此时欤!(《唐诗析类集训》卷一一)

还至张掖古城闻东军告捷赠韦五 虚己①

孟秋首归路,仲月旅边亭②。闻道兰山战,相邀在井陉③。
屡斗关月满,三捷虏云平④。汉军追北地,胡骑走南庭⑤。
君为幕中士,畴昔好言兵⑥。白虎锋应出,青龙阵几成⑦。
披图见丞相,按节入咸京⑧。宁知玉门道,空作陇西行⑨。
北海朱旌落,东归白露生⑩。纵横未得意,寂寞寡相迎⑪。
负剑空叹息,苍茫登古城。

【题解】

此诗约作于垂拱二年(686)7月,陈子昂从乔知之北征到达张掖。此诗颂东军大捷,慨叹自己劳而无功,无限惆怅。

【注释】

①张掖古城:汉张掖郡治觻得城,在今甘肃省张掖市西北。东军告捷:指黑齿常之军破突厥于朔州、代州、昌平一带。韦五虚己:生平不详。陈子昂有《与韦五虚己书》,应交情颇深。

②孟秋:七月。首:启程。仲月:仲秋八月。旅:翻宋本、活字本作"旋"。

③"闻道"二句:以霍去病皋兰山大捷和韩信井陉大捷喻黑齿常之破突厥之捷。兰山:即皋兰山,在今甘肃省兰州市南。井陉:山名。在今河北省井陉县。秦汉时为军事要塞。

④月:《诗渊》作"山"。

⑤北地:郡名,秦置,在今甘肃省庆阳市西南。南庭:东汉时期匈奴分裂为南北二部,史称南单于庭为"南庭",故址在今内蒙古自治区五原县附近。

⑥畴昔:从前。

⑦"白虎"二句:指韦虚己精通兵法。白虎、青龙皆指用兵。

⑧披图:展阅图籍。翻宋本、《诗渊》作"据图"。按节:按辔徐行。咸京:秦都咸阳,借指唐东都洛阳。

⑨玉门道:出塞之道。玉门关故址在今甘肃省敦煌市西北。空:翻宋本、活字本、四库本、《诗渊》、《全唐诗》卷八四作"翻"。陇西:秦置郡名,秦汉时治所在今甘肃省临洮县南。

⑩北海:指今贝加尔湖,今在俄罗斯境内。朱旄:旄头。即昴星。二十八宿之一。朱旄落:喻指同罗、仆固败散,突厥远遁漠北。

⑪相迎:四库本、《诗渊》作"将迎"。

垂拱三年(687)

感遇 其二十九

丁亥岁云暮,西山事甲兵①。赢粮匝邛道,荷戟争羌城②。
严冬岚阴劲,穷岫泄云生③。昏瞳无昼夜,羽檄复相惊④。
攀跻兢万仞,崩危走九冥⑤。籍籍峰壑里,哀哀冰雪行⑥。
圣人御宇宙,闻道泰阶平⑦。肉食谋何失,藜藿缅纵横⑧。

【题解】

此诗约作于垂拱三年(687)。极言征途艰险,强调穷兵黩武给士兵和人民带来的苦难,批评当政者的失策。

【注释】

①丁亥:即垂拱三年(687)的干支。西山:在成都西。事甲兵:发动战事。

②赢粮:担着粮食。弘治本"赢"作"赢"。匝:遍及。邛道:邛峡山道。荷戟:扛着枪。争:弘治本作"惊"。羌城:羌族聚集的地方。

③岚阴:深山的阴风。四库本、《文粹》、《纪事》、《新集》、《全唐诗》作"阴风"。泄云:《文粹》《纪事》《新集》作"油云"。穷岫(xiù):荒山。有洞穴的山称作岫。

④昏瞳(yì):昏暗。《文粹》《纪事》《新集》作"昏黩"。羽檄:征调军队的紧急文书。

⑤攀跻:《纪事》《全唐诗》作"拳跻"。跻:步履艰难。兢:小心谨慎。走:翻宋本、《文粹》、《新集》作"远"。九冥:九泉之下,幽冥之中。喻幽深之山谷。

⑥籍籍:杂乱貌。

⑦泰阶平:三台星平,太平之象。

⑧藜藿：翻宋本、《文粹》、《新集》作"葵藿"。化用《说苑·善说》东郭祖朝答晋献公语："设使食肉者一旦失计于庙堂之上，若臣等之藿食者，宁得无肝胆涂地于中原之野与？"意谓朝廷失策，使百姓遭殃。

【汇评】

明谭元春："圣人"二句好气象，他人为此则腐矣。此又妙在不腐。（《唐诗归》卷二）

清陈沆：本传："垂拱四年，谋开蜀山，由雅州道击生羌，子昂上书，以七验谏止之。"大略为谓结怨无罪之西羌，袭不可幸之吐蕃，开险道以引寇兵，弊全蜀以事穷夷，人劳则盗贼必生，财匮而奸赃日饱，其患无穷。具详本传。（《诗比兴笺》卷三）

西还至散关答乔补阙 知之①

葳蕤苍梧凤，嘹唳白露蝉②。羽翰本非匹，结交独何全③。
昔君事胡马，余得奉戎旃④。携手同沙塞，关河缅幽燕⑤。
芳岁几阳止，白日屡徂迁⑥。功业云台薄，平生玉佩捐⑦。
叹此南归日，犹闻北戍边⑧。代水不可涉，巴江亦潺湲⑨。
揽衣度函谷，衔涕望秦川。蜀门自兹始，云山方浩然⑩。

【题解】

此诗疑作于垂拱三年（687）秋，诗人还乡省亲，途中经过大散关，回想追叙北征时与乔知之的深厚情谊。

【注释】

①西还：从东都还归故乡射洪。射洪在洛阳西南，故题为"西还"，诗云"南归"。散关：即大散关，在今陕西省宝鸡市西南。为古代兵家必争之地。

②嘹唳：形容声音清亮凄凉。

③"羽翰"二句：言友情深厚，善始善终。反用《后汉书·王丹传》："交

道之难，未易言也。世称管鲍，次则王贡，张陈凶其终，萧朱隙其末，故知全之者鲜矣。"羽翰：翅膀，喻名位才华。独何：四库本、《诗式》、《英华》、《文粹》、《诗渊》、《品汇》、《全唐诗》作"何独"。

④事胡马：指乔知之北征同罗、仆固。戎旃（zhān）：军旗。奉戎旃：指随乔知之北征。

⑤同：活字本、四库本、《全唐诗》作"向"。沙塞：沙漠边塞之地，指同罗、仆固所居之地。幽燕：今河北北部及辽宁东南部一带。唐以前属幽州，战国时属燕国，故称。

⑥芳岁：美好时光。阳止：十月。徂迁：迁徙。

⑦云台：汉代宫殿名。汉光武帝时，用作召集群臣议事之所。后借指朝廷。玉佩捐：抛弃玉佩，表示失望。

⑧"叹此"二句：意谓诗人南归之日，乔知之还在北方戍边。北戍：翻宋本作"戍北"。

⑨"代水"二句：语出《楚辞·大招》。代水：泛指河北河流。巴江：泛指蜀中江河。涉：弘治本作"陟"。

⑩云山：云雾缭绕之山。浩然：旷远迷茫貌。

【汇评】

唐王昌龄：诗不得一向把，须纵横而作。不得转韵，转韵即无力。落句须含思，常如未尽始好。如陈子昂诗落句云："蜀门自兹始，云山方浩然"是也。（《诗格》）

永昌元年(689)

感遇 其九

圣人秘元命,惧世乱其真①。如何嵩公辈,诙谲误时人②。
先天诚为美,阶乱祸谁因③。长城备胡寇,嬴祸发其亲④。
赤精既迷汉,子年何救秦⑤。去去桃李花,多言死如麻⑥。

【题解】

此诗约作于垂拱四年(688)至天授元年(690)。武则天称帝前,一些人借图谶伪造天命。子昂以秦卢生、汉夏贺良和前秦王嘉的谶语与王朝兴衰的关系为例,认为谶纬惑世,反而造成了祸乱。

【注释】

①"圣人"二句:本于《论语·公冶长》"夫子之言性与天道,不可得而闻也"。元命:天命。武则天称帝前后,图谶风行。如垂拱四年(688)武承嗣命人伪造"天授圣图",文曰"圣母临人,永昌帝业";天授元年(690),僧法明等杜撰《大云经》,诡称武后乃弥勒佛降世,当取代李氏称帝。本篇斥图谶之虚妄与祸患。

②"如何"二句:典出《神仙传》卷十:"宫嵩者,琅琊人,有文才,著书百余卷。师事仙人于吉。汉元帝时,嵩随吉于曲阳泉上遇天仙,授吉青缣朱字《太平经》十部。吉行之有道,以付嵩,后上此书,多论阴阳否泰灾异之事,有天道、地道、人道。云治国者用之,可以长生,此其旨也。"诙谲:虚诞诡诈。翻宋本、《品汇》卷三作"谈谲",《新集》作"谀诣"。

③先天:先于天时而行事。阶乱:招致祸乱。

④"长城"二句:《史记·秦本纪》载,秦之先为嬴姓。秦始皇三十二年,燕人卢生奏图谶书曰"亡秦者胡也",秦始皇于是派蒙恬将军发兵三十万击胡。三十四年又派蒙恬筑长城以备胡寇。

⑤“赤精”二句：意谓夏贺良的谶文并不能改变西汉的颓运。典出《汉书·哀帝纪》，夏贺良言赤精子之谶，汉家历运中衰，应当改元易号。赤精子：因汉高祖刘邦感赤龙而生，自言赤帝之精。子年：王嘉字。《晋书·王嘉传》言前秦苻坚南征前派人问王嘉，答曰“未央”。后败于淮南。

⑥“去去”二句：指祸从口出，死人多如乱麻，只有效法无言的桃李。《史记·李将军列传》：“谚曰：‘桃李无言，下自成蹊。’此言虽小，可以喻大也。”《史记·天官书》：“外攘四夷，死人乱如麻。”

【汇评】

宋刘辰翁：先天、元命，皆非人所常道。嵩公虽不知何如，以胡寇喻内外可见。第桃李花无喻，或是不言者得之。（《唐诗品汇》卷三引）

明顾璘：恶言多丧道。（《批点唐音》卷一）

清陈沆：纬书有《元命苞》，汉人以纬候图谶为秘学。此言圣人之言天道，不可得闻者，虽有前知之美，适为阶乱之资。如贞观中太白书见，太史占“女主昌”；民间又谣“女主武王”。于是太宗以嫌疑杀大将李君羡，以其小字五娘，又官邑属县皆武也，而不知武氏为才人，在其宫中；正犹始皇以“亡秦者胡”，大筑长城，而不知其子胡亥，故曰“长城备胡寇，嬴祸发其亲”也。武后天授中，君羡家讼冤，武后诏复其官。《新唐书赞》曰：“以太宗之明德，蔽于谣谶，滥君羡之诛，徒使鏊后引以自神，顾不哀哉！同此诗旨也。章末故为隐语，言今之以口语取祸者，死多如麻矣，尚可不如桃李之无言以远害乎？”（《诗比兴笺》卷三）

洛城观酺应制①

圣人信恭己，天命允昭回②。苍极神功被，青云秘篆开③。
垂衣受金册，张乐宴瑶台④。云凤休征满，龙鱼杂戏来⑤。
崇恩逾五日，惠泽畅三才⑥。玉帛群臣醉，徽章缛礼该⑦。
方睹升中禅，言观拜洛回⑧。微臣固多幸，敢上万年杯⑨。

此诗约作于永昌元年(689)春。应制之作,为武皇歌功颂德。

【注释】

①《英华》卷一六八"酺"下有"宴"字。洛城:洛阳城。酺(pú):皇帝特许的聚会饮酒。应制:奉皇帝之命作诗。

②圣人:指帝王。恭己:克己修身,恭敬庄严。允:果真。昭回:星辰光耀回转。

③"苍极"二句:谓武后的功德普照人寰,所以天赐符命。

④金册:金箔制的册封诏书。

⑤云凤:卿云与凤凰,皆祥瑞。休征:吉祥之兆。龙鱼:活字本、《英华》、《全唐诗》卷八四作"鱼龙"。龙鱼杂戏:古代的一种百戏节目。见《汉书·西域传》。

⑥崇恩:隆恩,大恩。三才:指天、地、人。

⑦玉帛:瑞玉与束帛。泛指礼器。徽章:旌旗。缛礼:盛礼。该:齐备。

⑧升中禅:封禅。言:语首助词。拜洛:垂拱四年十二月,太后拜洛受图。事见《通鉴》卷二〇四。

⑨万年:万岁,祝祷之词。

感遇 其十六

圣人去已久,公道缅良难①。蚩蚩夸毗子,尧禹以为谩②。
骄荣贵工巧,势利迭相干③。燕王尊乐毅,分国愿同欢④。
鲁连让齐爵,遗组去邯郸⑤。伊人信往矣,感激为谁叹⑥。

【题解】

此诗约作于永昌元年(689)前后。叹世风日下,公道不行,以天下为公的圣人一去不返,尊贤下士的明君,视富贵如浮云的高士,杳如黄鹤。子昂

60

《上答制问事八条》反复申述尚贤任贤的重要性,批评武则天"外有信贤之名,而内实有疑贤之心",认为"圣人制天下,贵能至公。能至公者,当务直道",与此诗主旨一致。

【注释】

①公道:天下为公之道。缅:远。

②蚩蚩:纷乱貌。夸毗子:卑屈谄谀之人。尧禹:唐尧、夏禹。谩:欺骗。

③工巧:善于取巧。势利:权势与财利。迭:翻宋本、《文粹》卷一八、《品汇》卷三作"递"。迭相干:互相倾轧。

④"燕王"二句:用燕昭王与乐毅君臣遇合事,赞燕昭王能够礼贤下士。燕王:《品汇》作"昭王"。分:弘治本杨校、万历本作"齐"。分国:分封,指燕昭王封乐毅为昌国君。事见《史记·乐毅列传》。

⑤"鲁连"二句:用鲁仲连事,赞其功成辞赏的高风亮节。事见《史记·鲁仲连邹阳列传》。鲁连:《全唐诗》卷八三校作"仲"。遗组:遗弃官印。组:系官印的丝带,代指官印。

⑥感激:感奋激发。

【汇评】

清陈沆:刺上下以利相取也。史言天后时,官爵易得,上书言事,不次擢用,而诛戮亦辄随之,操刑赏之权,以驾驭天下士,即此诗所指也。"尧禹以为谩",谓古圣亦畏巧言令色孔壬也。夫为上礼贤,当如燕昭之诚;为下轻爵,当如鲁连之高。则上下皆以义交,不以利取矣。子昂尝上书论八事,所陈"官人""知贤""去疑""招谏"之术,正同此旨。(《诗比兴笺》卷三)

天授元年(690)

送殷大入蜀①

蜀山金碧地,此地饶英灵②。送君一为别,凄断故乡情③。
片云生极浦,斜日隐离亭④。坐看征骑没,唯见远山青⑤。

【题解】

此诗约作于天授元年(690)游宦东都之时。送友人入蜀,而触发思乡
之情。

【注释】

①殷大:名未详。

②蜀:《英华》卷二六七作"禹"。地:《英华》、翻宋本、活字本、四库本、
《诗渊》、《全唐诗》作"路"。金碧:指金马、碧鸡。英灵:才智卓异之士。

③凄断:悲伤至极。

④片:《英华》、翻宋本、《诗渊》作"夏"。片云生:语出南朝梁简文帝《浮
云》:"可怜片云生,暂重复还轻。"极浦:遥远的水滨。离亭:郊外的亭子。

⑤坐:徒然。

感遇 其十九

圣人不利己,忧济在元元①。黄屋非尧意,瑶台安可论②。
吾闻西方化,清净道弥敦③。奈何穷金玉,雕刻以为尊④。
云构山林尽,瑶图珠翠烦⑤。鬼工尚未可,人力安能存⑥。
夸愚适增累,矜智道逾昏⑦。

此诗约作于天授元年(690)至天册万岁元年(695)。武则天当政后提倡佛教。天授元年(690)佛教徒编造《大云经》,称武则天是弥勒佛降生,应当取代李唐做皇帝,为武则天称帝提供了神学根据。武则天也不惜耗费巨资,大规模兴建宏伟精丽的庙宇和佛像,以巩固武周政权。子昂暗讽武后佞佛,指出圣人应当忧心百姓,而非愚民、卖弄智巧。

【注释】

①元元:指百姓。

②黄屋:古代皇帝专用的黄缯车盖。借指帝王之车。

③西方化:指佛教。清净:佛教语,指远离恶行与烦恼。《俱舍论》卷一六:"暂永远离一切恶行烦恼垢故,名为清净。"

④穷金玉:用尽金玉。

⑤构:《纪事》卷八作"架"。云构:高耸入云的寺庙。瑶图:指精美的图像。

⑥"鬼工"二句:化用《史记》与《论衡》语。意思是鬼神之力尚不可成,更非人力所能至。

⑦"夸愚"二句:意思是以高大的佛寺与精美的佛像炫耀于愚民,足以增加忧患;卖弄智巧只能使政治更加昏乱。

【汇评】

清沈德潜:圣人有天下而不与,故卑宫室。即释氏之学,亦以无为寂灭为宗,奈何象教既设,徒取土木雕刻以为尊耶?(《唐诗别裁》卷一)

清陈沆:武后尝削发感应寺为尼,及临朝称制,僧法明等又撰《大云经》,称后为弥勒化身,当代唐主阎浮提天下,故敕诸州并建大云寺,为僧怀义建白马寺。又使作夹纻大像,小指尚容数十人,于明堂北为天堂以贮之。初成,为风所摧,复重修之,采木江岭,日役万人,府库为耗竭。久视元年,欲造大像,令天下尼僧日出一钱,以助其功。狄仁杰上疏曰:"今之伽蓝,制过宫阙。功不使鬼,止在役人;物不天来,终须地出。如来设教,以慈悲为主,岂欲劳人以存虚饰?"长安四年,张廷珪谏造大像曰:"以释教论之,则宜救苦厄,灭诸相,崇无为。愿陛下行佛之意,以理为上。"并同斯旨。(《诗比兴笺》卷三)

天授二年(691)

奉和皇帝丘礼抚事述怀应制①

大君忘自我，膺运居紫宸②。揖让期明辟，讴歌且顺人③。
轩宫帝图盛，皇极礼容申④。南面朝万国，东堂会百神。
云陛旂常满，天庭玉帛陈⑤。钟石和睿思，雷雨被深仁⑥。
承平信娱乐，王业本艰辛。愿罢瑶池宴，来观农扈春⑦。
卑宫昭夏德，尊老睦尧亲⑧。微臣敢拜手，歌舞颂惟新⑨。

【题解】
此诗约作于天授二年(691)春。歌功颂德之中，也有崇俭重农之劝谏。

【注释】
①丘：《英华》、《全唐诗》卷八四、四库本作"上"。丘礼：郊丘礼，天子在京城东郊筑圜丘以祭天帝之礼。《全唐诗》卷六一载李峤《皇帝丘礼抚事述怀》，诗人此篇应是奉和李峤诗之作。

②大君：指天子。膺运：承受天命。翻宋本、活字本、《英华》、《永乐大典》卷一三四九七、《全唐诗》作"应运"。

③"揖让"二句：以舜比拟武则天。揖让：禅让。明辟：明君。讴歌：歌颂。语出《孟子·万章上》"讴歌者，不讴歌尧之子而讴歌舜"。顺人：顺应民心。

④轩宫、皇极：皆指天子居处。图：弘治本作"国"。帝图：帝王膺受天命的图箓。礼容：礼制仪容。

⑤云陛：指巍峨的宫殿。旂(qí)常：旂与常。旂画交龙，常画日月，是王侯的旗帜。常：弘治本作"裳"。

⑥钟石：音乐。和：应和。睿思：明智之思。雷雨：喻帝王的恩泽。

⑦农扈：借指农事。

⑧"卑宫"句:语出《论语·泰伯》孔子赞夏禹"卑宫室而尽力乎沟洫"。
"尊老"句:语出《尚书·尧典》"克明峻德,以亲九族;九族既睦,平章百姓;
百姓昭明,协和万邦"。卑宫:宫室卑下简陋。夏德:夏禹之德。德:《英华》
作"礼"。睦:《永乐大典》作"穆"。

⑨拜手:古代跪拜礼的一种。跪后双手拱合,俯头至手与心平,而不至
地。《英华》作"拜首"。

光宅元年至天授二年(684—691)

感遇 其二十一

蜻蛉游天地，与物本无患。飞飞未能去，黄雀来相干①。
穰侯富秦宠，金石比交欢。出入咸阳里，诸侯莫敢言②。
宁知山东客，激怒秦王肝③。布衣取丞相，千载为辛酸④。

【题解】

此诗约作于垂拱二年(686)或稍后。此诗用典，以庄辛谏楚襄王之蜻蛉喻指受害者，以穰侯喻指受害的贵戚大臣，以布衣取相的范雎喻指告密陷害者，说明告密、谗间的祸患。

【注释】

①天地：《纪事》卷八、《新集》作"天下"。物：翻宋本、活字本、《文粹》卷一八、《纪事》、《新集》、《品汇》卷三、《全唐诗》卷八三作"世"。去：翻宋本、四库本、《文粹》、《纪事》、《新集》、《品汇》、《全唐诗》作"止"。"蜻蛉"四句：用庄辛谏楚襄王事。《战国策·楚策四》载，庄辛对楚襄王说，蜻蛉飞翔于天地之间，与人无争，却不知五尺童子调铅胶丝，准备捕捉它；黄雀栖于树上，与人无争，却不知公子王孙挟弹摄丸，要射杀它。此文中捕蜻蛉者并非黄雀，陈子昂用典似误。

②"穰侯"四句：用穰侯事。《史记·穰侯列传》载，穰侯魏冉，秦昭王母宣太后之弟。昭王年少，宣太后专权，任魏冉为政，先后任将军、相国，始封于穰，复益封陶，号曰"穰侯"，于是"穰侯之富，富于王室"。金石：指金石之交。典出《汉书·韩信传》："今足下虽自以为与汉王为金石交，然终为汉王所禽矣。"

③"宁知"二句：用范雎说秦昭王事。山东客：指范雎。战国时称崤山以东地区为山东，范雎是魏国人，故称"山东客"。《史记·范雎蔡泽列传》

载,范雎游说秦昭王曰:"臣居山东时,闻齐之有田文,不闻其有王也;闻秦之有太后、穰侯、华阳、高陵、泾阳,不闻其有王也。"昭王闻之大惧,于是废太后,逐穰侯、高陵、华阳、泾阳君于关外,拜范雎为相。

④丞相:《品汇》作"卿相"。

【汇评】

明顾璘:宠利必见祸夺。(《批点唐音》卷一)

明张震:此诗喻人臣功成而不知退,宠盛而不知避,遂以谗间身亡家破,故千载之下,为之悲酸也。(《唐音辑注》卷一)

清陈沆:刺武后广开告密之路,市井皆得召见,不次擢用也。崔詧、李景谌以诬裴炎而得相,索元礼、来俊臣以告密而至九卿。乃至獬豸但能触邪,有不识字之御史;青紫片言可拾,有不逾时之仕宦。倾险蜂生,名器滥窃。垂拱二年,子昂上疏谏云:"迩者大开诏狱,重设严刑,遂至奸人荧惑,乘险相诬,纠告疑似,冀图爵赏。"即此诗旨。(《诗比兴笺》卷三)

感遇 其二十四

挈瓶者谁子,姣服当青春①。三五明月满,盈华不自珍②。
高堂委金玉,微缕悬千钧③。如何负公鼎,被敓笑时人④。

【题解】

此诗约作于从宦东都光宅元年(684)至天授二年(691)。讽刺那些智小谋大、力微任重之人,虽然煊赫一时,终究好景不长。

【注释】

①挈瓶:汲水的小瓶。挈瓶之智喻小智。典出《左传》昭公七年:"虽有挈瓶之知,守不假器,礼也。"杜预注:"挈瓶,汲者,喻小知为人守器,犹知不以借人。"姣服:华美之服饰。《新集》作"妖服"。

②盈华:圆满的月光。翻宋本、嘉靖本、活字本、四库本、《文粹》卷一八、《新集》、《品汇》卷三、《全唐诗》卷八三作"盈盈"。

③委：聚积。语出《文选·枚乘〈上书谏吴王〉》："夫以一缕之任，系千钧之重，上悬之无极之高，下垂之不测之渊，虽甚愚之人，犹知哀其将绝也。"

④负公鼎：谓任宰相之职。用殷相伊尹故事。敓：夺官削职。翻宋本、《文粹》、《品汇》作"夺"。

【汇评】

清陈沆：叹相器非人，倾覆相寻也。武后置相不次，骤于予夺，二十年中，易相数十。崔詧、骞味道、李景谌、沈君谅、韦待价、傅游艺、史务滋、武什方、杨再思、宗楚客之流，或市井无赖，不次擢用，皆旋踵削黜，随以诛戮。故诗悼其智小谋大，曾无挈瓶守器之能；力小任重，徒有微缕千钧之势。月盈则亏，莫之能持；金玉满堂，莫之能守；负鼎折足，递相倾夺，徒贻世笑而已。（《诗比兴笺》卷三）

题李三书斋 崇嗣①

灼灼青春仲，悠悠白日升②。声容何足恃，荣耇坐相矜③。
愿与金庭会，将待玉书征④。还丹应有术，烟驾共君乘⑤。

【题解】

此诗约作于光宅元年（684）至天授二年（691）间。此诗为与李崇嗣的酬唱之作，谓人生苦短，宠辱无常，愿服食成仙，烟驾共游。

【注释】

①弘治本无"题"字。李三：即李崇嗣，武后时曾任奉宸府主簿，圣历中曾奉敕于东观修书。翻宋本、活字本无"崇嗣"二字。

②灼灼：春花繁盛貌，语出《诗经·周南·桃夭》"桃之夭夭，灼灼其华"。

③"声容"二句:意谓人生短暂,荣辱之争都是枉然。荣辱:宠辱,得志与失意。

④金:弘治本作"今"。金庭:道教所称的神仙居所。玉书征:用沈义事,谓成仙。玉书,仙家用于册封的。事见《神仙传》。

⑤还丹:道家的仙丹,据说服食后可成仙。烟驾:神仙所乘的云车。

魏氏园亭人赋一物得秋庭萱草①

昔时幽径里,荣耀杂春丛。今来玉墀上,销歇畏秋风②。
细叶犹含绿,鲜花未吐红。忘忧谁见赏,空此北堂中③。

【题解】

此诗约作于光宅元年(684)至天授二年(691)秋,出仕之后、以继母忧解官之前。萱草忘忧,托物言志,自伤身世。

【注释】

①弘治本无此诗,据《全唐诗》卷八四、杨本补入。活字本、明刊本、明抄本、四库本题为"魏氏园亭",《诗渊》作"秋亭萱草"。园亭:《全唐诗》作"园林"。秋庭:《全唐诗》作"秋亭"。萱草:谖草,又称忘忧草。

②销歇:凋谢,消亡。销,翻宋本、活字本、四库本作"消"。

③北堂:后房之正屋,主妇居处。

同旻上人伤寿安傅少府①

生涯良浩浩,天命固谆谆②。闻道神仙尉,怀德遂为邻③。
畴昔逢尧日,衣冠仕汉辰④。交游纷若凤,词翰宛如麟⑤。
太息劳黄绶,长思谒紫宸⑥。金兰徒有契,玉树已埋尘⑦。

把臂虽无托，平生固亦亲⑧。援琴一流涕，旧馆几沾巾⑨。
杳杳泉中夜，悠悠世上春。幽明长隔此，歌哭为何人？

【题解】

此诗约作于光宅元年（684）至天授二年（691）官东都之时。伤悼亡友傅少府，赞颂他的德行和文才，痛惜友人才高而早逝。

【注释】

①旻上人：生平不详。寿安：唐代县名，属洛州，县治在今河南省宜阳县。傅少府：生平不详。

②浩浩：广大貌。谆谆：恳切貌。弘治本作"惇惇"。

③神仙尉：典出《汉书·梅福传》，梅福曾做南昌尉，后传成仙。后称县尉为"神仙尉""仙尉""少仙"。尉：弘治本作"位"。

④尧日：谓太平盛世。衣冠：代指士大夫。

⑤"交游"二句：言交友多而贤。如：翻宋本作"成"。

⑥黄绶：指县尉。紫宸：宫殿。

⑦金兰：喻友情坚固。玉树埋尘：喻优秀人才之死。

⑧虽：弘治本作"谁"。

⑨"援琴"二句：用张翰悼顾荣事，事见《世说新语·伤逝》。

长寿元年(692)

酬晖上人秋夜独坐山亭有赠①

钟梵经行罢,香床坐入禅②。岩庭交杂树,石濑泻鸣泉。
水月心方寂,云霞思独玄③。宁知人世里,疲病苦攀缘④。

【题解】

此诗约作于长寿元年(692)秋居蜀守制时。赞誉晖上人参禅入定,超脱人世纷扰。

【注释】

①四库本题同,活字本、《瀛奎律髓》卷四七题中无"秋夜"二字,《唐音》卷三题作"晖上人独坐亭",《英华》卷三一五、《全唐诗》卷八四题作"同王员外雨后登开元寺南楼因酬晖上人独坐山亭有赠",《诗渊》题作"登楼因酬上人有赠"。晖上人:闻一多《唐诗大系》考晖上人为大云寺圆晖。彭庆生认为,陈子昂与晖上人的唱和之作,有诗六首、序二篇,作于释褐之前和以继母忧守制之时,其地都在子昂故里。《光绪重修潼川府志》卷三"寺观"载射洪武东山下真谛寺与陈子昂故宅相近,故晖上人应是真谛寺的僧人。独坐山:在今四川省射洪县东南。

②钟梵:寺院的钟声与诵经声。罢:活字本、《瀛奎律髓》作"处"。香床:禅床的美称。翻宋本、活字本、四库本、《英华》、《诗渊》、《全唐诗》作"香林"。

③水月、云霞:佛教用以比喻尘世一切事物皆虚幻。

④世:活字本、《英华》、《瀛奎律髓》作"代"。攀缘:佛教谓人心随外境纷繁而多变,如猿攀树枝,纷扰不息,是痛苦的根源。

【汇评】

元方回:盛唐人诗多以起句十字为题目,中二联写景咏物,结句十字撇

开,却说别意,此一大机括也。(《瀛奎律髓》卷四七)

明唐汝询:此美上人之安禅也。亭名独坐,而当钟梵经行之处,意或有所喧扰;然上人卒能入定其间者,正以心无挂碍,而与亭间景物俱化耳。吾以人间疲病之质,乃得攀援于此,亦幸矣夫!(《唐诗解》卷三一)

清纪昀:初谐声律,明而未融,以存诗体之源流则可,以为定式则不可。又:大概如此,亦有不尽然者。(《瀛奎律髓刊误》卷四七)

酬李参军崇嗣旅馆见赠

昨夜银河畔,星文犯遥汉①。今朝紫气新,物色果逢真②。
言从天上落,乃是地仙人③。白璧疑冤楚,乌裘似入秦④。
摧藏多古意,历览备艰辛⑤。乐广云虽睹,夷吾风未春⑥。
凤歌空有问,龙性讵能驯⑦。宝剑终应出,骊珠会见珍⑧。
未及冯公老,何惊孺子贫⑨。青云傥可致,北海忆孙宾⑩。

【题解】
此诗约作于长寿元年(692)。句句用典,以历史名人鼓励慰勉困厄不得志的李崇嗣。

【注释】
①畔:《英华》卷二四一、《纪事》卷六作"半"。遥:《英华》作"天"。用海客乘槎至银河事,喻李崇嗣入蜀。典出《博物志·杂说下》。
②"今朝"二句:用尹喜迎老子事,喻喜遇李崇嗣。典出《列仙传》卷上。
③言:《纪事》作"君"。地仙:方士称住在天上的仙人。《抱朴子·论仙》曰:"中士游于名山,谓之地仙。"
④"白璧"句:用张仪盗璧事。"乌裘"句:用苏秦落魄事,喻指李崇嗣怀才不遇,落魄失意。
⑤摧藏:忧伤。历览:遍览。

⑥乐广：字彦辅，西晋南阳淯阳(今河南省南阳市南)人。善清谈。官至尚书令。事见《晋书》卷四三。夷吾：管仲字夷吾，事见《史记》卷六二。

⑦凤歌：用楚狂接舆讽孔子事。"龙性"句：用颜延之评嵇康语，语出《文选·颜延之〈五君咏·嵇中散〉》。

⑧"宝剑"句：用丰城剑气事，典出《晋书·张华传》。骊珠：骊龙颔下之珠，稀世珍宝，典出《庄子·列御寇》。

⑨冯公：即冯唐，敢于直谏，汉武帝求贤良，冯唐已九十多岁，不能为官。事见《史记·张释之冯唐列传》。孺子：徐稚，字孺子，家贫，恭俭义让。事见《后汉书·徐稚传》。

⑩青云：喻高官显爵。致：翻宋本、《诗渊》作"效"。孙宾：即孙宾石，名嵩，北海安丘(今山东省安丘市)人。曾藏赵岐于家中复壁以避祸。事见《后汉书·赵岐传》。

夏日晖上人房别李参军崇嗣 并序

考察天人，旁罗变动。东西南北，贤圣不能定其居；寒暑晦明，阴阳不能革其数。莫不云离雨散，奔驰于宇宙之间；宋远燕遥，泣别于关山之际，自古来矣。李参军白云英胄①，紫气仙人，爱江海而高寻，顿风尘而未息。来从许下，月旦出于龙泉②；言入蜀中，星文见于牛斗③。野亭相遇，逆旅承欢。谢鲲之山水暂开，乐广之云天自乐④。思道林而不见，怅若有亡⑤；诣祇树而从游，众然旧款⑥。高僧展袂，大士临筵，披云路之天书，坐琉璃之宝地⑦。帘帷后辟，拂鹦鹉之香林；栏槛前开，照芙蓉之绿水⑧。讨论儒墨，探览真玄，觉周孔之犹述，知老庄之未悟⑨。遂欲高攀宝坐，伏奏金仙，开不二之法门，观大千之世界⑩。欢娱恍晚，离别行催⑪。红霞生而白日归，青气凝而碧山暮。《骊歌》断引，抗手将辞⑫。江汉浩浩而长流，天地居然而不动⑬。嗟乎！色为何色，悲观忽而因生；谁去谁来，离会纷而妄作⑭。俗之迷也，不亦烦乎！各述所怀，不拘章韵。

四十九变化，一十三死生⑮。翕忽玄黄里，驱驰风雨情⑯。
是非纷妄作，宠辱坐相惊⑰。至人独幽鉴，窈窕随昏明⑱。
咫尺山河道，轩窗日月庭。别离焉足问，悲乐固能并⑲。
我辈何为尔，栖皇犹未平。金台可攀陟，宝界绝将迎⑳。
户牖观天地，阶基上窅冥㉑。自超三界乐，安知万里征㉒。
中国要荒内，人寰宇宙縈㉓。弦望如朝夕，宁嗟蜀道行㉔。

【题解】

此诗约作于长寿元年(692)夏。序与诗都运用了大量佛教典故，有人间苦海、佛土乐园之意。子昂与李崇嗣的诗歌赠答，往往类此。

【注释】

①白云英胄：指仙家后裔。唐代李氏都以老子李耳为始祖。

②许下：指许劭的故乡为汝南平舆，今河南许昌一带。许劭与从兄好品评人物，每月更换品题，俗称"月旦评"。事见《后汉书·许劭传》。

③用海客乘槎至银河事，喻李崇嗣入蜀。

④谢鲲山水：典出《世说新语·品藻》："明帝问谢鲲：'君自谓何如庾亮？'答曰：'端委庙堂，使百僚准则，臣不如亮。一丘一壑，自谓过之。'"乐广见前诗注⑥。

⑤道林：东汉高僧支遁的字。

⑥祇树：祇树给孤独园之简称，印度佛教圣地之一。祇树或祇园为佛寺的美称，这里指晖上人房。众：《全唐诗》缺此字。众然：皆是。旧款：旧交。

⑦大士：菩萨。云：弘治本缺此字。云路天书：指佛经。琉璃宝地：佛教所说的净土。

⑧鹦鹉香林：原为佛与诸比丘坐禅的地方，这里喻指晖上人房。芙蓉

绿水:语出《南史·庚杲之传》。

⑨述:《全唐诗》校作"迷"。

⑩坐:《全唐诗》作"座"。

⑪欢:弘治本作"观"。

⑫《骊歌》:告别之歌,典出《汉书·儒林传》。抗手:举手而拜,古人告别的一种礼节。

⑬居然:安稳。

⑭色:佛教称有形的物质。

⑮四十九变化:指佛门子弟辗转相授。一十三死生:语出《老子》第五十章:"出生入死。生之徒十有三,死之徒十有三,人之生,动之死地,亦十有三。"

⑯翕忽:变化迅速。玄黄:天地的代称。

⑰宠辱相惊:语出《老子》十三章:"何谓宠辱若惊?宠为上,辱为下,得之若惊,失之若惊,是谓宠辱若惊。"

⑱人:《英华》作"公"。鉴:《英华》作"览"。窈窕:深邃貌,深奥貌。

⑲并:通"摒",排除。

⑳金台:仙境。宝界:《英华》作"宝盖"。七宝世界:佛教所言的净土。

㉑窅:翻宋本、活字本、《英华》、《全唐诗》作"杳"。窅(yǎo)冥:深远。语出《老子》第二十一章。

㉒三界:佛教指众生轮回的欲界、色界、无色界。

㉓要荒:边远之地。

㉔弦望:弦为月半之名,望为月满之名。借指时日、岁月。

【汇评】

明胡震亨:"四十九变化,一十三死生。"一出《法华经》,一出《道德经》,虽算博士未如其工也。(《唐音癸签》卷二一)

明钟惺:"翕忽玄黄里,驱驰风雨情",物各有情,以"驱驰"说风雨之情,妙极妙极。"户牖观天地,阶基上杳冥",此二语妙。陆士龙"天地则尔,户庭已悠",尤觉高一层。古人身分如此。(《唐诗归》卷二)

夏日游晖上人房

山水开精舍,琴歌列梵筵①。人疑白楼赏,地似竹林禅②。
对户池光乱,交轩岩翠连。色空今已寂,乘月弄澄泉。

【题解】

此诗约作于长寿元年(692)夏居蜀守制时。极力描写晖上人房的幽雅
清静,以景写心。

【注释】

①精舍:这里指佛寺。梵筵:做佛事的道场。

②白楼:指白楼亭。故址在今浙江省绍兴市。竹林:竹林精舍,据传是
古印度最早的僧园。

卧疾家园①

世上无名子,人间岁月赊②。纵横策已弃,寂寞道为家。
卧疾谁能问,闲居空物华③。犹忆灵台友,栖真隐大霞④。
还丹奔日御,却老饵云芽⑤。宁知白社客,不厌青门瓜⑥。

【题解】

此诗约作于长寿元年(692)居蜀守制、养疴南园时,有隐居求仙之意。

【注释】

①卧疾:翻宋本、活字本、《全唐诗》卷八四作"卧病"。

②无名子:纯朴自然、不求名利的人。赊:长久。

③卧疾:《全唐诗》作"卧病"。

④灵台友:知心朋友。栖真:修身养性。大:《全唐诗》作"太"。大霞:

太霞,太空之云霞。

⑤奔日御:成仙升天。却老:长生不老。饵:服食。云芽:碎云母。

⑥白社客:白社,地名,在今河南省洛阳市东。《晋书·隐逸传》载董京逍遥吟咏常宿白社中,故白社客指隐者。青门:汉长安城之东南门。青门瓜:瓜美,世称"东陵瓜",又名"青门瓜"。典出《三辅黄图》卷一,广陵人召平为秦东陵侯,秦破,为布衣,种瓜青门外。

秋园卧疾呈晖上人①

幽疾旷日遥,林园转清密②。疲疴澹无豫,独坐泛瑶瑟③。
怀挟万古情,忧虞百年疾。绵绵多滞念,忽忽每如失④。
缅想赤松游,高寻紫庭逸⑤。荣吝始都丧,幽人遂贞吉⑥。
图书纷满床,山失蔼盈室⑦。宿昔心所尚,平生自兹毕。
愿言谁见知,梵筵有同术。八月高秋晚,凉风正萧瑟⑧。

【题解】

此诗约作于长寿元年(692)。卧疾家园,发隐居求仙之思。陈子昂家族有"饵食"的风尚,故而每当疾病或失意之时,常生求仙之念。

【注释】

①卧疾:活字本、《品汇》卷三、《全唐诗》卷八三作"卧病"。

②幽疾:活字本、四库本、《文粹》卷一五下、《品汇》、《全唐诗》作"幽寂"。

③疲疴:病而体弱。

④念:《文粹》《品汇》作"思"。

⑤高寻:远游。紫庭:弘治本、翻宋本、活字本、《文粹》、《品汇》、《全唐诗》作"白云"。

⑥荣吝:荣辱。"幽人"句:语出《周易·履卦》:"履道坦坦,幽人贞吉。"

⑦蔼:多。

⑧瑟:弘治本作"飒"。

【汇评】

明钟惺:"怀挟"句,深旷。"凉风"句,亦收得宕。(《唐诗归》卷二)

明陆时雍:此诗绝无霸气,似为尽雅。(《唐诗镜》卷三)

长寿二年（693）

感遇 其二十七

朝发宜都渚，浩然思故乡①。故乡不可见，路隔巫山阳②。
巫山彩云没，高丘正微茫③。伫立望已久，涕落沾衣裳④。
岂兹越乡感，忆昔楚襄王⑤。朝云无处所，荆国亦沦亡⑥。

【题解】

此诗约作于长寿二年（693）。服阕出蜀途经宜都时，回望巫山，借楚襄王荒淫亡国的历史教训讽今，告诫当政者骄奢淫逸必将误国、亡国。

【注释】

①宜都：今湖北省宜都市。

②路隔：《纪事》卷八作"但见"。巫山：今重庆市巫山县东。阳：山南水北为阳。

③"巫山"句：语出王融《和王友德元古意二首》其一。正：《新集》作"成"。微茫：隐约模糊。

④涕落：翻宋本、活字本、《文粹》卷一八、《纪事》、《品汇》卷三作"涕泪"，《新集》作"涕泣"。

⑤越乡：远离家乡。楚襄王：用楚襄王梦遇巫山神女事。典出楚宋玉《高唐赋序》。

⑥朝云：指巫山神女。荆国：楚国。

【汇评】

宋刘辰翁：此首起结转换，皆畅竭可诵。（《唐诗品汇》卷三引）

明顾璘：怀乡吊古，愈感愈深。（《批点唐音》卷一）

明张震：此诗亦刺高宗荒淫于武氏，将如楚襄王以亡其国也。（《唐音辑注》卷一）

明唐汝询：此因登览山丘而起亡国之叹，盖亦有为而发也。时伯玉家于蜀而客于楚，故欲望乡而为巫山所隔，因睹巫山而遂思襄王、神女之事，言其荒淫足以亡国也。（《唐诗解》卷一）

清王熹儒：此皆感时事而言。（《唐诗选评》卷一）

清沈德潜："岂此越乡感"句，从上转下，见荒淫足以亡国，为世戒也。（《唐诗别裁》卷一）

清翁方纲：伯玉《感遇诗·朝发宜都渚》一章，乃正合古乐府《巫山高》之本旨。后人作《巫山高》诗，皆不如此。（《石洲诗话》卷一）

清陈沆：此叹高宗武后之事也。宋玉《高唐赋序》谓神女尝荐先王之枕席，后又云王复梦遇焉，正犹武后本先帝才人，而高宗复阴纳宫中也。"岂兹越乡感"，自明其诗中所指，皆非徒离乡之思也。卒之哲妇倾城，褒姒灭周，荆国固沦亡矣，而朝云亦复安在哉？俯仰古今，犹如大梦。（《诗比兴笺》卷三）

感遇 其二十八

昔日章华宴，荆王乐荒淫①。霓旌翠羽盖，射兕云梦林②。
朅来高唐观，怅望云阳岑③。雄图今何在，黄雀空哀吟④。

【题解】

此诗约作于长寿二年（693），服阕出蜀途经荆州之时。借楚襄王荒淫亡国的历史教训，批评统治集团的骄奢淫逸。

【注释】

①章华：台名，春秋时楚灵王所建，故址在今湖北省监利县。荆王：楚王。

②霓旌：缀有五色羽毛的旗帜，为古代帝王仪仗之一。翠羽盖：饰以翡翠羽毛的帷盖。兕（sì）：雌犀牛。云梦林：云梦泽，古大泽，在今湖北省江陵县至蕲春县之间。

③朅(qiè)来:来到。高唐:弘治本作"高堂"。高唐观当在今湖北省荆州市一带。云阳岑:云阳台所在之山。云阳:《文粹》、《纪事》卷八作"阳云"。

④"雄图"二句:典出《战国策·楚策四》庄辛劝襄王事。

【汇评】

清陈沆:此刺武后宠嬖二张之事也。《战国策》云云,皆嬖幸专宠之事,以譬二张控鹤监之流。"雄图今安在",知武氏之不久长,唐室之不终绝也。(《诗比兴笺》卷三)

遂州南江别乡曲故人①

楚江复为客,征棹方悠悠②。故人悯追送,置酒此南洲③。
平生亦何恨,夙昔在林丘④。违此乡山别,长谣去国愁⑤。

【题解】

此诗约作于长寿二年(693),服阕返洛,途经遂州,诗中暗含隐居山林之意。

【注释】

①遂州:治所在今四川省遂宁市。南江:指涪江。乡曲:《英华》卷二八六、翻宋本、活字本作"乡里"。

②楚江:楚地的长江、汉水。征棹:指远行的船。

③南洲:涪江中的小洲,在遂州城南,故称。弘治本作"南州"。

④夙昔:从前,过去。林丘:山林隐居之地。

⑤长谣:长歌。去国:离别家乡。

【汇评】

明钟惺:陈正字律中有古,却深重;李太白以古为律,却轻浅。身分气运所关,不可不知。(《唐诗归》卷二)

万州晓发放舟乘涨还寄蜀中亲友^①

空蒙岩雨霁,烂漫晓云归^②。啸旅乘明发,奔桡骛断矶^③。
苍茫林岫转,骆驿涨涛飞^④。远岸孤云出,遥峰曙日微^⑤。
前瞻未能晌,坐望已相依。曲直还今古,经过失是非^⑥。
多岐方浩浩,征思日骈骈^⑦。寄谢千金子,江海事多违^⑧。

【题解】

此诗约作于长寿二年(693)服阕返蜀途经万县之时。诗人对逍遥江海的隐逸生活,十分向往。

【注释】

①万州:在今重庆市万州区。还:四库本作"远"。蜀中:翻宋本作"蜀国"。亲友:翻宋本、活字本、《全唐诗》卷八四作"亲朋"。

②岩雨:翻宋本作"微雨"。

③啸旅:呼朋唤友。明发:黎明。奔桡(ráo):飞舟。骛:翻宋本、活字本、四库本、《全唐诗》作"骛"。疾驰。断矶:水中不相连接的突起的岩石。

④骆驿:翻宋本、活字本、四库本、《全唐诗》作"络绎"。

⑤云:翻宋本、活字本、四库本、《全唐诗》作"烟"。

⑥"曲直"二句:世间所谓是非曲直,转眼即成陈迹,皆泯灭于岁月流逝之中。还:翻宋本、四库本、《全唐诗》作"多"。

⑦多岐:翻宋本、四库本、《全唐诗》作"还期"。歧路很多。典出《列子·说符》的歧路亡羊。征思:旅人之思。骈骈:连绵不绝貌。

⑧"寄谢"句:语出南朝陈刘删《泛宫亭湖》。"江海"句:语出南朝梁沈约《学省愁卧》。

【汇评】

明钟惺:"曲直多今古,经过失是非",二语旷甚,奥甚。(《唐诗归》卷

二)

明谭元春:"多今古",人知之,"曲直多今古",则解人少矣。"经过失"三字甚寻常,"失是非"则妙不可言。(《唐诗归》卷二)

清王夫之:正字古诗亢爽,一任血气之勇,如戟手语。使移此手笔作彼体,则去古人不远,何至破裂风雅?"前瞻未能晌"四句,造语入工,取景自细,非齐梁以下人所逮。然此自有蕴蓄,有风韵,与王昌龄、刘慎虚一派诡放峻嶒语殊异,深于古者当自喻其离合。"能"字拗,"晌"字同。(《唐诗评选》卷三)

证圣元年(695)

宴胡楚真禁所①

人生固有命，天道信无言。青蝇一相点，白璧遂成冤②。
请室闲逾邃，幽庭春未暄③。寄谢韩安国，何惊狱吏尊④？

【题解】

此诗约作于证圣元年(695)初，当在狱中所作，表明自己的无辜，揭露狱吏的暴虐。

【注释】

①胡楚真：不详。禁所：监狱。

②青蝇：苍蝇，喻谗言诬告的小人。点：通"玷"，玷污。

③请室：清洗罪过之室。即囚禁有罪官吏的牢狱。活字本作"静室"，翻宋本、《诗渊》作"清室"。春：弘治本作"草"。暄：温暖。

④"寄谢"二句：用韩安国与周勃狱中被狱吏侵辱事。典出《史记·韩长孺列传》和《史记·绛侯周勃世家》。谢：翻宋本、活字本、《诗渊》作"语"。

和陆明府赠将军重出塞①

忽闻天上将，关塞重横行②。始返楼兰国，还向朔方城③。
黄金装战马，白羽集神兵④。星月开天阵，山川列地营⑤。
晚风吹画角，春色耀飞旌⑥。宁知班定远，独是一书生⑦。

【题解】

此诗约作于证圣元年(695)官麟台正字时。希望这位重出塞的将军像班超一样，平寇立功。楼兰国、朔方城、金甲战旗、画角连营，充满边塞地域风情，和建功立业的豪情壮志。

【注释】

①乐府卷二一题作"出塞"。陆明府重出塞，可能是刚从西北边塞回来，又调到北方去戍边。

②天上将：用周亚夫事。事见《汉书·周亚夫传》。横行：纵横驰骋。

③楼兰国：古西域国名，今新疆罗布泊西有楼兰古城遗址。还（xuán）：立即。朔方城：汉武帝元朔三年（前126年）大将军卫青使校尉苏建所筑，故址在今内蒙古自治区杭锦旗西北。

④白羽：即白旄，饰以白旄牛尾的旗子，主帅的指挥旗。

⑤"星月"二句：称颂将军精通兵法。

⑥晚风：《诗渊》作"晓风"。画角：古代军中所用管乐器。飞旌：飘扬的军旗。

⑦"宁知"二句：以班超建功封侯事勉励将军。班定远：即班超。独：翻宋本、活字本、《品汇》卷七二、《诗渊》、《全唐诗》卷八四作"犹"。

【汇评】

元方回：盛唐诗浑成。"晓风吹画角"，犹"池塘生春草"，自然诗句，亦是别用一意。（《瀛奎律髓》卷三〇）

清纪昀：纯是初体，而气格雄浑，不见堆排之迹。又：纯就自己一边说，又自一格。诗亦勃勃有气。又：通首俱承次句。（《瀛奎律髓刊误》卷三〇）

万岁通天元年(696)

答韩使同在边①

汉家失中策,胡马屡南驱②。闻诏安边使,曾是故人谟③。
废书怅怀古,负剑许良图④。出关岁方晏,乘障日多虞⑤。
虏入白登道,烽交紫塞途⑥。连兵屯北地,清野备东胡。
边城方晏闭,斥堠始昭苏⑦。复闻韩长孺,辛苦事匈奴⑧。
雨雪颜容改,纵横才位孤。空怀老臣策,未获赵军租⑨。
但蒙魏侯重,不受谤臣诬⑩。当取金人祭,还歌凯入都⑪。

【题解】

此诗约作于万岁通天元年(696)。陈子昂当时正在边塞,随武攸宜东
征居建安军幕,韩使则在北地屯守,防御突厥。韩使寄诗相赠,子昂以诗作
答,勉励友人边地立功。

【注释】

①韩使:名不详,应当是奉诏出使边地者。同在边:同在征讨契丹的
边地。

②汉家:借指武周王朝。中策:中等的计策。《汉书·匈奴传下》载:
"周得中策,汉得下策,秦无策焉。"

③安边使:边防紧急时皇帝派遣负责保境安民的使者,无定制。谟:
谋。弘治本作"谋"。

④良图:精妙的谋略。

⑤出关:出榆关(今山海关)。乘障:守卫边塞城堡。虞:戒备。

⑥白登:山名,在今山西大同市东。紫塞:指长城。

⑦斥堠:侦察兵。昭苏:本义恢复生机,这里指使得喘息。

⑧韩长孺:汉代韩安国,喻韩使。

⑨"空怀"二句：反用李牧用军市之租飨士之事。典出《史记·张释之冯唐列传》。弘治本缺"策"字。

⑩"但蒙"二句：用乐羊事。典出《战国策·秦策二》："魏文侯令乐羊将，攻中山，三年而拔之，乐羊反而语功，文侯示之谤书一箧，乐羊再拜稽首曰：'此非臣之功，主君之力也。'"谤臣：翻宋本、活字本、《诗渊》、《全唐诗》作"谤书"。

⑪"当取"二句：以霍去病事，勉励韩使平寇立功，胜利回京。

登泽州城北楼宴①

平生倦游者，观化久无穷。复来登此国，临望与君同。
坐见秦兵垒，遥闻赵将雄②。武安军何在，长平事已空③。
且歌玄云曲，衔酒舞薰风④。勿使青衿子，嗟尔白头翁⑤。

【题解】

此诗约作于万岁通天元年（696），从武攸宜东征经泽州时。诗人在泽州城北楼上，看到附近的古迹，缅怀古代名将廉颇、白起的功业，感慨万千。

【注释】

①弘治本无"城"字。泽州：唐时州治在今山西省晋城市。

②"坐见"二句：用秦、赵长平之战事。秦将王龁（hé）攻赵，赵将廉颇坚守长平，秦军久攻不下。后赵中反间计，派赵括代替廉颇。赵括盲目出击，被白起围困。四十万人降秦，全部被活埋。典出《史记·白起王翦列传》。

③武安军：秦国名将白起数立战功，被封为武安君。此处指白起统率的秦兵。活字本、四库本、《英华》、《品汇》、《全唐诗》作"武安君"。长平：古城名。故城在今山西省高平市西北。已：四库本作"竟"。

④《玄云》《薰风》：歌曲名。

⑤青衿：青领，学子穿的衣服。青衿子：后生学子。

东征至淇门答宋参军之问①

南星中大火,将子涉清淇②。西林改微月,征旆空自持③。
碧潭去已远,瑶花折遗谁④? 若问辽阳戍,悠悠天际旗⑤。

【题解】

此诗约作于万岁通天元年(696)九月,为陈子昂答宋之问《使往天兵军约与陈子昂新乡为期及还而不相遇》之诗。时任洛州参军的宋之问使往天兵军,陈子昂则参加平定契丹叛乱的行动。二人估计当宋之问完成使命返回洛州时,可能在新乡一带相逢。但军情紧急,当宋之问到新乡时,陈子昂已随大军到了淇门。

【注释】

①东征:指随武攸宜征讨契丹,契丹在洛阳东北,故称"东征",也称"北征"。四库本、《全唐诗》卷八三作"征东"。淇门:淇门镇,古为重镇、重要官道渡口、驿站码头和军事要冲。今属河南。宋参军:《英华》卷二四一、《全唐诗》作"宋十一参军",宋之问行十一,武后时曾任洛州参军,事见《旧唐书》卷一九〇、《新唐书》卷二〇二本传。

②南星:星名。即南箕星。大火:指心宿二,夏夜天空中主要亮星之一。心星加于南方,指六月。将:发语词。清淇:清水与淇水,皆在今河南省北部。

③西林:西面的树林。改:《英华》作"映"。微月:新月。指农历月初的月亮。征旆:军旗。

④花:四库本、《英华》、《全唐诗》作"华",《全唐诗》校作"草"。

⑤若:《英华》作"君"。辽阳戍:征讨契丹。悠悠:《英华》作"摇摇"。

东征答朝达相送^①

平生白云意,疲苶愧为雄^②。君王谬殊宠,旌节此从戎。
挼绳当系虏,单马岂邀功^③。孤剑将何托,长谣塞上风。

【题解】

此诗约作于万岁通天元年(696)九月。陈子昂此次从军东征是在免罪
出狱之后,依然心存报国之志。诗中抒写了诗人平叛报国的雄心壮志。

【注释】

①东征:指随武攸宜征讨契丹。朝达:朝中达官贵人。四库本、《全唐
诗》卷八四作"朝臣",翻宋本、活字本作"朝廷",嘉靖本、万历本、《诗渊》作
"朝庭"。

②白云意:隐居求仙之志。疲苶(nié):疲惫困顿。

③挼(ruó)绳:搓绳。翻宋本、《诗渊》作"采",万历本作"按"。单马:
单骑。

送著作佐郎崔融等从梁王东征^①并序

古者凉风至,白露下,天子命将帅,训甲兵,将以外威荒
戎,内辑中夏,时义远矣^②。自我大君受命,百蛮蚁伏,匈奴舍
蒲桃之宫,越裳重翡翠之贡,虎符不发,象胥攸同^③。实欲高
议灵台,偃伯天下^④。而林胡遗孽,渎乱边甿,驱蚊蚋之师,忽
雷霆之伐,乃窃海裔,弄燕陲^⑤。皇帝哀北鄙之人,罹其辛螫;
以东征之义,降彼偏裨^⑥。犹恐威令未孚,亭塞仍梗,乃谋元
帅,命佐军,得朱邸之天人,乃黄阁之元老^⑦。庙堂授钺,凿门

申命，建梁国之旌旗，吟汉庭之箫鼓⑧。东向而拜，北道长驱⑨。蜕旄羽骑之殷，戈翻落日；突鬓蒙轮之勇，剑决浮云⑩。方且猎丸都，穷踏顿，存肃慎，吊姑余，彷徨赤山，巡御日域，以昭我王师，恭天讨也⑪。岁七月，军出国门，天晶无云，朔风清海⑫。时比部郎中唐奉一、考功员外郎李迥秀、著作佐郎崔融，并参帷幕之宾，掌书记之任⑬。燕南怅别，洛北思欢，顿旌节而少留，倾朝廷而出饯。永昌丞房思玄，衣冠之秀。乃张蕙圃，席兰堂，环曲榭，罗羽觞，写中京之望，纵候庭之赏⑭。尔乃投壶习射，博弈观兵，铿金铙，戛瑶琴，歌易水之慷慨，奏《关山》以徘徊⑮。颓阳半林，微阴出座⑯。思长风以破浪，恐白日之蹉跎⑰。酒中乐酣，拔剑起舞，则已气横辽碣，志扫獯戎⑱。抗手何言，赋诗以赠。

金天方肃杀，白露始专征⑲。王师非乐战，之子慎佳兵。

海气侵南部，边风扫北平⑳。莫卖卢龙塞，归邀麟阁名㉑。

【题解】

此诗约作于万岁通天元年（696）。陈子昂既主张平叛，又反对穷兵黩武。"王师非乐战，之子慎佳兵"，表现了他对战争的审慎态度。

【注释】

①弘治本此诗题为"送别崔著作东征"。著作佐郎崔融：事见《旧唐书》卷九四、《新唐书》卷一一四。梁王：即武三思。东征：征讨契丹。

②语出《礼记·月令》："孟秋之月……凉风至，白露降，寒蝉鸣，鹰乃祭鸟，用始行戮。……天子乃命将帅，选士厉兵，简练桀俊，专任有功，以征不义。"甲：弘治本作"申"。辑：和睦。中夏：中原。

③百蛮：少数民族总称。蚁伏：比喻降服者众多。舍：弘治本作"含"。蒲桃：同"葡萄"，也作"蒲陶"。越裳：古国名，唐时为骧州越裳县，在今越南荣市南。象胥：借指四方之国。弘治本作"象智"，四库本、《全唐诗》作"象

译"。

　　④语出《后汉书·马融传》："臣闻昔命师于鞬櫜,偃伯于灵台,或人嘉而称焉。"灵台:《英华》作"云台"。偃伯:偃兵,休战。《全唐诗》作"偃兵"。

　　⑤林胡遗孽:指契丹。渎乱:弘治本作"蓬乱"。蚊蚋(ruì)之师:对契丹军队的蔑称。忽:《英华》作"怠"。雷霆之伐:喻威力巨大。海裔、燕陲:幽燕边远之地,契丹所据,在今河北东北部和辽宁西南部一带。

　　⑥北鄙:北方边地。罹:遭受。辛螫(shì):毒虫用毒刺刺人,喻敌军残害人民。东征之义:用周公平管、蔡之叛乱喻征讨契丹。降:下达任务。偏裨:副将。

　　⑦孚:信。亭塞:边塞哨所。元帅、朱邸天人:均指武三思,时任榆关道安抚大使。佐军、黄阁元老:均指姚璹,时任榆关道安抚副大使。

　　⑧此处描述将军受命仪式:君入庙门,亲持钺,授将军柄,将军凿凶门而出,载旌旗,奏箫鼓军乐,意谓誓死向前。语出《淮南子·兵略训》。箫:弘治本作"萧"。

　　⑨道:《英华》作"首"。

　　⑩蜺(ní)旌:绘有霓虹的彩旗。《英华》作"霓旌"。殷:盛。戈翻落日:用鲁阳公事,言军威之盛,典出《淮南子·览冥训》。突鬓蒙轮:鬓毛突出,用甲覆盖车轮。剑决浮云:语出《庄子·说剑》"天子之剑……上决浮云,下绝地纪"。决:斩断。

　　⑪弘治本、《英华》本"猎"字下有"火"字。丸都:高句丽故都,在今吉林集安市。诸本皆作"九都"。踏顿:即蹋顿,汉末辽西乌丸首领。存:抚恤。肃慎:古族名。商周时居今辽宁以北至黑龙江流域一带。姑余:海名。赤山:传说中为亡灵所归之地,在今辽宁省辽阳市西北数千里。日域:喻指东方边远之地。恭天讨:奉天命以讨伐有罪者。

　　⑫皛(xiǎo):明朗。

　　⑬比部:弘治本作"北部"。李迥秀:弘治本作"李迥季"。

　　⑭蕙圃、兰堂、曲榭、羽觞:分别为园圃、厅堂、楼台、酒杯的美称。兰堂:《英华》作"兰塘"。中京:洛阳。候庭:供行人休息止宿之处。

　　⑮尔乃:于是。投壶:古代宴会时的投壶礼。镗:敲击。《英华》作

"叩"。琴：《英华》作"瑟"。易水之慷慨：典出《战国策·燕策三》荆轲将刺秦王，燕太子等在易水送别，高渐离击筑而歌："风萧萧兮易水寒，壮士一去兮不复还。"《关山》：汉乐府横吹曲《关山月》，伤离别之曲。

⑯颓阳：落日。微阴：稀薄的阴云。出：《英华》作"生"。

⑰长风破浪：典出《宋书·宗悫传》。宗悫之志为"愿乘长风，破万里浪"。白日蹉跎：语出阮籍《咏怀》其五："娱乐未终极，白日忽蹉跎。"

⑱辽碣：辽东和碣石山，契丹所据之地，在今辽宁西部及河北东北部一带。獯戎：即匈奴，借指契丹。

⑲金天：指秋天。专征：将帅受命征伐。

⑳海：《英华》作"杀"。南部：《英华》作"南郡"。

㉑卢龙塞：古代河北平原通往东北的要道，在今河北省迁安市喜峰口附近。《英华》作"莫卖龙寒剑"。麟阁："麒麟阁"的省称。

【汇评】

元方回：平仄不粘，唐人多有此体。陈子昂才高于沈佺期、宋之问，惟杜审言可相对。此四人唐律，在老杜以前，所谓律体之祖也。（《瀛奎律髓》卷二四）

明唐汝询：此因则天有事于边，故送著作而以息兵为讽。言时虽利于专征，然战非王者得已，吾子慎毋以佳兵为也。若妖氛未灭，扫荡之而已，岂可卖卢龙之策以要爵赏哉？当偃武修文，而图形于麟阁耳。（《唐诗解》卷三一）

清王熹儒："王师非乐战，之子慎佳兵"，如此命意，岂须词语粉饰？（《唐诗评选》卷五）

清屈复：首句时，次句东征，三承首句，四承次句，言王者顺时而征，之子宜体此意，立言得体。五、六言是应敌，非穷兵者比。以讽结。通首俱好。正字立意极高，题是送著作，诗是讽主将，大家手笔。如此勿谓与书记无涉也。（《唐诗成法》卷一）

清沈德潜：诗意以"慎佳兵"为主。（《唐诗别裁》卷九）

清卢黄舞、王溥：三、四直语，佻笔出之，爽节仍尔，高亮复得。五、六开振，遂成合构，不归腐拙。（《闻鹤轩初盛唐近体读本》卷一）

清纪昀：必简亦未足当伯玉。昌黎曰："国朝盛文章，子昂始高蹈。"盖定论也。虚谷欲引子美以重江西，遂因子美而媚必简，门户之论，不足为凭。又：末二句用田畴事，无理。况三四已合此意，必说破，亦嫌太尽。（《瀛奎律髓刊误》卷二四）

登蓟城西北楼送崔著作融入都①并序

仆尝倦游，伤别久矣。况登楼远国，衔酒故人。愤胡孽之侵边，从王师之出塞。元戎按甲，方刈鲜卑之垒；天子赐书，且有相君之召②。而崔侯佩剑，即谒承明；群公负戈，方绝大漠③。燕山北望，辽海东浮。云台与碣馆天殊，亭障共衣冠地隔④。抚剑何道，长谣增叹。以身许国，我则当仁；论道匡君，子思报主⑤。仲冬寒苦，幽朔初平⑥。苍茫天兵之气，冥灭戎云之色⑦。白羽一指，可扫丸都⑧。赤墀九重，伫观献凯⑨。心期我愿斯遂，君恩共有⑩。策勋饮至，方同廊庙之欢；偃武囊弓，借尔文儒之首⑪。蓟丘故事，可以赠言。同赋登蓟楼送崔子云尔。

蓟楼望燕国，负剑喜兹登。清规子方奏，单戟我无能⑫。

仲冬边风急，云汉复霜棱⑬。慷慨意何道，西南恨失朋⑭。

【题解】

此诗约作于万岁通天元年（696）十一月。陈子昂东征开始时，送别崔融。序文表达东征战事的正义性，诗中饱含着以身报国的激情，充满着必胜的信心。

【注释】

①弘治本此诗题作"送崔著作"。蓟城西北楼：即蓟丘楼，又称蓟楼，在

今北京市西南。

②元戎:主帅。按甲:屯兵。刈(yì):割,铲除。《英华》作"割"。鲜卑:这里指契丹。相君:宰相。《全唐诗》作"君相"。

③崔侯:崔融。承明:洛阳魏宫门名,在建始殿外,借指武后皇宫。戈:弘治本作"戎"。绝:越过。

④云台:汉殿名,借指朝廷。碣馆:即碣石宫。亭障:边塞城堡。衣冠:代指士大夫。

⑤当仁:语出《论语·卫灵公》"当仁,不让于师"。论道:谋虑治国政令。匡君:匡正辅佐君王。报主:报效君主。

⑥幽朔:古幽州,位于北方,故称。在今北京及河北东北部一带。

⑦苍茫:广阔无边貌。天兵:指武攸宜所统率的军队。冥灭:黯然消失。戎云:指契丹叛军。

⑧白羽:指挥旗。丸都:高句丽故都,在今吉林省集安市。丸:弘治本作"九"。

⑨赤墀:宫殿前红色台阶。九重:极言皇宫之深。仁:等待。献凯:古军礼,战胜归来,向宗庙社稷献捷。仁观献凯:《英华》作"行欣谶乐"。

⑩心期我愿斯遂:四库本作"必期我愿斯遂"。弘治本无前五字。君恩:弘治本作"君之恩"。《英华》、四库本作"君心"。

⑪策勋:在简册上记功劳。饮至:古代的典礼,将士凯旋,至宗庙饮酒庆贺。廊庙:指朝廷。偃武:停息武备。《英华》作"偃霸"。囊(gāo)弓:收起武器。文儒:著作者为文儒,指崔融。

⑫清规:高洁的风范。

⑬云汉:银河。霜稜:霜威,严寒貌。

⑭意:翻宋本、活字本、四库本、《全唐诗》作"竟"。"西南"句:《周易·坤卦》"君子有攸往,先迷,后得主,利。西南得朋,东北丧朋。安贞吉。"陈子昂送崔融入都,东都在蓟城西南,故云。

神功元年（697）

感遇　其三十四

朔风吹海树，萧条边已秋①。亭上谁家子，哀哀明月楼。
自言幽燕客，结发事远游②。赤丸杀公吏，白日报私仇③。
避仇至海上，被役此边州④。故乡三千里，辽水复悠悠⑤。
每愤胡兵入，常为汉国羞。何知七十战，白首未封侯⑥。

【题解】
　　此诗约作于神功元年（697）初秋。诗中描述了"幽燕客"年轻时的豪侠生活，以身报国的决心，备受压抑的愤懑。陈子昂借以抒发内心的感愤。

【注释】
　　①朔风：北风。海：指渤海。
　　②幽燕：古称今河北北部及辽宁一带。唐以前属幽州，战国时属燕国，故名。其俗慷慨尚武。弘治本作"幽谷"。结发：指初成年。古代男子二十岁束发而冠，女子十五岁束发而笄，表明成年。
　　③赤丸：红色弹丸。《汉书·尹赏传》："长安中奸猾浸多，闾里少年，群辈杀吏，受赇报仇，相与探丸为弹：得赤丸者斫武吏，得黑丸者斫文吏，白者主治丧。"白日：翻宋本、《文粹》、《纪事》、《新集》、《品汇》、《全唐诗》作"白刃"。南朝宋鲍照《结客少年场行》："失意杯酒间，白刃起相仇。"
　　④被役：服兵役。
　　⑤千：弘治本作"十"。辽水：弘治本作"辽东"。
　　⑥何知：翻宋本、万历本、活字本、《新集》、《品汇》作"何如"。此二句用李广事，李广是汉代名将，立过许多战功，但始终未能封侯。

【汇评】
　　宋刘辰翁：忽复造意至此。避仇常事，被役复苦，比古愈奇。（《唐诗品

95

汇》卷三引）

明顾璘：功名难立，浩荡生愁。（《批点唐音》卷一）

明唐汝询：此亦从军出塞，而述戍卒之词以自况也。言当清秋月朗之夜，而闻军士有失意者哀泣于戍楼之中，其人自言云云。盖伯玉尽忠武后而官不显，及为参谋，复为攸宜所轻，其数奇何如哉！故托此自叹。（《唐诗解》卷一）

清陈沆：本传载子昂垂拱四年上八事，其一曰"臣闻劳臣不赏，不可劝功；死士不赏，不可励勇。今或勤劳死难，名爵不及；偷荣尸禄，宠秩妄加，非所以示劝。愿奖励有功，表显殉节"云云。盖其时功赏，多为诸武嬖幸所冒，不尽上闻也。（《诗比兴笺》卷三）

蓟丘览古赠卢居士藏用①七首并序

丁酉岁，吾北征，出自蓟门，历观燕之旧都，其城池霸迹已芜没矣②。乃慨然仰叹，忆昔乐生、邹子群贤之游盛矣③。因登蓟楼，作七诗以志之，寄终南卢居士④。亦有轩辕遗迹也⑤。

【题解】

此七首诗约作于神功元年（697）丁酉岁。陈子昂登蓟门览古，生怀古之幽情，怀想黄帝、燕昭王、乐毅、燕太子丹、田光、邹衍、郭隗等古代贤人，抒发诗人生不逢时、壮志不酬的感慨。《轩辕台》慨叹不见轩辕盛世、至道之治，因而尚想隐居求仙；《燕昭王》慨叹礼贤下士的明君一去不复返；《乐生》既欣羡乐毅遇燕昭王的建功立业，又痛惜其晚年被谗，雄图中天，壮志不酬；《邹子》颂扬了燕昭王礼贤，群贤毕至的盛况；《燕太子》《田光先生》赞誉徇义的田光，微讽不信任义士的燕太子丹；《郭隗》以"逢时独为贵，历代非无才"概括了才智之士的共同命运，抒发了诗人无限感慨与辛酸。

轩辕台

北登蓟丘望，求古轩辕台⑥。应龙已不见，牧马生黄埃⑦。尚想广成子，遗迹白云隈⑧。

【注释】

①蓟丘：古地名。在今北京市西北。卢居士藏用：字子潜，幽州范阳（今河北省涿州市）人。早年隐居终南山，故称"居士"。

②北征：指征讨契丹。蓟门：指蓟城西北门。霸迹：英华、全唐诗作"霸业迹"。芜没：掩没于荒草间。弘治本作"芜昧"。

③乐生：即战国燕将乐毅。为燕昭王所重用，拜为上将军，伐齐，大破齐兵，被封为昌国君。邹子：即战国齐人邹衍，著《终始》《主运》等。

④蓟楼：蓟北楼。《英华》《全唐诗》作"蓟丘"。

⑤轩辕：即传统中的黄帝，姓公孙，名轩辕。

⑥轩辕台：古台名。相传在今河北省涿鹿县桥山上。

⑦应龙：传说中黄帝的臣子。牧马：指牧马童子。说见《庄子·徐无鬼》。生：《英华》《诗渊》《全唐诗》作"空"。

⑧广成子：古仙人。说见《庄子·在宥》。隈：山、水等弯曲的地方。

【汇评】

清陈沆：黄帝使应龙攻蚩尤，又得力牧于坰野。故思佐命将相之臣，兴复王室而尚不可得，况太平尊师访道之盛事乎！（《诗比兴笺》卷三）

燕昭王⑨

南登碣石馆，遥望黄金台⑩。丘陵尽乔木，昭王安在哉⑪。霸图怅已矣，驱马复归来。

⑨燕昭王:《英华》卷三〇一作"燕王"。燕昭王于破燕之后即位,卑身厚币以招贤者,致使燕国殷富,大败齐军。事见《史记·燕召公世家》。

⑩碣石馆:即碣石宫,燕昭王为邹衍所筑,并师事之。故址在今北京市西南。馆:《全唐诗》卷八三作"阪"。黄金台:古台名。故址在今河北省易县东南。相传燕昭王为延请郭隗、乐毅等天下贤士所筑。

⑪丘陵:《诗式》卷四作"近陵"。乔木:枝干高耸的树木。

【汇评】

明唐汝询:此慨世无礼贤之主而怀古人焉。言燕昭筑馆起台,以礼贤者,今其遗迹尚在也,而四顾惟乔木森然,斯人不复作矣!彼其霸图既泯灭,而我特为惆怅、走马重游者,岂非深慕其人之丰采邪?意谓世有燕昭,则吾未必不遇也。(《唐诗解》卷一)

明周珽:帷灯匣剑,令读者自想有得。(《唐诗汇评》引《唐诗选脉会通评林》)

清贺裳:陈子昂《蓟丘览古》曰:"南登碣石坂,遥望黄金台。丘陵尽乔木,昭王安在哉?"此与"驾言发魏都,南向望吹台。箫管有遗音,梁王安在哉"无异,固知阮诗陈所自出,钟氏(惺)乃谓"身分铢两实远过之"。(《载酒园诗话》卷一)

清沈德潜:言外见无人延国士也。(《唐诗别裁》卷一)

清王尧衢:陈伯玉初年不遇,故寄慨于能礼贤之燕昭。又:今登碣石而望金台,非昭王之遗迹者,乃所见丘陵,尽长乔木,而昭王安在也?霸图销歇,怅无复存,惟驱马空归已耳。噫,微斯人,吾谁与归?(《唐诗合解》卷一)

清翁方纲:伯玉《蓟丘览古》诸作,郁勃淋漓,不减刘越石。而李沧溟止选其《燕昭王》一首,盖徒以格调赏之而已。(《石洲诗话》卷一)

清陈沆:思中兴也。(《诗比兴笺》卷三)

乐　生⑫

王道已沦昧,战国竞贪兵⑬。乐生何感激,仗义下齐城⑭。雄图竟中天,遗叹寄阿衡⑮。

【注释】

⑫乐生:即乐毅。

⑬王道:即儒家所称的仁政。贪兵:《汉书·魏相传》:"利人土地货宝者,谓之贪兵,兵贪者破。"

⑭感激:感奋激发。下:攻下。

⑮阿衡:商朝的大臣伊尹名阿衡。燕昭王死后,其子燕惠王中齐国田单的反间计,削去乐毅的兵权,逼得乐毅出奔赵国。此处慨叹兴燕灭齐的雄图半途而废,不能像伊尹那样成就功业。

【汇评】

清陈沆:叹徐敬业之徒兴复无成也。阿衡迎复已废之太甲,故寄意焉。
(《诗比兴笺》卷三)

燕太子⑯

秦王日无道,太子怨亦深⑰。一闻田光义,匕首赠千金⑱。其事虽不立,千载为伤心⑲。

【注释】

⑯燕太子:名丹。曾派荆轲刺秦王。事见《史记·燕召公世家》。

⑰秦王:即嬴政。秦王朝的建立者,建立了我国历史上第一个统一的中央集权的封建国家,自称"始皇帝"。

⑱田光:战国时燕国处士。为燕太子丹谋划刺杀秦王政(即秦始皇)。

并举荐了荆轲。丹请他保密，他遂自杀以激励荆轲。

⑲其事：指荆轲刺秦王之事。立：成功。陶渊明《咏荆轲》："其人虽已没，千载有余情。"

【汇评】

明钟惺：亦澹然，效之则愈薄矣。（《唐诗归》卷二）

清陈沆：痛诸王举兵败灭也。初，越王贞将起兵，常乐公主谓其使者曰："为我语越王：昔尉迟迥，周之甥也，见隋将篡周，犹能举兵匡救社稷。功虽不成，威震海内，足为忠烈。大丈夫当为忠义鬼，无为徒死也。"（《诗比兴笺》卷三）

田光先生

自古皆有死，徇义良独稀⑳。奈何燕太子，尚使田光疑㉑。伏剑诚已矣，感我涕沾衣㉒。

【注释】

⑳"自古"句：语出《论语·颜渊》："自古皆有死，民无信不立。"徇：《英华》卷三〇一作"循"，《品汇》作"殉"。徇义：舍生取义。

㉑燕太子：《英华》作"燕丹子"。光：《英华》作"公"，翻宋本、活字本、四库本、《品汇》、《全唐诗》卷八三作"生"。

㉒伏剑：自杀。

邹　子㉓

大运沦三代，天人罕有窥㉔。邹子何寥廓，谩说九瀛垂㉕。兴亡已千载，今也则无推㉖。

【注释】

㉓邹子：指战国齐人邹衍。《英华》卷三〇一、《全唐诗》卷八三作"邹

衍"。

㉔大运:天运。三代:指夏、商、周。天人:自然与社会人事。

㉕寥廓:高远。谩:通"漫"。汗漫,漫无边际。九瀛:指九州与环其外的瀛海。垂:通"陲"。边境。

㉖推:推求。

<h2 style="text-align:center">郭 隗㉗</h2>

逢时独为贵,历代非无才㉘。隗君亦何幸,遂起黄金台㉙。

【注释】

㉗《全唐诗》卷八三题下注、四库本诗末注"末缺"。郭隗:燕昭王谋士。

㉘逢时:遇上大好时运。

㉙黄金台:《战国策》与《史记》均无燕昭王为郭隗筑黄金台的记述。

同宋参军之问梦赵六赠卢陈二子之作①

晚霁望嵩岳,白云半岩足②。氛氲含翠微,宛如瀛台曲③。
故人昔所尚,幽琴歌断续④。变化意无常,人琴遂两亡⑤。
白云失处所,梦想暖容光⑥。畴昔疑缘业,儒道两相妨⑦。
前期许幽报,迨此尚茫茫⑧。晤言既已失,感恨情何一⑨。
始应携手期,云台与峨眉⑩。达兼济天下,穷独善其时⑪。
诸君推管乐,之子慕巢夷⑫。奈何苍生望,卒为黄绶欺⑬。
铭鼎功未立,山林事亦微⑭。抚孤一流恸,怀旧且睽违⑮。
卢子尚高节,终南卧松雪⑯。宋侯逢圣君,骖驭游青云⑰。
而我独蹭蹬,语默道犹懵⑱。征戍在辽阳,蹉跎草再黄⑲。
丹丘恨不及,白露已苍苍⑳。远闻《山阳赋》,感涕下沾裳㉑。

101

【题解】

此诗约作于神功元年(697)初秋。诗中充满对亡友赵贞固的怀念,赞扬其高洁的情操,为其才高位卑的命运鸣不平。

【注释】

①宋参军:弘治本作"参军宋"。宋之问:字延清,武后时曾任洛州参军,初唐时期诗人。事见《旧唐书》卷一九〇、《新唐书》卷二〇二本传。赵六:赵贞固,名元亮,行六,卫州汲县(今河南省卫辉市)人。少负志略,学无常师。年二十七,游洛阳。年三十九病逝,友人魏元忠、宋之问、陈子昂等共谥为昭夷先生。事见《新唐书》卷一〇七本传。卢:卢藏用。陈:即陈子昂。宋之问《梦赵六赠卢陈二子》诗,已佚。卢藏用《宋主簿鸣皋梦赵六予未及报而陈子云亡今追为此诗答宋兼贻平昔游旧》诗存。

②晚:翻宋本、活字本、四库本、《全唐诗》作"晓"。晚霁:傍晚雨止。岳:翻宋本、《全唐诗》作"丘"。嵩岳:即嵩山,在今河南省登封市北。岩足:山脚。

③氤氲:云盛貌。含:翻宋本、活字本、《全唐诗》作"涵"。翠微:淡青的山色。瀛:弘治本作"嬴",嘉靖本、《全唐诗》作"嬴"。瀛台:即瀛洲,传说的海上仙山之一。

④故人:指赵贞固。尚:爱好。断续:时断时续。

⑤变化无常:指赵贞固英年早逝。意:翻宋本、活字本、四库本、《全唐诗》作"竟"。人琴两亡:典出《世说新语·伤逝》:"王子猷、子敬俱病笃,而子敬先亡。……子敬素好琴,(子猷)便径入坐灵床上,取子敬琴弹,弦既不调,掷地云:'子敬,子敬,人琴俱亡!'恸绝良久,月余亦卒。"后因指睹物思人,痛悼亡友之典。

⑥暧:隐约不明。

⑦畴昔:从前。缘业:因缘所生的各种行为。相妨:互相妨碍,互相抵牾。

⑧前期:昔日的约定。幽报:深深的报答。

⑨晤言:相对交谈。已失:翻宋本作"已矣"。感恨:感伤悔恨。翻宋

本、活字本、四库本、《全唐诗》作"感叹"。

⑩应：许诺。翻宋本、活字本、四库本、《全唐诗》作"忆"。云台：汉宫殿名。代指功业。峨：弘治本作"娥"。峨眉：山名。这里代指隐逸。

⑪"达兼"二句：语出《孟子·尽心上》："故士穷不失义，达不离道。穷不失义，故士得己焉；达不离道，故民不失望焉。古之人，得志，泽加于民；不得志，修身见于世。穷则独善其身，达则兼善天下。"

⑫推：推崇。管乐：管仲、乐毅。之子：指赵贞固。巢夷：巢父、伯夷。巢父，尧时隐士，年老以树为巢，时人称他为巢父。说见西晋皇甫谧《高士传》。伯夷，孤竹君之子，拒绝接受王位，让国出逃；武王伐纣时，以仁义叩马而谏；周天下之后，耻食周粟，采薇而食，作歌明志，饿死在首阳山上。事见《史记·伯夷列传》。

⑬苍生望：百姓的期望。黄绶：借指官吏或官位。

⑭铭鼎功：能够在鼎上刻铸文辞传示后人的功绩。未：翻宋本作"不"。山林事：指隐逸。

⑮孤：指赵六的遗孤。流恸：悲痛大哭。且：翻宋本、《全唐诗》作"日"。暌违：远离。

⑯"卢子"二句：意谓卢藏用隐居终南山。

⑰"宋侯"二句：意谓宋之问青云直上。骖驭：即骖乘，驾驭马车的陪乘。驭：翻宋本作"御"。

⑱独：翻宋本作"曷"。蹭蹬：困顿，失意。语默：指出仕或隐居。懵：不明。翻宋本作"迍"，活字本、《全唐诗》作"屯"。

⑲"征戍"句：指征讨契丹。蹉跎：虚度时光。草：弘治本作"岁"。

⑳丹丘：仙人居住的地方。指求仙不可得。

㉑《山阳赋》：即向秀悼念亡友嵇康的《思旧赋》，为向秀经过山阳旧居时作，故也称《山阳赋》。此处借指宋之问《梦赵六赠卢陈二子》。

登蓟丘楼送贾兵曹入都①

东山宿昔意,北征非我心②。孤负平生愿,感涕下沾襟③。
暮登蓟楼上,永望燕山岑④。辽海方漫漫,胡沙飞且深⑤。
峨眉杳如梦,仙子曷由寻。击剑起叹息,白日忽西沉。
闻君洛阳使,因子寄南音⑥。

【题解】
　　此诗约作于神功元年(697)居建安军幕时。诗中充满着报国无门与求隐不得的苦闷、避世隐居的思想,压倒了雄心壮志。

【注释】
　　①蓟丘:《英华》卷三一一作"蓟立"。贾兵曹:名不详,可能是武攸宜的幕僚。都:指东都洛阳。
　　②东山意:隐居之志。北征:征讨契丹。
　　③孤负:辜负。
　　④暮:活字本作"莫"。永望:远望。岑:山小而高。
　　⑤胡:四库本改为"边"。犹胡尘:指契丹叛乱。
　　⑥因:托。南音:南方的音乐。代指永不忘旧。典出《左传·成公九年》:"晋侯观于军府,见钟仪,问之曰:'南冠而絷者,谁也?'有司对曰:'郑人所献楚囚也。'……问其族,对曰:'泠人也。'公曰:'能乐乎?'对曰:'先人之职官也,敢有二事?'使与之琴,操南音。……范文子曰:'楚囚,君子也。言称先职,不背本也;乐操土风,不忘旧也。'"

登幽州台歌①

前不见古人,后不见来者②。念天地之悠悠,独怆然而涕下③。

【题解】

此诗约作于神功元年(697)为作者在随军出征契丹途中经幽州台时所作。因苦心进言不被采纳，反遭降级，故登上幽州台凭高眺望，慷慨悲吟。目不见眼前之景，心纵览天地今古。抒发悲愤之情，表现其怀才不遇的苦闷，为历来传诵的名篇。登高赋诗，当为古今之最。

【注释】

①幽州台：即黄金台，又称蓟北楼。是燕昭王为招纳天下贤士而建。故址在今北京市。

②古人：指前代那些能够礼贤下士的明君。

③悠悠：无穷貌。弘治本作"攸攸"。怆(chuàng)然：悲伤貌。

【汇评】

明杨慎：陈子昂《登幽州台歌》云云。其辞简直，有汉魏之风，而文集不载。(《升庵诗话》卷六)

明钟惺：两"不见"，好眼。"念天地之悠悠"，好胸中。(《唐诗归》卷二)

明谭元春：至人实有此事，不是荒唐。(《唐诗归》卷二)

清黄周星：胸中自有万古，眼底更无一人。古今诗人多矣，从未有道及此者。此二十二字，真可以泣鬼。(《唐诗快》卷二)

清王夫之：子昂以亢爽凌人，乃其怀来，气不充体，则亦酸寒中壮夫耳。徒此融泄初终，以神行而不以机牵，摇荡古今，岂但其大言之赫赫哉！(《唐诗评选》卷一)

清宋长白：阮步兵登广武城，叹曰："时无英雄，遂使竖子成名。"眼界胸襟，令人捉摸不定。陈拾遗会得此意，《登幽州台》曰："前不见古人，后不见来者。念天地之悠悠，独怆然而涕下。"假令陈、阮邂逅路歧，不知是哭是笑。(《柳亭诗话》卷一五)

清沈德潜：余于登高时，每有今古茫茫之感，古人先已言之。(《唐诗别裁》卷五)

清陈沆：先朝之盛时既不及见，将来之太平又恐难期，不自我先，不自我后,此千古遭乱之君子所共伤也。不然,茫茫之感,悠悠之词,何人不可用? 何处不可题? 岂知子昂幽州之歌,即阮公广武之叹哉!(《诗比兴笺》卷三)

清宋育仁:《幽州》豪唱,述为名言,如河梁赠答,语似常谈,而脱口天成,适如人意。海内文宗,非虚誉也。(《三唐诗品》卷一)

圣历元年(698)

赠严仓曹乞推命禄①

少学纵横术,游楚复游燕②。栖遑长委命,富贵未知天③。
闻道沉冥客,青囊有秘篇④。九宫探万象,三筭极重玄⑤。
愿奉唐生诀,将知跃马年⑥。非同墨翟问,空滞杀龙川⑦。

【题解】

此诗约作于圣历元年(698)。诗人内心苦闷,请严仓曹为自己推算未来。陈子昂对不可知命运的追问,表明他的内心已经开始了去留的选择。

【注释】

①严仓曹:名不详。仓曹即仓曹参军事,唐十六卫及太子左右率府都有设置。推命禄:推算贫富贵贱寿夭的运数。禄:弘治本作"录"。

②纵横术:合纵连横之术。指以辩才陈述利害、游说君主的方法。游楚:陈子昂多次往返于射洪和洛阳之间,经过楚地。游燕:陈子昂从武攸宜征讨契丹,经过燕国。

③栖遑:奔波劳碌而不得安居的样子。委命:听凭命运安排。

④沉冥客:隐居之人,借指严仓曹。冥:弘治本作"溟"。青囊:古代术士盛卜具书籍的袋子。借指卜筮之术。篇:《英华》作"编"。

⑤九宫:即用来推算吉凶祸福的九宫八卦图。探:弘治本作"采"。筭:计数的筹码,也用来算命。《全唐诗》作"算"。

⑥唐生:用唐举为蔡泽相面事,典出《史记·范雎蔡泽列传》。诀:弘治本缺此字。跃马年:飞黄腾达之时。

⑦"非同"二句:用墨子之事,典出《墨子·贵义》:"子墨子北之齐,遇日者。日者曰:'帝以今日杀黑龙于北方,而先生之色黑,不可以北。'子墨子不听,遂北,至淄水,不遂而反焉。"同:弘治本作"因"。杀:弘治本作"至"。

送魏大从军①

匈奴犹未灭，魏绛复从戎②。怅别三河道，言追六郡雄③。
雁山横代北，狐塞接云中④。勿使燕然上，独有汉臣功⑤。

【题解】

此诗约作于圣历元年(698)九月。武周王朝讨伐突厥，魏大从军。诗中提及雁山、代北、狐塞、云中，是当时征讨突厥的主要战场。诗人勉励从军边塞的魏大建立军功。

【注释】

①魏大：名未详。

②匈奴：借指契丹。魏绛：即魏庄子，春秋晋大夫，始为中军司马，后为下军主将，佐晋悼公称霸。这里喻指魏大。

③三河：汉代以河南、河内、河东三郡为三河，即今河南西北部及山西南部一带。六郡：即陇西、天水、安定、北地、上郡、西河。

④雁山：即雁门山，古称句注山，在今山西省代县西北雁门关。代北：古地区名。泛指今山西北部及河北西北部一带。狐塞：即飞狐口，在今河北省涞源县北、蔚县南，是河北平原通往北方边地的交通咽喉。弘治本作"孤塞"。

⑤燕然：古山名。即今蒙古人民共和国境内的杭爱山。东汉永元元年，车骑将军窦宪领兵出塞，大破北匈奴，登燕然山，刻石勒功，记汉威德。见《后汉书·窦宪传》。独有：翻宋本作"惟有"，活字本、四库本、《品汇》、《全唐诗》作"惟留"。臣：活字本、四库本、《品汇》、《全唐诗》作"将"。

【汇评】

元方回：刊本以"狐塞"作"孤塞"，予为改定。唐之方盛，律诗皆务雄浑。尾句虽拗平仄，以前六句未用意立论，只说行色形势，末乃勉励之，此一体也。(《瀛奎律髓》卷二四)

108

明唐汝询：此勉魏大树勋也。言虏未灭，而君有此行，今自三河而往，当追古人之以六郡称雄者，盖指充国也。苟既出雁、狐之塞，便宜勒石燕然，毋使汉将独擅千秋之名也。高宗云："罔俾阿衡，专美有商。"此盖用其语意。（《唐诗解》卷三一）

明许学夷：五言律，陈如"雁山横代北，狐塞接云中"，"海气浸南部，边风扫北平"，"巴国山川尽，荆门烟雾开"，"野树苍烟断，津楼晚气孤"，"星月开天阵，山川列地营"……体皆整栗，语皆伟丽，其气象风格，乃大备矣。（《诗源辨体》卷一三）

清沈德潜：绛本和戎，今曰"从戎"，此活用之法。一结雄浑。（《唐诗别裁》卷九）

清纪昀：次句借姓，开小巧法门。又：得此评（指方回评）乃知今本"惟留汉将功"，乃后人改本。又：陈隋雕华，渐成饾饤，其极也，反而雄浑。盛唐雄浑，渐成肤廓，其极也，一变而新美，再变而平易，三变而恢奇幽僻，四变而绮靡，皆不得不然之势，而亦各有其佳处，故皆能自传。元人但逐晚唐，是为不识其本，故降而愈靡。明人高语盛唐，是为不知其变，故袭而为套。学者知雄浑为正宗，而复知专尚雄浑之流弊，则庶几矣。（《瀛奎律髓刊误》卷二四）

清陈德公：五、六自然雄句，不假怒张。陈律纯以音格标胜，绝不刻划，索之无异，上口便觉其高。（《闻鹤轩初盛唐近体读本》卷一引）

清卢麰、王溥：陈诗虽胜在音格，然生气跃然，中饶骨力，故能诣极浅。夫袭其皮毛，虚枵直率之弊，所必不免。（《闻鹤轩初盛唐近体读本》卷一）

喜马参军相遇醉歌[①] 并序

吾无用久矣！进不能以义补国，退不能以道隐身[②]。天子哀矜，居于侍省[③]。且欲以芝桂为伍，麋鹿同曹[④]。轩裳钟鼎，如梦中也[⑤]。南荣暴背，北林设罝[⑥]。有客扣门，云吾道存。孺子孺子，黄中通理[⑦]。时玄冬遇夜，微月在天，白云半山，志逸海上⑧。酒既醉，琴方清，陶然玄畅，浩尔太素，则欲狎青鸟、寄丹丘矣⑨。日月云迈，蟋蟀谓何⑩？夫诗可以比兴也，不言曷著⑪？时醉书散洒，乃昏见清庙台，令知此有蜀云气也⑫。毕大拾遗、陆六侍御、崔司议、崔兵曹、鲜于晋、崔湎子、怀一道人，当知吾此评是实录也⑬。若东莱王仲烈见之，必以为真醉。歌曰：

独幽默以三月兮，深林潜居⑭。时岁忽兮，孤愤遐吟，谁知我心⑮？孺子孺子，其可与理兮！

【题解】

此诗约作于圣历元年（698）冬。名为"醉歌"，实为实录。有对隐逸生活的讴歌，也有对神仙世界的向往，已存归田之志。

【注释】

①喜：弘治本、四库本作"嘉"。马参军：马择，扶风（今陕西省宝鸡市扶风县）人，时任参军，后官至兵部员外、河间太守。据卢藏用《陈氏别传》载，马择与陈子昂为忘年交。

②化用《论语·季氏》："隐居以求其志，行义以达其道。"

③意谓解官归侍。

④以芝桂为伍：灵芝、桂树，指隐居求仙。麋鹿同曹：隐居山林，与麋鹿为群。

⑤轩裳钟鼎：喻官位爵禄。

⑥南荣暴背：在朝南的屋檐下晒背。北林：北面的树林。罝（jū）：捕兔的网。

⑦语出《三国志·魏书·刘廙传》和《周易·坤卦》。意思是以黄居中，通晓物理，美在其中，事业发达。

⑧玄冬：冬季。志逸海上，语出《论语·公冶长》："子曰：道不行，乘桴浮于海。"

⑨陶然：舒畅快乐貌。浩尔：浩然，广大貌。太素：古人所谓最原始的

物质。青鸟：神话中的鸟名，西王母的使者。丹丘：仙人居住的地方。

⑩慨叹时光飞逝。语出《诗·唐风·蟋蟀》："蟋蟀在堂，岁聿其逝。今我不乐，日月云迈。"

⑪语出《论语·阳货》："诗可以兴，可以观，可以群，可以怨。"著：明。

⑫醉书：草书。散洒：豪放不羁。清庙：太庙。

⑬毕大拾遗：毕构。陆六侍御：陆余庆。崔司议：崔泰之。崔兵曹：名不详。鲜于晋：名不详。崔湎子：疑为崔沔。怀一道人：卢藏用《陈氏别传》作"道人史怀一"，《新唐书·陆余庆传》作"释怀一"，为"方外十友"之一。实录：符合实际的记载。《汉书·司马迁传赞》："其文直，其事核，不虚美，不隐恶，故谓之实录。"

⑭幽默：寂静无声。潜居：隐居。

⑮忽：疾速。孤愤：《韩非子》中的名篇。遐吟：长吟。

长寿二年至圣历元年(693—698)

感遇 其十

深居观群动,悜然争朵颐^①。谗说相啗食,利害纷嚘嘊^②。
便便夸毗子,荣耀更相持^③。务光让天下,商贾竞刀锥^④。
已矣行采芝,万世同一时^⑤。

【题解】

此诗约作于长寿二年(693)至圣历元年(698)。世人为争名夺利,互相
诬陷欺诈,令人厌恶。想到务光,诗人遂生隐逸之意。

【注释】

①居:弘治本作"闱"。群动:世间各种活动。弘治本、翻宋本、万历本、
活字本、四库本、《文粹》、《新集》、《品汇》、《全唐诗》作"元化"。悜然:处心
积虑貌。朵颐:鼓腮嚼食。

②谗说:谗言。嘊嘊(yì):欺诈。弘治本作"疑疑"。

③便便:花言巧语貌。夸毗子:卑屈诡谀的人。

④务光:古代隐士。汤伐桀前,曾请务光出谋划策,被拒绝。典出《庄
子·让王》。刀锥:喻小利。

⑤采芝:指隐逸。"万世"句:语出阮籍《咏怀》其十五。

【汇评】

明顾璘:恶嗜利也。天地之道,在所养而已,物类相啗,小人嗜利,岂知
养之以道哉?(《批点唐音》卷一)

明张震:此诗谓人尚利,争相夸毗以取荣于一世,而不知揖让之美,虽
千万世犹同一时也。盖亦以喻武氏之篡夺,而当世奸谀之徒,更相夸大毗
附,以助其恶,而取笑于后世也。(《唐音辑注》卷一)

清沈德潜:此言群动纷争,互相啗食,不如采芝深山之为乐也,安得与

便便者争刀锥之末乎?(《唐诗别裁》卷一)

清陈沆:以下诸章,皆畏害隐归之思。"谗说相啖食",与上"呦呦南山鹿"一首同旨。(《诗比兴笺》卷三)

感遇 其十五

贵人难得意,赏爱在须臾。莫以心如玉,探他明月珠①。
昔称夭桃子,今为春市徒②。鸱鸮悲东国,麋鹿泣姑苏③。
谁见鸱夷子,扁舟去五湖④。

【题解】

此诗约作于长寿二年(693)至圣历元年(698)官右拾遗之后、归田之前。君主喜怒无常,臣子难得善终,令人心悲。存挂冠之志。

【注释】

①探:杨校、翻宋本作"采"。明月珠:即夜明珠,喻爵禄。

②夭桃子:艳若桃花的女子。语出《诗·周南·桃夭》:"桃之夭夭,灼灼其华。"春市徒:服刑舂米的囚徒。事见《汉书·外戚传上》。

③鸱鸮(chī xiāo):鸟名。恶鸟,一说是猫头鹰。常用以比喻贪恶之人。东国:周公东征之地,在今淮河下游一带。周武王死后,成王年幼,周公摄政,管叔等散布谣言诬陷周公。事见《史记·鲁周公世家》。姑苏:姑苏台,吴王夫差所建。典出《史记·吴太伯世家》,意谓伍子胥忠而罹难。

④鸱夷子:范蠡别号。典出《国语·越语下》,范蠡佐越王灭吴后,功成身退,乘轻舟泛于五湖。

【汇评】

宋刘辰翁:莫以心可玉不变,为之入海求珠,语自佳矣。此"如玉"字,与前"桃李花"语,同参差不尽类,故是一病。结得好。(《唐诗品汇》卷三引)

明顾璘：宠不可久居。（《批点唐音》卷一）

明张震：此诗盖谓恩幸不可久恃，若周公尚不免管蔡之流言，范蠡尚畏越王之不可以共安乐也。（《唐音辑注》卷一）

明周敬：气格散朗，语复精研。（《唐诗选脉会通评林》，转引自《唐诗汇评》）

明周珽："如玉"指贞心，"明珠"指爵禄。言我虽忠贞自信，未即能坚人主之爱，须识荣之所在，常为辱之所伏，故下文极言不可不鉴，知几也。（《唐诗选脉会通评林》，转引自《唐诗汇评》）

明唐汝询：此言荣宠不长，人臣当见几而去也。言贵人喜怒不测，难当其意，即得见赏爱，亦须臾耳，岂可以我贞心，市彼爵禄乎？譬之女色，昔称夭桃，今为春妇矣，何人臣之能长有宠也？夫圣如周公，忠如伍子，犹不免于疑谤，彼不如二子者，其能免刑戮哉？然在朝之臣，往往贪禄，谁见鸱夷之乘扁舟者？岂伯玉之去志亦未决邪？（《唐诗解》卷一）

清王尧衢：赵孟之所贵，赵孟能贱之。"赏爱在须臾"一语，可以寒千古往来奔竞之胆。（《唐诗选评》卷一）

清陈沆：悼将相大臣之不令终也。夫骊龙颔下有珠焉，有逆鳞焉，苟自倚其心之无他，可以探其珠，而不知适撄其麟。昔日荣华，今日春市，流言危公旦，忠鲠戮子胥，其以功名始终如范蠡者何人哉？子昂尝上疏云："陛下好贤而不任，任而不能信，信而不能终者，盖以尝信任而不效，如裴炎、刘祎之、周思茂、骞味道，固尝蒙用，皆孤恩前死，是以疑于信贤，是犹因食病噎而欲绝食也。"盖同斯旨。（《诗比兴笺》卷三）

感遇 其二十二

微霜知岁晏，斧柯始青青①。况乃金天夕，浩露沾群英②。
登山望宇宙，白日已西暝。云海方荡潏，孤鳞安得宁③？

此诗约作于长寿二年(693)至圣历元年(698)官右拾遗。微霜浩露,百花凋谢,白日熹微,云海激荡,这一片秋天肃杀的景象,都是政局的写照。

【注释】

①"微霜"二句:做斧柄的树木,开始也是幼苗。

②金天:秋天。浩露:浓露。《品汇》卷三作"皓露"。群英:百花。

③云海:大海。荡潏(jué):汹涌澎湃。孤鳞:孤独之鱼。

感遇 其二十五

玄蝉号白露,兹岁已蹉跎①。群物从大化,孤英将奈何②。
瑶台有青鸟,远食玉山禾③。昆仑见玄凤,岂复虞云罗④?

【题解】

此诗约作于长寿二年(693)至圣在元年(698)官右拾遗。瑶台青鸟,昆仑玄凤,寄托着隐居避世的愿望。

【注释】

①玄蝉:秋蝉,寒蝉。《纪事》卷八作"寒蝉"。

②大化:四时寒暑变化。

③"瑶台"二句:语出鲍照《代空城雀》。瑶台:神话中西王母所居,在昆仑山。玉山禾:传说中的昆仑山的木禾。

④昆仑、玄凤:见《山海经·西山经》。玄凤,凤凰。虞:忧虑。弘治本作"叹"。云罗:高入云天的罗网。

【汇评】

明顾璘:衰世远举,可以离患。(《批点唐音》卷一)

明张震:《选诗补注》以此诗为子昂既仕之后,不得已而随时就禄,嗟以清高孤洁之志,不得如青鸟之见玄凤也。(《唐音辑注》卷一)

明唐汝询：此又言事后非得已而有尘外之想焉。言蝉号白露，以比众庶无依；而兹岁蹉跎，则言唐祚将亡矣。彼举朝之臣，悉为武氏用，我虽孤高，而如之何哉？亦不免从众苟禄也。当此之时，惟青鸟之食木禾而友玄凤，则可以脱于罗网，然岂吾辈所能哉？（《唐诗解》卷一）

清沈德潜：人生天地中，不能不随时变迁，或游仙庶几可免也。此无可奈何之辞。（《唐诗别裁》卷一）

感遇 其三十六

浩然坐何慕，吾蜀有峨眉①。念与楚狂子，悠悠白云期②。
时哉悲不会，涕泣久涟洏③。梦登绥山穴，南采巫山芝④。
探元观群化，遗世从云螭⑤。婉娈将永矣，感悟不见之⑥。

【题解】

此诗约作于长寿二年（693）至圣历元年（698）。心羡峨眉、楚狂，以至梦登绥山，巫山采芝，驾乘云龙，表达了隐逸求仙之志。

【注释】

①慕：翻宋本、《文粹》卷一八、《新集》、《品汇》卷三作"暮"。

②楚狂子：楚狂接舆。典出《论语·微子》。白云：喻仙道。

③悲：弘治本作"怨"。涟洏：流泪貌。

④绥山：在峨眉山西南，仙人所居。《纪事》作"西山"。采芝：采芝草服食以延命。采：弘治本作"米"。巫山：翻宋本、《文粹》、《纪事》、《新集》、《品汇》作"巫江"。

⑤探元：求道。群化：万物的变化。万历本、《新集》、《品汇》作"奇化"，《纪事》作"造化"。云螭（chī）：传说中龙的别称。

⑥婉娈：龙飞貌。将：《文粹》《全唐诗》作"时"。

【汇评】

清陈沆：此与上"索居犹几日"一章同旨，皆以故乡寓故国之思也。"念

116

与楚狂子",谓同志王室之人。"时哉悲不会",谓不遇可乘之机。绥山之桃,巫山之芝,谓求延年不死之药,而恐不可得也。"婉娈时永","感悟不见",其故主之思乎!(《诗比兴笺》卷三)

群公集毕氏林亭①

金门有遗世,鼎实恣和邦②。默语谁相识,琴樽寄北窗③。
子牟恋魏阙,渔父爱沧江④。良时信同此,岁晚迹难双⑤。

【题解】

此诗约作于圣历元年(698)归田前夕,自比避世金门的东方朔,向往琴樽雅兴的隐逸生活。

【注释】

①毕氏:即毕构,陈子昂的好友,"方外十友"之一。林亭:翻宋本、活字本无"林"字。

②金门:即金马门。东方朔避世于朝廷,典出《史记·滑稽列传》褚少孙补。遗世:避世隐居。翻宋本、活字本、《诗渊》作"遗士"。鼎实:鼎中所盛食物。和邦:治国。

③默语:同语默,隐居或出仕。相:活字本、《诗渊》、《全唐诗》卷八四作"能"。琴樽:弹琴喝酒的隐居生活。北窗:陶渊明《与子俨等疏》:"常言五六月中,北窗下卧,遇凉风暂至,自谓是羲皇上人。"弘治本作"此窗"。

④子牟:即魏公子牟。典出《庄子·让王》:"中山公子子牟谓瞻子曰:'身在江海之上,心居魏阙之下,奈何'?"后常用作心存朝廷或忧国的典实。渔父、沧江:典出《楚辞·渔父》:"沧浪之水清兮,可以濯吾缨。沧浪之水浊兮,可以濯吾足。"

⑤"良时"二句:意谓今日与群公同游,然终当归隐,分道扬镳。

117

彩树歌^①

嘉锦筵之珍树兮,错众彩之氛氲^②。状瑶台之微月,点巫山之朝云^③。

青春兮不可逢,况蕙色之增芬。结芳意而谁赏,怨绝世之无闻^④。

红荣碧艳坐看歇,素华流年不待君^⑤。故吾思昆仑之琪树,厌桃李之缤纷^⑥。

【题解】

此诗约作于长寿二年(693)至圣历元年(698)官右拾遗时。咏彩树,寄寓盛年易逝、壮志不酬的慨叹,以及归隐的意愿。

【注释】

①彩树:用彩色绢帛装饰的灯柱。

②锦筵:盛美的筵席。错:交错。

③微月:新月。指农历月初的月亮。朝云:巫山神女名。

④绝世:死亡。

⑤红荣碧艳:红花绿叶。歇:凋谢。素华:白色光华,指时光。待:弘治本缺此字,四库本作"见"。

⑥琪树:仙家玉树。

送　客

故人洞庭去,杨柳春风生。相送河洲晚,苍茫别思盈。

白蘋已堪把,绿芷复含荣^①。江南多桂树,归客赠生平^②。

【题解】

此诗约作于长寿二年(693)至圣历元年(698)官右拾遗时。因送别友人而遥想楚地风光,清新淡雅、情真意切。

【注释】

①含荣:形容茂盛。化用王僧孺《湘夫人诗》"白蘋徒可望,绿芷竟空滋"。

②桂树:喻坚贞不屈的节操。生平:翻宋本、活字本作"平生"。

【汇评】

明钟惺:起二句语直,自然多情。末二句尤妙在无着落。(《唐诗归》卷二)

明唐汝询:凡古诗有半似律体者,如伯玉"故人洞庭去"、太白"去国登兹楼"是也。(《唐诗解·凡例》)

又:此言故人归楚,而当春风柳发之初,于是送至河洲,而离情满怀也。因想此时白蘋绿芷,皆可采摘;而予之所好者,独江南之桂树,足以赠我耳。盖取幽隐芳洁之意。(《唐诗解》卷一)

清王夫之:大概与吴均、柳恽相为出入,唐五言佳境,力尽此矣。正字意不自禁,乃别为谝急率滞之词,若将度越然者,而五言遂自是而亡。(《唐诗评选》卷二)

清吴乔:陈伯玉之"故人洞庭去",薛稷之《秋日还京》诗、《鱼山亭》诗,五古之至善者也。(《围炉诗话》卷二)

又:陈子昂之"故人洞庭去",与岑参之《送卫凭》,文理何异,而可以一为古一为律乎?(《围炉诗话》卷二)

清沈德潜:言白蘋绿芷亦可采以赠人,而桂有坚贞之性,故欲折以相遗也。(《唐诗别裁》卷一)

送魏兵曹使嶲州 得登字①

阳山淫雾雨,之子慎攀登②。羌笮多珍宝,人言有爱憎③。
思酬明主惠,当尽使臣能④。勿以王阳叹,邛道畏崚嶒⑤。

【题解】

此诗约作于长寿二年(693)至圣历元年(698)。魏兵曹是朝廷派往蜀
中的使臣,陈子昂希望他不因畏惧邛道崎岖艰险而不前,也不因此地多珍
宝而贪赃枉法。

【注释】

①魏兵曹:名未详。嶲(xī)州:唐朝古州名。治所在今四川省西昌市。
得登字:指分韵作诗,拈得"登"字韵。

②阳山:唐初县名,治所在今四川省汉源县东南。之子:此人。

③羌、笮(zuó):古族名。

④思:《英华》卷二九六校、《全唐诗》作"欲"。

⑤"勿以"二句:典出《汉书·王尊传》:"王阳行至邛崃山九折坂,叹曰:
'奉先人遗体,奈何数乘此险?'后王尊也经过此地,叱马曰:'驱之! 王阳为
孝子,王尊为忠臣!'"王阳:即王吉,传在《汉书》卷七二。叹:《英华》校、《全
唐诗》作"道"。邛道:邛崃山九折坂,在今四川省荥经县西。路途艰险。
《英华》校、《全唐诗》作"迢递"。崚嶒:形容山峰高峻重叠。

古意题徐令壁①

白云苍梧来,氛氲万里色②。闻君太平世,栖泊灵台侧③。

此诗约作于长寿二年(693)至圣历元年(698)官右拾遗时。苍梧白云，氤氲万里，托古咏怀，抒发落寞之感。

【注释】

①《诗式》卷五题作"古意题徐著作壁"，翻宋本、活字本、《品汇》卷三八题作"古意题徐著作令壁"。徐令：不详。

②苍梧：山名，在今湖南省宁远县南。氤氲：气盛貌。

③闻：弘治本作"问"。灵台：东汉第五颉客居之所，故址在今河南省洛阳市。

春台引 寒食集毕录事宅作①

感伤春兮，生碧草之油油②。怀宇宙以汤汤，遂登高台而写忧③。

迟美人兮不见，恐青岁之还遒④。从毕公以酣饮，寄林塘而一留⑤。

采芳荪于北渚，忆桂树于南州⑥。何云木之英丽，而池馆之崇幽⑦。

星台秀士，月旦诸子⑧。嘉青鸟之辰，迎火龙之始⑨。挟宝书与瑶瑟，芳蕙华而兰靡⑩。

乃掩白蘋，藉绿芷⑪。酒既醉，乐未已。击青钟，歌《绿水》⑫。

怨青春之萎绝，赠瑶华之旖旎。愿一见而导意，结众芳之绸缪⑬。

曷余情之荡漾，瞩青云以增愁⑭。怅三山之飞鹤，忆海上之白鸥⑮。

重曰⑯：群仙去兮青春颓，岁华歇兮黄鸟哀。富贵荣乐几时兮，朱宫翠堂生青苔⑰。白云兮归来。

【题解】

此诗约作于延载元年(694)至圣历元年(698)官右拾遗时。诗人心情抑郁，登高写忧，有归隐之意。

【注释】

①春台：春日登眺览胜之处。引：乐曲体裁之一。寒食：节名，在清明节的前一天。毕录事：名不详。弘治本缺"录事宅作"四字。

②语出《史记·宋微子世家》："麦秀渐渐兮，禾黍油油。"伤春：《英华》《品汇》《全唐诗》作"阳春"。

③汤汤(shāng)：浩荡无际的样子。《英华》《品汇》《全唐诗》作"伤远"。遂：《英华》《品汇》《全唐诗》无此字。

④迟：思。美人：指贤士。青岁：青春。还：《英华》《品汇》《全唐诗》作"遂"。

⑤林塘：树林池塘。语出刘孝绰《侍宴饯庾於陵应诏》"林塘多秀色"。

⑥芳荪：香草名。南州：《英华》《品汇》作"南洲"。

⑦英丽：《品汇》《全唐诗》作"美丽"。

⑧星台秀士：朝廷选拔的德才兼优之士。月旦诸子：品评的人才。均指集会诸人。

⑨嘉：《英华》《品汇》校作"喜"。青鸟之辰：春日。火龙之始：初夏。

⑩瑟：《英华》作"琴"。

⑪掩：覆盖。藉：这里指垫草坐地。

⑫青钟：青钟大音。代表东方之钟，发春声。《绿水》：古曲名。《英华》《品汇》《全唐诗》作"渌水"。

⑬导意：致意。《英华》作"道"。绸缪：情真意厚。

⑭濊：《英华》作"漾"。嘱：弘治本作"独"。

⑮怅：弘治本作"恨"。三山：传说中的蓬莱、方丈、瀛洲三神山。海上白鸥：典出《世说新语·言语》刘孝标注引《庄子》："海上有人好鸥鸟者，旦

而之海上,从鸥鸟游。鸥鸟至者百数,其父曰:'吾闻鸥从汝游,试取来吾从玩之。'曰:'诺。'明旦之海上,鸥鸟舞而不下。"今本《庄子》无。意谓海人有机心,则鸥鸟舞而不下。

⑯重曰:愤懑未尽,情志未申,再次陈辞。重:《英华》《品汇》作"且"。荣乐:荣乐逸乐。

⑰翠:《英华》《品汇》作"碧"。

与东方左史虬修竹篇①并序

东方公足下:文章道弊五百年矣②。汉魏风骨③,晋宋莫传,然而文献有可征者。仆尝暇时观齐梁间诗,彩丽竞繁,而兴寄都绝。每以永叹④,思古人,常恐逶迤颓靡,风雅不作,以耿耿也⑤。一昨于解三处,见明公《咏孤桐篇》,骨气端翔,音情顿挫,光英朗练,有金石声⑥。遂用洗心饰视,发挥幽郁⑦。不图正始之音,复睹于兹,可使建安作者相视而笑⑧。解君云:"张茂先、何敬祖,东方生与其比肩。"仆亦以为知言也⑨。故感叹雅制,作《修竹诗》一篇,当有知音以传示之⑩。

龙种生南岳,孤翠郁亭亭⑪。峰岭上崇崒,烟雨下微冥⑫。
夜闻鼯鼠叫,昼聒泉壑声⑬。春风正淡荡,白露已清泠⑭。
哀响激金奏,密色滋玉英⑮。岁寒霜雪苦,含彩独青青。
岂不厌凝冽,羞比春木荣⑯。春木有荣歇,此节无凋零。
始愿与金石,终古保坚贞。不意伶伦子,吹之学凤鸣⑰。
遂偶云和瑟,张乐奏天庭⑱。妙曲方千变,《箫韶》亦九成⑲。
信蒙雕斫美,常愿事仙灵。驱驰翠虬驾,伊郁紫鸾笙⑳。
结交嬴台女,吟弄《升天行》㉑。携手登白日,远游戏赤城㉒。

低昂玄鹤舞,断续彩云生^㉓。永随众仙逝,三山游玉京^㉔。

【题解】

此诗约作于神功元年（697）秋之后。《修竹篇序》标举"汉魏风骨""风雅""兴寄"，赞誉东方虬之诗"骨气端翔，音情顿挫，光英朗练，有金石声"。这是陈子昂的诗歌理论的纲领，也是唐诗革新的著名宣言，正所谓"一代唐音起射洪"，以至于此序名气大于《修竹诗》。竹以风骨、气节见誉，素有君子之称。诗中盛赞修竹品种优异，孤高傲世，凌霜斗雪，四季青翠，坚贞不移，金石凤鸣。属咏物言志一类。

【注释】

①东方虬：字曼倩，唐礼部员外郎。修竹：修长的竹子。

②五百年：从晋到唐陈子昂作《修竹篇》，约 430 年。这里五百年是概数。

③汉魏风骨：即建安风骨。

④彩丽竞繁：指辞藻艳丽，堆砌典故。兴寄：用比兴寄托深刻的内涵。永叹：长叹。

⑤思：《文粹》作"窈思"。逶迤：衰败貌。翻宋本、《全唐诗》作"迤逦"，活字本作"迤逦"，《品汇》作"迤逦"。颓靡：衰颓。风雅：指《诗经》中的《国风》与《小雅》、《大雅》，指诗歌的优良传统。耿耿：不安。

⑥一昨：昨日，前几日。解三：解琬，魏州元城人。事见《旧唐书》卷一百、《新唐书》卷一三〇本传。明公：对有名位者的尊称。《咏孤桐篇》：今佚。骨气端翔：骨力刚健，气势飞动。音情：《纪事》作"音韵"。音情顿挫：音节抑扬，情思沉郁。光英：《文粹》作"光映"。光英朗练：光彩耀目，明朗简练。金石声：比喻音韵铿锵。

⑦洗心：涤除机心，净化心灵。饰视：使眼目明亮。《纪事》作"收视"。

⑧正始：是三国魏齐王的年号，正始之音以阮籍、嵇康的诗文为代表。《文心雕龙·明诗》："正始明道，诗杂仙心。何晏之徒，率多浮浅。唯嵇志清峻，阮旨遥深，故能标焉。"相视而笑：谓彼此视为知己。

⑨张茂先：张华，字茂先，晋范阳方城人。事见《晋书》卷三六本传。何

124

敬祖:何劭,字敬祖,陈国阳夏人。事见《晋书》卷三三本传。知言:有见识的言论。

⑩雅制:典雅之作,指《咏孤桐篇》。篇:活字本、《全唐诗》作"首"。

⑪龙种:品种优良的竹子。翻宋本校作"龙钟",《全唐诗》校作"钟龙"。南岳:衡山,在今湖南省衡阳市北。孤翠:特立而青翠。郁:茂盛的样子。

⑫峰岭:《文粹》作"峰顶"。崇崒(zú):高峻的样子。微冥:昏暗的样子。

⑬鼯鼠:鼠名。大飞鼠。聒(guō):嘈杂。

⑭淡荡:同"澹荡",舒缓荡漾。清泠:秋露清凉。

⑮哀响:指秋风声。金奏:击钟奏乐,喻风声。密色:深色,指严冬竹色深青。玉英:玉之精英,此处喻雪花。

⑯厌:受尽。凝冽:严寒。春木荣:语出三国魏嵇康《赠秀才入军诗》其十三:"春木载荣,布叶垂阴。"

⑰伶伦:传说中黄帝时的乐官。《吕氏春秋·古乐》:"昔黄帝令伶伦作为律。"

⑱云和瑟:《周礼·春官·大司乐》:"孤竹之管,云和之琴瑟。"

⑲箫韶:舜乐名。《尚书·益稷》:"《箫韶》九成,凤凰来仪。"亦:《文粹》《品汇》作"已"。

⑳翠虬(qiú):青龙。伊郁:忧愤郁结。紫鸾笙:形状如凤的紫色笙。

㉑嬴:弘治本作"蠃"。嬴台女:指仙女弄玉,典出西汉刘向《列仙传》卷上。升天行:乐府杂曲歌辞。

㉒登白日:升天。赤城:山名,在今天浙江省天台县北。

㉓玄鹤舞:见《韩非子·十过》:"师旷不得已,援琴而鼓。一奏之,有玄鹤二八,道南方来,集于郎门之塎。再奏之而列。三奏之,延颈而鸣,舒翼而舞。音中宫商之声,声闻于天。"

㉔去:翻宋本、活字本、《全唐诗》作"逝"。三山:蓬莱、方丈、瀛洲,传说中三座仙山。玉京:道教谓天帝所居的仙都。

【汇评】

明顾璘:本修洁而不期荣贵。又:君子出处之心,数语而足。(《批点唐

125

音》卷一）

明张震：今按子昂诗中之意，盖亦自托其有正直之德，可比于君子，而不用于朝廷以展其自修之德也欤？（《唐音辑注》卷一）

清翁方纲：唐初群雅竞奏，然尚沿六代余波，独至陈伯玉崒兀英奇，风骨峻上。盖其诣力，毕见于《与东方左史》一书。（《石洲诗话》卷一）

清余成教：愚谓拾遗之苦节读书，文词宏丽，其心力所注，见之于《与东方左史虬书》云云。呜乎！惟其能耿耿于"风雅不作"也，乃能树风骨而振五百年之弊，《感遇》诸诗，所以夐然独立也。（《石园诗话》卷一）

清许印芳：士人造道，志识为先，伯玉此书，识议超卓，志气高远，宜其振颓靡而追风雅。昌黎《荐士》诗云："国朝盛文章，子昂始高蹈。"信非虚语。（《诗法萃编》卷六上）

送东莱王学士无竞①

宝剑千金买，平生未许人。怀君万里别，持赠结交亲②。
孤松宜晚岁，众木爱芳春③。已矣将何道，无令白发新④。

【题解】

此诗约作于圣历元年（698）之前。王无竞任学士之后，政治上失意而远行，陈子昂送别王无竞，赠剑寄意，表达了对他的勉励和期望。

【注释】

①东莱：汉郡名，唐初改为莱州，治所在今山东省莱州市。王学士无竞：字仲烈，事见两《唐书》本传。

②万里别：远别。持赠：赠剑。

③孤松：语出《论语·子罕》："岁寒，然后知松柏之后凋也。"

④道：杨校、《英华》卷二六七作"适"。无令：勿使。白发新：长出新的白发。发：《英华》、翻宋本、活字本、《全唐诗》卷八四作"首"。

【汇评】

明徐用吾:刊落铅华,远去六朝。(《唐诗绪笺》卷六引)

明程元初:子昂送以此诗,剑以喻其坚刚,松以喻其贞操,众人竞趋艳阳,独卓立寒苦,今虽谪去,犹当及时有为。愿望之情何其谆切,而惜贤之意深矣。(《唐诗绪笺》卷六)

圣历元年之后(698—700)

感遇 其二十

玄天幽且默,群议曷嗤嗤①。圣人教犹在,世运久陵夷②。
一绳将何系,忧醉不能持③。去去行采芝,勿为尘所欺④。

【题解】

此诗约作于圣历元年(698)春夏。慨叹世运陵夷,一绳难持,欲避开尘世,归隐山林。

【注释】

①"玄天"句:意谓苍天无言。嗤嗤:喧扰貌。

②"圣人"句:《周易·观卦》:"圣人以神道设教,而天下服矣。"陵夷:衰颓。翻宋本、《文粹》卷一八、《纪事》卷八、《新集》作"陵迟"。

③"一绳"句:意谓一人之力,难以挽救久颓的世运。忧醉:忧心如醉。持:扶持。

④采芝:指隐居。尘:尘埃,喻浊世。

【汇评】

明顾璘:当横议宜知所择。(《批点唐音》卷一)

明张震:此诗亦叹世道之陵夷,不可复支,而思欲遁隐也。(《唐音辑注》卷一)

清陈沆:天意渺冥,难可情测,惟以人事度之,则先王之德泽犹在,未应遽斩,世运之凌夷已深,又似难回。展转二端,忧心如醉。一绳系日,诚不能持。意惟洁身常往,不与尘淄矣乎!盖欲去未忍,欲求无权,决计良难,岂伊朝夕?(《诗比兴笺》卷三)

感遇 其二

兰若生春夏，芊蔚何青青^①。幽独空林色，朱蕤冒紫茎^②。
迟迟白日晚，袅袅秋风生^③。岁华尽摇落，芳意竟何成^④。

【题解】

此诗约作于圣历元年(698)归田之后。兰若生于山林而无人欣赏，隐寓着诗人怀才不遇的感慨；岁华摇落，芳意无成，蕴含着诗人壮志不酬、理想幻灭的忧伤。

【注释】

①兰若：兰草与杜若，都是香草。芊蔚、青青：草木茂盛的样子。

②幽独：寂寞孤独。空林色：兰若之美，使林中花草黯然失色。朱蕤(ruí)：红花。冒：覆盖。

③迟迟：渐渐地；慢慢地。《诗经·豳风·七月》："春日迟迟，采蘩祁祁。"袅袅：秋风摇木貌。

④岁华：草木一年一度花开花落，故称。摇落：凋零，零落。芳意：兰若芳香之意，喻诗人美好之志。

【汇评】

宋刘辰翁：又以芳草为不足也。(《唐诗品汇》卷三引)

明顾璘：叹君子失时而无成也。(《批点唐音》卷一)

明张震：此诗子昂自惜有忠贞之节，幽静之德，且生遇其时，而才冠于人，足以行其志，而不得用于时。又《选诗补注》以为此诗子昂未仕时作，盖恐岁月遂暮而无成也。(《唐音辑注》卷一)

明唐汝询：此志在登庸，忧时暮也。言兰若当春夏之时，郁然茂盛，虽居幽独，而其花茎之美，足使群葩失色，所谓"空林色"也。若于此时而不为人所知，则迟日往而秋风来，随众凋落而无成矣。以比己抱美才而处山泽，若不以盛年用世，至于衰老，将安及哉？(《唐诗解》卷一)

明程元初:诗欲气高而不怒,怒则失于风流。此诗气高而不怒。(《唐诗绪笺》卷六)

清王尧衢:此感志之无成也。兰若自春而夏,郁然茂盛,幽而独芳,秀出空林之色,虽有朱蕤紫茎,至于白日既晚,秋风复生,则随岁华之凋落,而芳意迄于无成矣。人之淹留迟暮,负才不遇,亦犹芳兰之摇落于空谷也。(《唐诗合解》卷一)

清吴汝纶:此自伤不遇明时。(高步瀛《唐宋诗举要》卷一引)

感遇 其三十一

揭来豪游子,势利祸之门①。如何兰膏叹,感激自生冤②。
众趋明所避,时弃道犹存。云渊既已失,罗网与谁论③。
箕山有高节,湘水有清源④。唯应白鸥鸟,可为洗心言⑤。

【题解】

此诗约作于圣历元年(698)。言势利为招祸之门,多才者因才丧生。世间如同罗网,许由隐居箕山,屈原放逐湘水,鸥鸟忘机,皆洗心自洁。故此当归隐山林,远离祸患。

【注释】

①揭(hé)来:语助词。豪游子:奢侈游宴之徒。

②"如何"句:用《汉书·龚胜传》楚老吊唁龚胜"薰以香自烧,膏以明自销"语,意谓有才之患。兰:兰草。膏:灯油。叹:杨校、万历本作"歇",四库本作"美"。冤:《纪事》卷八作"怨"。

③渊:翻宋本、《文粹》卷一八、《纪事》、《新集》作"泉"。

④箕山:许由隐居之地,在今河南省登封市东南。湘水:屈原被放逐沅江、湘江一带,又自沉于湘江支流汨罗江。以清澈水源喻屈原高洁的情操。

⑤白鸥鸟:海鸥。典出《世说新语·言语》刘孝标注引《庄子》:"海上有人好鸥鸟者,旦而之海上,从鸥鸟游。鸥鸟至者百数,其父曰:'吾闻鸥从汝

游,试取来吾从玩之。'曰:'诺。'明旦之海上,鸥鸟舞而不下。"今本《庄子》无。意谓海人有机心,则鸥鸟舞而不下。为:万历本、《品汇》卷三作"与"。洗心:涤除机心,净化心灵。

【汇评】

宋刘辰翁:后世诵其言而悲之。(《唐诗品汇》卷三引)

明顾璘:势利生冤,不如远举而自足。(《批点唐音》卷一)

明张震:此诗盖亦刺当时仕进不知趋避而遭患害者,如兰之膏而自焚,故后引许由之隐去,屈原之自沉,千古之下,清风劲节不可得而泯灭。故末句引惟应若鸥鸟忘机于五湖者,方可言此。(《唐音辑注》卷一)

清沈德潜:"众趋明所避,时弃道犹存。"此老氏之学。(《唐诗别裁》卷一)

感遇 其三十

可怜瑶台树,灼灼佳人姿①。碧叶映朱实,攀折青春时②。
岂不盛光宠,荣君白玉墀③。但恨红芳歇,彫伤感所思④。

【题解】

此诗约作于圣历元年(698)归田之后。托物言志,写瑶台佳树从碧叶朱实风华正茂到红褪芳歇枝叶凋零,从盛光宠到零落成泥,借以抒发对自己人生际遇的感慨。

【注释】

①可怜:可爱。怜:《文粹》卷一八、《纪事》卷八作"惜"。灼灼:花开繁盛貌。

②碧叶:弘治本作"碧华"。

③盛:《新集》作"甚"。光宠:光荣,荣耀。白玉墀(chí):宫殿前的玉石台阶。亦借指朝堂。

④彫:翻宋本、活字本、《文粹》、《纪事》、《全唐诗》作"凋"。

宋刘辰翁:古意。(《唐诗品汇》卷三引)

明顾璘:忧贤人之不遇也。(《批点唐音》卷一)

明张震:此诗盖谓王后之废,而太子亦以母废而为武后所杀。故前四句兴起,有此灼灼美盛之佳人,而华实又相映而光美矣,惜当青春之时而攀折以损其花,并损其实也。后二句则言前以蒙君恩而光宠矣。结二句则又自言太子因母废而亦被杀,故因有所感,而不胜悲思之惜也。(《唐音辑注》卷一)

清陈沆:"可怜瑶台树""兰若生春夏""白日每不归""林居病时久"四章,皆观物述怀之诗。"岂不盛光宠,荣君白玉墀",追向用于前时;"岁华尽摇落,芳意竟何成",叹志事之不就;"林卧观无始"、"林居病时久",则皆归田后之词也,故以终焉。世人所谓《感遇诗》者,不出此四章之旨而已。夫君子之遇世也,仅以一身而已乎?(《诗比兴笺》卷三)

感遇 其三十二

索居独几日,炎夏忽然衰①。阳彩皆阴翳,亲友尽睽违②。
登山望不见,涕泣久涟洏③。宿昔感颜色,若与白云期④。
马上骄豪子,驱逐正蚩蚩⑤。蜀山与楚水,携手在何时⑥。

【题解】

此诗约作于圣历二年(699)夏末。抒写归隐后离群索居的孤寂心情。亲友分离良久,人生易老,携手之日何时?恐空负白云之期。

【注释】

①索居:独居。独:《纪事》卷八三作"犹",《新集》作"能"。

②阳彩:阳光。阴翳:遮蔽。睽(kuí)违:分离,隔离。

③涟洏(ér):涕泪交流的样子。

④宿昔:经常。翻宋本、《文粹》卷一八、《新集》、《品汇》卷三、《全唐诗》作"宿梦"。感颜色:因容颜易老而感慨。

⑤马上:《文粹》作"世中"。骄豪子:傲慢强横之徒。驱逐:策马驰逐。蚩蚩:纷乱貌。翻宋本、舒本、《纪事》、《新集》、《品汇》作"嗤嗤"。

⑥蜀山:代指隐居蜀中者,即诗人自指。楚水:代指楚地的友人。

【汇评】

清陈沆:子昂举进士在高宗末年,逾年而武后废庐陵称制,故云"索居犹几日,炎夏忽然衰"也。"阳彩皆阴翳",喻佞幸党附之盈朝。"亲友尽暌违",喻宗室勋旧之殂谢。"涕泣涟洒""宿梦颜色",故国故君之思也。"骄豪""驱逐",乘势煽权之人也。"若与白云期",以故乡寓帝乡之感。"蜀山楚水""携手何时",以故交寓故君之思。(《诗比兴笺》卷三)

感遇 其十八

逶迤势已久,骨鲠道斯穷①。岂无感激者,时俗颓此风②。
灌园何其鄙,皎皎於陵中③。世道不相容,嗟嗟张长公④。

【题解】

此诗约作于圣历元年(698)至久视元年(700)。诗人深感骨鲠之风衰颓,直道不行,耿直之人容易遭受打击。又以陈仲子、张长公为范,表达自身不与世同流合污的决心。

【注释】

①逶迤:衰颓。势:翻宋本、《文粹》卷一八、《纪事》卷八、《新集》、《品汇》卷三作"世"。骨鲠:刚正耿直。

②感激:感奋激发。

③"灌园"二句:赞美陈仲子的廉介。灌园:浇灌园圃。鄙:卑贱。皎皎:高洁。於陵(wū):地名。借指陈仲子。因居於陵,故称。中:弘治本作"子"。

④嗟嗟:悲叹声。张长公:《史记·张释之冯唐列传》:"其子曰张挚,字长公,官至大夫,免。以不能取容当世,故终身不仕。"《新集》"皎皎於陵中"与"世道不相容"两句位置互换。

【汇评】

清陈沆:子昂《八事疏》,其一云:"圣人大德,在能纳谏。太宗德参三王,而能容魏徵之直。今诚有敢谏骨鲠之臣,陛下宜广延顺纳,以新盛德。"又本传言后虽数召见问政事,论并详切,故奏闻辄罢。并骨鲠之明验也。《汉书》"张释之子挚字长公"云云,犹子昂屡触武后,又忤诸武,故壮年乞归也。(《诗比兴笺》卷三)

感遇 其七

白日每不归,青阳时暮矣①。茫茫吾何思,林卧观无始②。众芳委时晦,鹈鴂鸣悲耳③。鸿荒古已颓,谁识巢居子④?

【题解】

此诗约作于圣历元年(698)至久视元年(700)之间归田之后。诗人归隐之后,感叹世道日衰,古道不存。如同众芳褪色,鹈鴂悲耳,古代揖让之风早已衰颓,即令巢居子这样的高人隐士,又有谁能识见?

【注释】

①青阳:春日。

②林卧:隐居山林。无始:指太古。

③众芳:各种芳草。委:通萎,枯萎。时晦:时暮。鹈鴂(tíjué):一种鸟。《纪事》卷八作"悲鸣耳"。

④鸿荒:太古时代。巢居子:隐士巢父。

【汇评】

宋刘辰翁:"起语如此,安得不矍然?'林卧观无始',定非俗物。"(《唐诗品汇》卷三引)

明顾璘:叹衰世不明古道。(《批点唐音》卷一)

明张震:此诗子昂叹中宗之废,不得复位,而在己则年华已迈,不可再来,而君子道丧,小人道长,不复可如上古鸿荒之世,君臣尽揖让之风矣,则不如巢父之藏形韬光,以自晦于乱世也。(《唐音辑注》卷一)

明郝敬:有道情,有雅韵,不争声华艳丽之巧,高出唐人上。(《批点唐诗》卷一)

明周珽:穷力摹古,而浑穆之风朗然。(《唐诗选脉会通评林》,转引自陈伯海《唐诗汇评》)

明唐汝询:此叹世道之衰也。言白日每西驰不返,而春光忽已晚暮,我因感此而想世道日衰,于是林栖以观元化之始,盖有独存古道之意。而所睹之群芳,所闻之啼鸟,并随时显晦,乃知古风颓散已尽,我虽效巢居之子,世孰能识之耶?(《唐诗解》卷一)

清王熹儒:亦是前诗("微风生西海"章)之意。(《唐诗选评》卷一)

清王尧衢:此感世之不古也。言白日每去而不返,春阳易暮,岁序迁流,吾即有思,而茫茫何者?惟高卧林泉,以观无始,而驰想于皇初,乃众芳易歇,与时俱晦,鹍鸠之声,闻之耳悲,因知洪荒而来,古风已尽,即巢居子在今之世,其谁识之?(《唐诗合解》卷一)

感遇 其十三

林居病时久,水木淡孤清①。闲卧观物化,悠悠念无生②。
青春始萌达,朱火已满盈③。徂落方自此,感叹何时平④。

【题解】

此诗约作于圣历元年(698)至久视元年(700)归田之后。陈子昂隐居山林,心境日趋清静,然闲观物化,看春之萌生,秋之凋落,难免感慨不已。

【注释】

①"水木"句:意谓水木清幽,使孤寂之心更加淡泊清静。林居:隐居

山林。

②物化：事物之变化。悠悠：《文粹》卷一八作"悠然"。无生：道家谓有生于无，万物未生之前，天地混沌，是为无生。弘治本作"群生"。

③青春：指春天。春季草木茂盛，其色青绿，故称。朱火：夏天。

④徂(cú)落：凋落。《纪事》《新集》作"殂"。

【汇评】

宋刘辰翁：是古诗得意者。（《唐诗品汇》卷三引）

明顾璘：物候超忽，对之生感。（《批点唐音》卷一）

明张震：此诗盖谓万物变化生息之理。才长于春而已盈于夏，复殂落于秋矣。感万物之生化，嗟时之易迈，此所以兴叹不平也。（《唐音辑注》卷一）

明唐汝询：此忧生之叹也。言我因病卧林居，览时物，而有感彼生者必化，则不如无生矣。况才睹春初，忽经夏末，秋之凋落，又始于此，则我之慨叹，何时而已哉？（《唐诗解》卷一）

清王熹儒："水木淡孤清"五字扭合得妙。（《唐诗选评》卷一）

清沈德潜：有生必化，不如无生也。况春夏交迁，凋落旋尽，能无感叹耶？（《唐诗别裁》卷一）

感遇 其十四

临岐泣世道，天命良悠悠①。昔日殷王子，玉马遂朝周②。
宝鼎沦伊谷，瑶台成故丘③。西山伤遗老，东陵有故侯④。

【题解】

此诗约作于圣历元年(698)至久视元年(700)归田之后。从杨子哭歧路，到殷亡周兴，奢华的王宫变成废墟荒草，即令有伯夷、叔齐、东陵侯这些旧臣遗老也无力回天，诗人由此感慨人世变化、天命无常。

【注释】

①临岐:即临歧,面临歧路。后用为赠别之辞。良:确实,果真。

②"昔日"二句:指殷亡周兴。殷王子:指微子。殷帝乙之子,纣之庶兄。玉马:瑞器。喻贤臣。

③宝鼎:古代的鼎。原为炊器,后以为政权的象征,故称宝鼎。伊谷:指伊水和洛水,代指洛阳。故丘:《文粹》卷一八、《纪事》卷八、《全唐诗》卷八三作"古丘"。

④西山:指首阳山,在今山西省永济市南。遗老:指伯夷、叔齐。东陵故侯:指秦之遗老召平,《史记·萧相国世家》有载。

【汇评】

明顾璘:天命无常,人事随兴。(《批点唐音》卷一)

明周珽:起得超豁,的是选体。末二语见天命有属,即多忠义旧臣,徒博芳名千载,莫挽神器之不移也,主器者可弗慎与? 言外意深。(《唐诗选脉会通评林》,转引自《唐诗汇评》)

清陈沆:此章尤显。"昔日殷王子,玉马遂朝周"者,谓太子、相王等并改姓武氏之事也。周者,借寓其号。(《诗比兴笺》卷三)

感遇 其十七

幽居观大运,悠悠念群生①。终古代兴没,豪圣莫能争②。
三季沦周赧,七雄灭秦嬴③。复闻赤精子,提剑入咸京④。
炎光既无象,晋房纷纵横⑤。尧禹道既昧,昏虐世方行⑥。
岂无当世雄,天道与胡兵⑦。咄咄安可言,时醉而未醒⑧。
仲尼溺东鲁,伯阳遁西溟⑨。大运自古来,旅人胡叹哉⑩。

【题解】

此诗约作于圣历元年(698)归田之后。陈子昂的父亲陈元敬曾认为贤圣生能使大运复振、天道周复。但陈子昂则认为大运盈缩,自有其规律,即使是仲尼、伯阳一类圣贤亦无力回天。

①幽居:隐居。大运:天运。《文粹》卷一八、《全唐诗》卷八三作"天运"。悠悠:忧思貌。群生:百姓。

②终古:永远。代兴没:兴亡交替。豪圣:豪杰圣贤。争:对抗;改变。

③三季:夏、商、周三代之末。沦:亡。周赧:周赧王,东周末代君主,公元前 314 年至公元前 256 年在位。七雄:战国时期燕、赵、韩、魏、齐、楚、秦七个强国。秦嬴:即秦始皇嬴政,统一中国。嬴:弘治本作"嬴"。

④"复闻"二句:指刘邦建立汉朝。刘邦自谓赤龙之精,张良等据此作赤精子谶文,《汉书·哀帝纪》载谶文。

⑤"炎光"二句:指汉朝衰亡。炎光:据阴阳家的说法,汉协火德,故称汉为"炎光"。晋虏复纵横,指五胡乱华。晋武帝死后,晋室内乱,匈奴族刘氏及沮渠氏、赫连氏、羯族石氏、鲜卑族慕容氏、秃发氏、乞伏氏、氐族符氏、吕氏,羌族姚氏,相继在中原称帝,史称"五胡"。纷:翻宋本、活字本、《文粹》、《新集》、《品汇》、《全唐诗》作"复"。纵:弘治本作"跤"。

⑥既:翻宋本、活字本、《文粹》、《纪事》、《新集》、《品汇》、《全唐诗》作"已"。昧:暗。昏虐:昏暗暴虐。世:翻宋本、活字本、《文粹》、《纪事》、《新集》、《品汇》、《全唐诗》作"势"。

⑦"天道"句:反用《老子》七十九章语:"天道无亲,常与善人。"

⑧"时醉"句:语出《楚辞·渔父》:"举世皆浊我独清,众人皆醉我独醒。"咄咄:叹词,此表惊诧。

⑨"仲尼"二句:意谓孔子在鲁国授徒讲学,老子隐居在西方边远之地。仲尼是孔子的字,伯阳是老子的字。东鲁:翻宋本、《纪事》、《新集》、《品汇》作"东夏"。

⑩大运:《文粹》作"天运"。旅人:羁旅漂泊之人,此处指孔子。弘治本作"孤人"。

【汇评】

宋刘辰翁:晋虏并说已警,至天道与胡、愿醉无醒,谓周旋诸夏为溺,遹

138

胡为高,使人反复屡叹。能言,能言。(《唐诗品汇》卷三引)

明顾璘:大运所向,豪圣难为。(《批点唐音》卷一)

明张震:旅,众也。言众人何必叹哉！详此亦以喻武氏篡位,贤人去世以避其乱之意也。(《唐音辑注》卷一)

清邢昉:博观广瞩,立言如锥画沙。(《唐风定》卷一上)

清王熹儒:结忽换韵,飒然而止,苍凉之甚。(《唐诗选评》卷一)

清沈德潜:天道如斯,孔子、老氏亦惟居夷出关而已。末二句转用推开。(《唐诗别裁》卷一)

清姚范:此以慨武后也。(《援鹑堂笔记》卷四〇)

清陈沆:此指诸王举兵兴复、悉就败灭之事也。一女后临御称制,而举天下莫能抗,岂非天道助虐乎?(《诗比兴笺》卷三)

感遇 其一

微月生西海,幽阳始化升①。圆光正东满,阴魄已朝凝②。
太极生天地,三元更废兴③。至精谅斯在,三五谁能征④。

【题解】

此诗约作于圣历元年(698)至久视元年(700)归田之后。前四句以日月交替和月亮盈缺,喻指世间的一切都处于无穷的循环之中。后四句说三统迭兴,五德更运,是天道使然。

【注释】

①微月:新月。言日月交替。生:《全唐诗》校作"出"。西海:泛指西极之地。幽阳:指初升的太阳。化:四库本、黄校、《纪事》、《全唐诗》作"代"。

②圆光:月亮。正:《全唐诗》校作"恰"。阴魄:月初生或圆而始缺时月中阴暗处。

③太极:古代哲学家称最原始的混沌之气。《易·系辞上》:"《易》有太极,是生两仪。"三元:天元、地元、人元,指三统循环,此兴彼废。更:替换。

④至精:指天道。三五:三正五行,循环不已。

【汇评】

宋刘辰翁:其诗于内外或自有见。月本阴也,而谓之"幽阳";三五阳也,而平明已缺。极似偈语。又:三五出《史记》:"至道不远,三五必返。"(《唐诗品汇》卷三引)

明顾璘:子罕言命而异端纷然乱眩,卒起秦祸,盖君臣父子之道不正而中国为夷矣。言至道长存,望人征之也。(《批点唐音》卷一)

明张震:"三五":三皇五帝也。"谁能征":征者,验也。言三皇五帝历代相承之道,其理固在,未尝有昧,但人不能取以为验,而戒其篡夺之不可为。按此诗是亦刺武氏不知是理,而徒取篡夺之名也。(《唐音辑注》卷一)

清王熹儒:感怀治乱,寓言造化之理,意旨微婉。(《唐诗选评》卷一)

清姚范:"微月"一首,则悟道之言,下可遗希夷之徒共语耳。(《援鹑堂笔记》卷四〇)

清陈沆:开章明义,厥旨昭然。阴月喻黄裳之坤仪,阳光喻九五之乾位。才人入宫,国运方盛;嗣君践阼,煽处司晨。三统迭兴,五德代运,循环倚伏,畴可情量?(《诗比兴笺》卷三)

感遇 其五

市人矜巧智,于道若童蒙①。倾夺相夸侈,不知身所终②。
谒见玄真子,观世玉壶中③。窅然遗天地,乘化入无穷④。

【题解】

此诗约作于圣历元年(698)至久视元年(700)之间归田之后。污浊的现实,诗人无可奈何,在苦闷中遁入道家的幻想世界。

【注释】

①矜:自夸。巧智:欺诈与机谋。童蒙:幼稚蒙昧。
②倾夺:竞争,争夺。夸侈:自我夸耀以欺凌他人。

③玄真:《新集》、《品汇》卷三作"玄冥"。玄真子:仙人。"观世"句:典出《后汉书·方术传下》,汝南费长房在集市上见一卖药老翁,在肆头悬挂一玉壶,市罢跳入壶中。费长房深感惊奇,前去拜见,第二日老翁邀他俱入壶中,共饮之后方出。

④窅(yǎo)然:深远貌。翻宋本、《文粹》卷一八、《纪事》卷八、《新集》、《品汇》作"杳"。乘化:顺随自然。化:造化。

【汇评】

宋刘辰翁:"观世玉壶"是其创,自有见。"乘化入无穷"又别。(《唐诗品汇》卷三引)

明顾璘:疾巧智而喻之道。(《批点唐音》卷一)

明张震:此诗谓市井小人罔然无所知,方且争权夺利,丧身亡家,不知所终。而君子之人自洁其身,高蹈远举以避其祸也。(《唐音辑注》卷一)

清陈沆:"揭来豪游子"、"市人矜巧智"二篇,皆同前章(指"深居观群动"章)之旨。"观世玉壶中",用《神仙传》壶公事。(《诗比兴笺》卷三)

感遇 其六

吾观龙变化,乃是至阳精①。石林何冥密,幽洞无留行②。
古之得仙道,信与元化并③。玄感非蒙识,谁能测沈冥④。
世人拘目见,酣酒笑丹经⑤。昆仑有瑶树,安得采其英⑥。

【题解】

此诗约作于归田之后圣历元年(698)至久视元年(700)之间。陈子昂还归故里,隐居生活中思考天命、仙道的玄奥与修身养性的内在自得。昆仑瑶树,是洁身自养而成。

【注释】

①龙变化:《说文·龙部》:"龙,鳞虫之长,能幽能明,能细能巨,能短能

长,春分而登天,秋分而潜渊。"是:翻宋本、活字本、四库本、《文粹》卷一八、《纪事》卷八、《新集》、《全唐诗》卷八作"知"。至阳:极盛的阳气。龙是麟虫之长,无比神异,故称"至阳精"。

②"石林"二句:意谓无论是深密的石林,还是幽深的洞穴,龙都可行动自如。

③元化:造化,天地。

④玄感:玄妙的感应。蒙识:蒙昧幼稚之见。翻宋本、万历本、四库本、《黄校》、《文粹》、《纪事》、《新集》、《品汇》卷三、《全唐诗》作"象识"。沈冥:玄参奥妙之道。弘治本作"沦冥"。

⑤丹经:道教炼丹之经。

⑥昆仑:神仙传说中的山名。瑶树:玉树。英:花。

【汇评】

宋谢枋得:龙亦阴类,而谓之阳精,则道家语也。"玄感非象识"五字,见略同。(《唐诗品汇》卷三引)

明顾璘:言仙道玄冥,世鲜知者。(《批点唐音》卷一)

明张震:此诗以"龙"喻君,"变化"以喻其在天位而尊显,不可亵也。"古之得仙道"以喻臣职,"元化并"则臣之得与天合,以见君臣际遇之道,出乎自然,而不可以窥度也。"拘目见""笑丹经",谓小人不知此道而反相逸间,"昆仑瑶树"亦是楚辞之意,言欲高蹈远举,洁身以自养也。(《唐音辑注》卷一)

明谭元春:"世人拘目见,酣酒笑丹经",骂尽庸陋薄粗、凡骨俗眼。(《唐诗归》卷二)

清贺贻孙:《感遇》三十八篇,虽矫矫不群,然吾所爱者,"吾观龙变化"一首耳。(《诗筏》)

清王熹儒:词意坚古,超出唐人上。(《唐诗选评》卷一)

清陈沆:此言天命之终必复也。尺蠖有时屈申,神龙莫测变化,自古以喻当阳受命之君,此则以指唐室国祚也。其潜蛰跃见,非群阴所能留阻;其应运中兴,皆天命,非人力。正由仙人之得道上升者,皆与造化合一。世俗目见之徒,不知天命,但知去衰附盛,语之以此,方笑而不信。安得一日飞

龙利见,万物咸睹,复都昆仑而游太清乎?(《诗比兴笺》卷三)

感遇 其八

吾观昆仑化,日月沦洞冥①。精魄相交构,天壤以罗生②。
仲尼推太极,老聃贵窅冥③。西方金仙子,崇义乃无明④。
空色皆寂灭,缘业亦何成⑤。名教信纷籍,死生俱未停⑥。

【题解】

此诗约作于圣历元年(698)至久视元年(700)之间归田之后。诗人隐居至此时,勘破荣辱生死,体会佛道寂灭境。

【注释】

①昆仑化:天地的变化。昆仑是神话中的名山,传说是日入月出之处,故代指天地。洞冥:幽深之处。

②"精魄"二句:意谓阴阳二气交合,乃生天地万物。精魄:指阴阳。相交构:翻宋本、活字本作"交相构",四库本、《纪事》卷八、《全唐诗》卷八三作"相交会"。天壤:指天地。

③"仲尼"句:仲尼是孔子的字,孔子晚年喜《易》,读《易》,韦编三绝。"老聃"句:《老子》二十一章:"道之为物,惟恍惟惚。惚兮恍兮,其中有象。恍兮惚兮,其中有物。窈兮冥兮,其中有精。"老聃:老子。窅冥:深远貌,代指无形的道。翻宋本、活字本、《文粹》卷一八、《纪事》、《全唐诗》作"窈"。

④金仙子:佛的别称。义:翻宋本、《文粹》、《纪事》、《新集》作"议"。无明:佛教用语。谓不能了知现象的真实性的原始愚痴。

⑤空:虚幻。色:一切可感知的事物。寂灭:沉寂灭绝。缘业:因缘所生的各种行为。《纪事》作"业缘"。亦:翻宋本、活字本、《文粹》、《纪事》、《新集》、《全唐诗》作"定"。成:弘治本作"名"。

⑥名教:以正名为中心的礼教。弘治本作"成教"。纷:弘治本作"终"。纷籍:纷乱。

明钟惺:"精魄相交会,天壤以罗生",《阴符》秘语。(《唐诗归》卷二)

明谭元春:"名教信纷籍,死生俱未停",专翻《庄子》"逸我以死"案。
(《唐诗归》卷二)

清陈沆:前章(指"吾爱鬼谷子"章)希黄老以入世,此章志无生以出世
也。儒以太极为万化之原,老以窈冥为众有之母,自西方之教论之,乃所谓
无明耳。无明缘行,行缘识,识缘名色,名色缘六入,六入缘触,触缘受,受
缘爱,爱缘取,取缘有,有缘生,生缘老死,轮迴何由息乎?惟空有不立,二
俱寂灭,以无所得,无所思维,故无明灭则行灭,行灭则识灭,识灭则名色、
六入、触、受、爱、取、有灭,溺爱至生老死灭。(《诗比兴笺》卷三)

感遇 其三十三

金鼎合还丹,世人将见欺①。飞飞骑羊子,胡乃在峨眉②。
变化固非类,芳菲能几时③。疲痾苦沦世,忧悔日侵淄④。
眷然顾幽褐,白云空涕洟⑤。

【题解】

此诗约作于圣历元年(698)至久视元年(700)。处材与不材之间,实为
遇与不遇之苦。言世外仙道,无非借以排遣尘世纷扰。

【注释】

①金鼎:炼丹的金鼎。合:炼制。还丹:道教仙丹名。万历本、活字本、
《文粹》卷一八、《纪事》卷八、《新集》、《品汇》卷三、《全唐诗》卷八三、徐本作
"神丹"。

②骑羊子:即葛由,典出西汉刘向《列仙传》卷上。此处泛指神仙。胡
乃:何乃。峨眉:峨眉山,在今四川省峨眉山市西南。

③非类:犹异物,指死人,鬼。翻宋本、《文粹》、《纪事》、《新集》、《全唐

诗》作"幽类"。能：万历本、《品汇》作"宁"。

④疲疴(kē)：疲病。沦世：沉沦于尘世。四库本作"沦踬"。忧悔：翻宋本、万历本、四库本、《文粹》、《纪事》、《新集》、《品汇》、《全唐诗》作"幽痗"。侵淄：侵蚀。

⑤眷然：顾念貌。幽褐：隐士穿的粗布衣，代指幽居贫贱之士。涕洟：眼泪和鼻涕。

【汇评】

清陈沆：此与"观龙变化"一章同旨。金丹神方，还颜却老，喻回天再造之功也。世人疑其相欺，即"酣酒笑丹经"之意也。试思变化飞举，苟不可信，则丹成羽化、遨游名山者，独何人乎？目前朝槿薤华之荣利，能几何时？但恐神丹不至，沉疴日深，河清难俟，使我忧痗耳。"幽褐"明恤纬之思，"白云"即帝乡之旨。（《诗比兴笺》卷三）

感遇 其三十八

仲尼探元化，幽鸿顺阳和①。大运自盈缩，春秋迭来过②。
盲飙忽号怒，万物相纷劘③。溟海皆震荡，孤凤其如何④？

【题解】

此诗约作于圣历元年(698)至久视元年(700)。自然界的变化，有自身的规律，非人力所能左右。生逢乱世连孔丘也无能为力，诗人不满现实又无可奈何。

【注释】

①元化：造化，天地。幽鸿：北雁。阳和：春暖之气。

②大运：指天体运行。盈缩：进退。迭：交替，轮流。翻宋本、万历本、《文粹》卷一八、《纪事》卷八、《新集》、《品汇》卷三、《全唐诗》卷八三作"递"。

③盲飚：暴风，狂风。纷劘(mó)：纷乱冲撞，互相摧毁。弘治本作"分劘"。

④滇海：大海。荡：活字本作"宕"。孤凤：喻孔子，楚狂接舆称孔子为"凤"。与首句呼应。《新集》作"孤鸿"。

【汇评】

明顾璘：仰元圣之特立。不及汉魏，远过梁齐，卓然与唐风作祖，可谓有功雅道者也。（《批点唐音》卷一）

清陈沆："仲尼探元化""微霜知岁晏""玄蝉号白露"三章，皆事乱世思遗身远患之诗。（《诗比兴笺》卷三）

咏主人壁上画鹤寄乔主簿崔著作①

古壁仙人画，丹青尚有文。独舞纷如雪，孤飞暖似云。
自矜彩色重，宁忆故池群。江海联翩翼，长鸣谁复闻②？

【题解】

此诗约作于圣历元年（698）至久视元年（700）陈子昂挂冠之后。诗中通过咏鹤表达归田后对故人的怀念，也处处流露出孤寂的心情。

【注释】

①乔主簿：或为乔备，可能是某王府上的主簿。《旧唐书·乔知之传》载："知之与弟侃、备，并以文词知名。……备，预修《三教珠英》，长安中卒于襄阳令。"崔著作：即崔融。事见《新唐书·崔融传》。

②联翩：鸟飞貌。

喜遇冀侍御珪崔司议泰之二使①并序

余独坐一隅，《孤愤》《五蠹》，虽身在江海，而心驰魏阙②。岁时仲春，幽卧未起。忽闻二星入井，四牡临亭③。邀使者之车,乃故人之驾。隐几一笑,把臂入林④。既闻朝廷之乐,复此琴樽之事⑤。山林幽疾,钟鼎旧游,语默谭咏,今复一得⑥。况北堂夜永,西轩月微⑦。巴山有望别之嗟,洛阳无寄载之客⑧。江关离会,三千余里;名位宠辱,一百年中⑨。欢娱如何?日月其迈⑩。不为目前之赏,以增别后之思。蟋蟀笑人,夫子何叹?

谢病南山下,幽卧不知春。使星入东井,云是故交亲。

惠风吹宝瑟,微月怀清真⑪。凭轩一留醉,江海寄情人。

【题解】

此诗约作于圣历二年(699)仲春,归田之后,父丧之前。痛饮狂歌、琴酒相娱的生活,并未令诗人放下孤愤之情,显然退隐之后,他并未忘怀政事。

【注释】

①冀侍御珪:两《唐书》无载,唐林宝《元和姓纂》卷八《六质》曰:"唐侍御史冀元珪,太原人。子仲辅,职方郎中。"崔司议泰之:河南许州鄢陵人。崔泰之曾任右史、司议郎,与子昂"笃岁寒之交"。

②余:弘治本作"命"。一隅:一角,谓狭小之地,此处指射洪。《孤愤》《五蠹》,都是《韩非子》篇名。《孤愤》言孤直不容于时,《五蠹》言蠹政五事。身在江海,而心驰魏阙,《吕氏春秋·审为》:"身在江海之上,心居乎魏阙之下,奈何?"

③幽卧:幽居,隐居。星:使星。东井:即井宿,二十八宿之一。四牡:四匹公马拉的车。喻冀、崔二人入蜀。

④隐(yìn)几:靠着几案。几:弘治本作"机",《英华》作"機"。把臂:挽着手臂,表示亲密。

⑤乐:四库本作"事"。琴樽:弹琴喝酒。

⑥幽疾:《英华》作"幽寂"。语默:处事或隐居。谭咏:同"谈咏",谈论吟咏。谭:《英华》作"谈"。

⑦北堂:北屋。夜永:夜深。西轩:西窗。月微:天将破晓。

⑧寄载:客居。

⑨离会:离合。三千余里:指洛阳至射洪的距离。一百年:指一生。

⑩语出《诗经·唐风·蟋蟀》:"今我不乐,日月其迈。"后文蟋蟀笑人,同出于此。

⑪惠风:春风。怀:翻宋本、活字本、四库本、《英华》卷二一八、《全唐诗》作"忆"。清真:纯洁真率。

赠别冀侍御崔司议①并序

朝廷欢娱,山林幽痗,思魏阙魂已九飞,饮岷江情复三乐②。进不忘匡救于国,退不惭无闷在林③,冀侍御、崔司议至公至平,许我以语默于是矣。夫达则以公济天下,穷则以大道理身。嗟乎! 子昂岂敢负古人哉? 蜀国酒醨,无以娱客。至于挟清瑟,登高山,白云在天,清江极目,可以散孤愤,可以游太清④。为一世之逸人,寄千里之道友,吾欲不谢于崔、冀二公矣⑤。所恨酒未醒,琴方清,王事靡盬,驿骑遄速,不尽平原十日之饮,又谢叔度屡日之欢⑥。云山悠悠,叹不及也。载想房、陆、毕子为轩冕之人,不知蜀山有云,巴水可兴⑦。暌阔良会,我心怵然⑧。请以此酬,寄谢诸子,为《巴山别引》也⑨。陈子昂醉词曰:

有道君匡国,无闷余在林⑩。白云岷峨上,岁晚来相寻⑪。

【题解】

此诗约作于圣历二年(699)仲春。罗谱定于长寿元年,疑误。冀、崔二人在射洪逗留时间较短,陈子昂喜遇故人,寄谢诸子,也流露出对国事的关切。

【注释】

①冀侍御:两《唐书》无载,唐林宝《元和姓纂》卷八《六质》曰:"唐侍御史冀元珪,太原人。子仲辅,职方郎中。"崔司议:河南许州鄢陵人。崔泰之曾任右史、司议郎,与子昂"笃岁寒之交"。

②幽瘠(mèi):忧伤,悲苦。《英华》作"幽晦"。魏阙:语出《吕氏春秋·审为》:"中山公子牟谓詹子曰:身在江海之上,心居魏阙之下,奈何?"魂已九飞,语出《楚辞·九章·抽思》"魂一夕而九逝"。岷江:在四川省中部。三乐:三种乐事。《孟子·尽心上》:"君子有三乐,而王天下不与存焉。父母俱存,兄弟无故,一乐也;仰不愧天,俯不怍于人,二乐也;得天下英才而教育之,三乐也。"

③无闷:心情恬适。闷:弘治本作"閟",《英华》作"闻"。

④酒醨(lí):酒淡而无味。清瑟:瑟音清和。瑟:《英华》作"琴"。极目:《全唐诗》作"涵月"。太清:天空。

⑤为:弘治本脱此字。

⑥靡盬(gǔ):没有止息。驿骑:驿马。遄(chuán)速:急速。速:《英华》作"远"。平原十日之饮:典出《史记·范雎蔡泽列传》:"秦昭王详为好书遗平原君曰:'寡人闻君之高义,愿与君为布衣之友。君幸过寡人,寡人愿与君为十日之饮。'"叔度累日之欢:典出《后汉书·黄宪传》:"黄宪字叔度,汝南慎阳人也。……郭林宗少游汝南,先过袁阆,不宿而退;进往从宪,累日方还。或以问林宗,林宗曰:'奉高(袁阆字)之器,譬诸氿滥,虽清而易挹;叔度汪汪若千顷陂,澄之不清,淆之不浊,不可量也。'"

⑦载:句首助词。房:指房融,事见《新唐书·房琯传》。陆:指陆余庆,事见《新唐书·陆余庆传》。毕子:指毕构,"方外十友"之一,事见《新唐书·毕构传》。轩冕:卿大夫的车服,代指官位爵禄。蜀山、巴水:泛指蜀中山水。兴:《英华》作"涉"。

⑧暌阙:离散。《英华》作"暌阔"。良会:美好的聚会。愵(nì)然:忧思貌。

⑨引:乐曲体裁名,有序曲意。

⑩有道：有德或有才。君：指冀侍御、崔司议。匡国：匡正国家。闷：弘治本卷二作"问"。

⑪岷峨：岷山与峨眉山。弘治本卷二、嘉靖本卷二、万历本卷二、四库本卷二、翻宋本、活字本、《英华》、《绝句》卷二四、《诗渊》、《全唐诗》作"峨眉"。

春晦饯陶七于江南同用风字①并序

蜀江分袂，巴山望别②。南津坐恨，叹仙帆之方遥；北渚长怀，见离亭之欲晚③。白云去矣，□□□□□□□；黄鹤何之？杨柳青而三春暮④。我之怀矣，能无赠乎！同赋一言，俱题四韵。

黄鹤烟云去，青江琴酒同⑤。离帆方楚越，沟水复西东⑥。芙蓉生夏浦，杨柳送春风。明日相思处，应对菊花丛⑦。

【题解】

此诗约作于圣历二年（699）春末，是一首送别诗。以琴酒引出的别情归之于赏菊之时的怀念。

【注释】

①弘治本此诗在卷二题作"送别陶七同用风"，序在卷七杂著部题作"春晦饯陶七于江南序"。春晦：春末。陶七：名不详。江：即蜀江，涪江。

②分袂（mèi）：分手。巴山：大巴山，绵延于四川、陕西、湖北三省。泛指巴蜀之地。

③南津：南岸的渡口。仙帆：仙舟，此处指陶七的船。北渚：北岸。

④云：《英华》校作"霞"。

⑤青：《英华》作"清"。

⑥楚越：谓地域远隔。"沟水"句：喻分离。语出《宋书·乐志三·白头

吟古辞》："今日斗酒会,明旦沟水头。"

⑦日:弘治本作"月"。菊花丛:用陶渊明事,代指隐逸生活。

月夜有怀

美人挟赵瑟,御月在西轩①。寂寞夜何久,殷勤玉指繁②。
清光委衾枕,遥思属湘沅③。空帘隔星汉,犹梦感精魂④。

【题解】

此诗约作于归田之后。抒写寂寞忧伤。

【注释】

①赵瑟:战国时瑟流行于赵国,渑池会上秦王又要赵王鼓瑟,故称。御
(yà)月:翻宋本、嘉靖本、活字本、《全唐诗》卷八四作"微月"。御,通"迓"。
迎接。

②殷勤:情谊深厚,语出南朝梁沈约《咏篪》:"殷勤寄玉指,含情举复
垂。"翻宋本、活字本、《全唐诗》作"殷懃"。

③清光:清朗的月光。委:垂落。属(zhǔ):连接。湘沅:指屈原的流放
之地。

④星汉:指银河。精魂:精神魂魄。

【汇评】

明钟惺:"清光委衾枕",欲愁,欲懒,在一"委"字,想见无聊。又:温秀
之甚。子昂诗如此细润者少,写得幽处难堪。(《唐诗归》卷二)

明谭元春:不清远,不足以为情诗。每诵此八句,摇宕莫禁,可思其故。
(《唐诗归》卷二)

清屈复:一有怀,二月夜,三承二,四承一,五月夜,六美人怀此间也,结
承六句。诗甚明白,但结句费解,犹言帘隔星汉,亦犹梦中相见,迷迷离离,
不能分明耳,承第六句来。并不著自家一字,而通首俱写"怀"字,妙绝。前
五句写美人在家无聊光景,正为六句思湘沅地。(《唐诗成法》卷一)

南山家园林木交映盛夏五月幽然
清凉独坐思远率成十韵①

寂寥守穷巷，幽独卧空林②。松竹生虚白，阶庭怀古今③。
郁蒸炎夏晚，栋宇闷清阴④。轩窗交紫霭，檐户对苍岑⑤。
凤蕴仙人篆，鸾歌素女琴⑥。忘机委人代，闭牖察天心⑦。
蛱蝶怜红药，蜻蜓爱碧浔⑧。坐观万象化，方见百年侵⑨。
扰扰将何息，青青长苦吟⑩。愿随白云驾，龙鹤相招寻⑪。

【题解】

此诗约作于圣历二年（699）之后。抒写孤寂淡泊的情怀与求仙的
意愿。

【注释】

①南山：即武东山。率成：随意写成。成：翻宋本、活字本作"作"。

②穷巷：《全唐诗》卷八四作"寒巷"。卧：《英华》卷三一七作"坐"。

③虚白：清静恬淡的心境。怀：《英华》作"横"。

④郁蒸：闷热。栋宇：房屋。《英华》《诗渊》作"凉宇"。闷（bì）：关闭。

⑤檐：《英华》《诗渊》作"帘"。苍岑：青山。

⑥凤：谓凤文，又称凤篆，道教所用的文字。仙人篆：道教符箓，泛指道
教典籍。素女：神女名，擅长弦歌。

⑦忘机：涤尽机心、淡泊清静的人。委：舍弃。人代：人世。闭牖：语出
《老子》第四十七章："不出户，知天下；不窥牖，见天道。"天心：天意。

⑧蛱蝶：蝴蝶。红药：芍药。浔（xún）：水边。

⑨万象化：宇宙万物的发展变化。百年：死的婉辞。

⑩扰扰：纷乱貌。青青：茂盛貌。

⑪白云：仙道。龙鹤：仙人坐骑。

【汇评】

清黄周星:"阶庭横古今"句:古今如何横?试思之。"闭牖察天心"句:比《老子》"不出户,知天道"何如?"青青长苦吟"句:青青者,非境非物,直是苦吟者胸中眼底自青青耳。此理谁人能解?(《唐诗快》卷一三)

附录一

陈氏别传

卢藏用撰

陈子昂,字伯玉,梓州射洪县人也。本居颍川。四世祖方庆,得墨翟秘书,隐于武东山,子孙家焉,世为豪族。父元敬,瑰伟倜傥,年二十,以豪侠闻。属乡人阻饥,一朝散万钟之粟而不求报,于是远近归之,若龟鱼之赴渊也。以明经擢第,授文林郎。因究览坟籍,居家园以求其志,饵地骨、炼云膏四十余年。嗣子子昂,奇杰过人,姿状岳立。始以豪家子,驰侠使气,至年十七八未知书。尝从博徒入乡学,慨然立志,因谢绝门客,专精坟典。数年之间,经史百家,罔不该览。尤善属文,雅有相如、子云之风骨。初为诗,幽人王适见而惊曰:"此子必为文宗矣!"

年二十一,始东入咸京,游太学。历诋群公,都邑靡然属目矣。由是为远近所称,籍甚,以进士对策高第。属唐高宗大帝崩于洛阳宫,灵驾将西归,子昂乃献书阙下。时皇上以太后居摄,览其书而壮之,召见问状。子昂貌寝寡援,然言王霸大略,君臣之际,甚慷慨焉。上壮其言而未深知也,乃敕曰:"梓州人陈子昂,地籍英灵,文称伟晔,拜麟台正字。"时洛中传写其书,市肆间巷,吟讽相属,乃至转相货鬻,飞驰远迩。秩满,随常牒补右卫胄曹。上数召问政事,言多切直,书奏,辄罢之。以继母忧解官。服阕,拜右拾遗。子昂晚爱黄老言,尤耽味《易》象,往往精诣。在职默然不乐,私有挂冠之意。

属契丹以营州叛,建安郡王攸宜亲总戎律,台阁英妙,皆置在军麾。时敕子昂参谋帷幕。军次渔阳,前军王孝杰等相次陷没,三军震慑。子昂进谏曰:

主上应天顺人,百蛮向化,契丹小丑,敢谋乱常,天意将空东北之隅以资中国也。大王以元老懿亲,威略迈世,受律庙堂,吊人问罪,具精甲百万以临蓟门。运海陵之仓,驰陇山之马,积南方之甲,发西山之雄,倾天下以事一隅。此犹举太山而压卵,建瓴破竹之势也。然而张玄遇、王孝杰等不谨师律，授首虏庭，由此长寇威而殆战士。夫寇威长，则难以争锋，战士殆，则无以制变。今败军之后，天下侧耳，草野倾听国政。今大王冲谦退让，法制不申，每事同前，何以统众？前如儿戏，后如儿戏，岂徒为贼所轻，亦生天下奸雄之心。圣人威制六合，故用声尔，非能家至户到，然后可服。况兵贵先声，今发半天下兵以属王，安危成败，在百日之内，何可轻以为寻常？大王若听愚计，即可行；若不听，必无功矣！须期成功报国，可欲送身误国耶？伏乞审听，请尽至忠之言。凡军须先比量智愚众寡、勇怯强弱、部校将率士卒之势，然可合战求利，以长攻短。今皆同前不量力，又不简练，暗驱乌合败后怯兵，欲讨贼何由取胜！仆一愚夫，犹言不可，况奸贼胜气十倍，未可当也。且统众御奸，须有法制亲信，若单独一身，则朱亥金锤有窃发之势，不可不畏。人有负琬琰之宝行于途，必被劫贼，何者？为宝重，人爱之。今大王位重，又总半天下兵，岂直琬琰而已！天下利器，不可一失，失即后有圣智之力，难为功也。故愿大王于此决策，非小让儿戏可了。若此不用忠言，则至时机已失；机与时一失，不可再得，愿大王熟察。大王诚能听愚计，乞分麾下万人以为前驱，则王之功可立也。

建安方求斗士，以子昂素是书生，谢而不纳。子昂体弱多疾，感激忠义，常欲奋身以答国士。自以官在近侍，又参预军谋，不可见危而惜身苟容。他日又进谏，言甚切至。建安谢绝之，乃署以军曹。子昂知不合，因钳默下列，但兼掌书记而已。因登蓟北楼，感昔乐生、燕昭之事，赋诗数首，乃泫然流涕而歌曰："前不见古人，后不见来者。念天地之悠悠，独怆然而涕下。"时人莫之知也。

及军罢，以父老，表乞罢职归侍。天子优之，听带官取给而归。遂于射洪西山构茅宇数十间，种树采药以为养。尝恨国史芜杂，乃自汉孝武之后，以迄于唐，为《后史记》。纲纪粗立，笔削未终，钟文林府君忧，其书中废。子昂性至孝，哀号柴毁，气息不逮。属本县令段简贪暴残忍，闻其家有财，乃附会文法，将欲害之。子昂荒惧，使家人纳钱二十万，而简意未已，数舆曳就吏。子昂素羸疾，又哀毁，杖不能起。外迫苛政，自度气力，恐不能全，因命著自筮。卦成，仰而号曰："天命不祐，吾其死矣！"于是遂绝。年四十二。

子昂有天下大名而不以矜人,刚果强毅而未尝忤物,好施轻财而不求报。性不饮酒,至于契情会理,兀然而醉。工为文而不好作,其立言措意,在王霸大略而已,时人不知之也。尤重交友之分,意气一合,虽白刃不可夺也。友人赵贞固、凤阁舍人陆余庆、殿中侍御史毕构、监察御史王无竞、亳州长史房融、右史崔泰之、处士太原郭袭微、道人史怀一,皆笃岁寒之交。与藏用游最久,饱于其论,故其事可得而述也。其文章散落,多得之于人口,今所存者十卷。尝著《江上人文论》,将磅礴机化,而与造物者游。遭家难亡之。荆州仓曹槐里马择曰:"择昔从父友王适获陈君,欣然忘我幼龄矣。榆关之役,君筹其谋,戎安累年,不接晤语。圣历初,君归宁旧山,有挂冠之志。予怀役南游,遭兹欢甚。幽林清泉,醉歌弦咏,周览所计,候遍岷峨。予旋未几,陈君将化。悲夫!言绝道冥,杳然若丧之几,延陵心许,而彼已亡。天丧斯文,我恨何及!"君故人范阳卢藏用,集其遗文,为序传,识者称其实录。呜呼!陈君为不亡矣。遂为赞曰:

岷山导江,回薄万里。浩瀚鸿溶,东注沧海。灵光氛氲,上薄紫云。其瑰宝所育,则生异人。于戏!才可兼济,屈而不伸。行通神明,困于庸竖。子曰:道之将丧也,命矣夫!(《全唐文》卷二三八)

大唐剑南东川节度观察处置等使
户部尚书兼梓州刺史兼御史
大夫鲜于公为故右拾遗陈公建旌德之碑

前监察御史赵儋撰

公讳子昂,字伯玉,梓州射洪县人也。其先居于颍川。五世祖方庆,好道,得墨子五行秘书、白虎七变,隐于郡武东山,子孙因家焉。生高祖汤,汤为郡主簿。汤生曾祖通。通早卒,生祖辩,为郡豪杰。辩生元敬,瑰伟倜傥,弱冠以豪侠闻。属乡人阻饥,一朝散粟万斛以赈贫者,而不求报。年二十二,乡贡明经擢第,拜文林郎。属青龙末,天后居摄,遂山栖饵术,殆十八年,玄图天象无不达。尝学术拟张平子,风鉴比郭林宗。公即文林元子也。英杰过人,强学冠世。诗可以讽,笔可以削,人罕双全,我能兼有。年二十四,文明元年进士,射策高第。其年高宗崩于洛阳宫,灵驾将西归于乾陵。公乃献书阙下,天后览其书而壮之,召见金华殿。因言王霸大略,君臣明道,拜麟台正字。由是海内词人,靡然向风。乃谓司马相如、扬子云复起于岷峨之间矣。秩满,补右卫曹。每上疏言政事,词旨切直,因而解罢。稍迁右拾遗。属契丹以营州叛,建安郡王武攸宜亲总戎律,特诏左补阙属之。迨及公参谋帏幕,军次渔阳,前军王孝杰等相次陷没,三军震慑。公乃进谏,感激忠义,料敌决策,请分麾下万人以为前驱,奋不顾身,上报于建安。建安愎谏,礼谢绝之,但署以军曹,掌记而已。公知不合,因登蓟北楼,感昔乐生、燕昭之事,赋诗而流涕。及军罢,以父年老,表乞归侍。至数月,文林卒。公至性纯孝,遂庐墓侧,杖而后起,柴毁灭性。天下之人,莫不伤叹。年四十有二,葬于射洪独坐山。有诗十首入《正声》,集十卷著于代。友人黄门侍郎范阳卢藏用为之序,以为文章道丧五百年得陈君焉。由是太冲之词,纸贵天下矣。

有子二人,并进士及第。长曰光,官至膳部郎中、商州刺史;仲曰斐,历河东、蓝田、长安三尉,卒官。光有二子,其长曰易甫,监察御史;次曰简甫,殿中侍御史。斐生三子,长曰灵甫,次曰兢甫、众甫,皆守绪业,有名于代。

剑南东川节度使兼御史大夫梓州刺史鲜于公,自受分阃之征也,初年谋始立法,二年人富知教,三年鲁变于道。乃谓幕宾曰:"陈文林散粟万斛以赈乡人,得非司城子罕贷而不书乎?拾遗之文,四海之内,家藏一本,得非臧文仲立殁而不朽乎?于戏!陈君道可以济天下,而命不通于天下;才可以致尧、舜,而运不合于尧、舜。悲夫!昔孔文举为郑玄署通德门,蔡伯喈为陈寔立太丘颂,异代思贤之意也。况陈君颜、闵之行,管、乐之材,而守牧之臣,久阙旌表,何哉?"爰命末学,第叙丰碑,表厥后来,是则是效。其颂曰:

有妫之后,封于陈国。根深苗长,世载明德。文林大器,质匪雕刻。学术钩深,风鉴诣极。代公耿光,乔玄藻识。施不求报,退身自默。岷峨降灵,拾遗挺生。气总三象,秀发五行。才同入室,学匪猎精。明明天后,群

158

龙效庭。矫矫长离,轩飞梁益。封章屡抗,矢陈刑辟。匪君伊顺,惟鳞是逆。九德未行,三命惟锡。帝命建安,远征不伏。咨公幕画,骋此骥足。惟王玩兵,愎谏违卜。忠言不纳,前军欲覆。遂登蓟楼,冀写我忧。大运茫茫,天地悠悠。沙麓气冲,太阴光流。义士食薇,人谁造周?嗟乎!道不可合,运不可谐,遂放言于《感遇》,亦阮公之《咏怀》。已而已而,陈公之微意在斯。表辞右省,来归温清。如何风树,不宁不令。庐墓之侧,柴毁灭性。管辂之才,管辂之命。惟国不幸,非君之病。我鲜于公,中肃恭懿,光明不融。为君颂德,穆如清风。日月运安,江汉流东。不闭其文,永昭文雄。(《全唐文》卷七三二)

唐才子传

陈子昂,字伯玉,梓州人。开耀二年许旦榜进士。初,年十八时,未知书,以富家子,任侠尚气弋博,后入乡校感悔,即于州东南金华山观读书,痛自修饬,精穷坟典,耽爱黄、老、《易》象。光宅元年,诣阙上书,谏灵驾入京。召见,武后奇其才,遂拜麟台正字,令云:"地籍英华,文称暐晔。"累迁拾遗。圣历初,解官归。会父丧,庐塚次。县令段简贪残,闻其富,造诈诬子昂,胁取赂二十万缗,犹薄之,遂送狱。子昂自筮封,惊曰:"天命不祐,吾殆穷乎!"果死狱中,年四十三。子昂貌柔雅,为性褊躁,轻财好施,笃朋友之义。唐兴,文章承徐、庾余风,天下祖尚,子昂始变雅正。初,为《感遇诗》三十章,王适见而惊曰:"此子必为海内文宗。"由是知名,凡所著论,世以为法,诗调尤工。尝劝后兴明堂、太学,以调元气。与游英俊,多秉钧衡。柳公权评曰:"能极著述,克备比兴,唐兴以来,子昂而已。"有集十卷,今传。呜呼!古来材大或难为用。象以有齿,卒焚其身。信哉,子昂之谓欤!(《唐才子传》卷一)

旧唐书·陈子昂传

陈子昂,梓州射洪人。家世富豪,子昂独苦节读书,尤善属文。初为《感遇诗》三十首,京兆司功王适见而惊曰:"此子必为天下文宗矣!"由是知名。举进士。会高宗崩,灵驾将还长安,子昂诣阙上书,盛陈东都形胜,可以安置山陵,关中旱俭,灵驾西行不便。曰:臣闻明王不恶切直之言以纳忠,烈士不惮死亡之诛以极谏。故有非常之策者,必待非常之时;得非常之时者,必待非常之主。然后危言正色,抗义直辞,赴汤镬而不回,至诛夷而无悔!岂徒欲诡世夸俗,厌生乐死者哉!实以为杀身之害小,存国之利大。故审计定议而甘心焉。况乎得非常之时,遇非常之主,言必获用,死亦何惊!千载之迹,将不朽于今日矣!

伏惟大行皇帝遗天下,弃群臣,万国震惊,百姓屠裂。陛下以徇齐之圣,承宗庙之重,天下之望,喁喁如也。莫不冀蒙圣化,以保余年;太平之主,将复在于兹矣!况皇太后又以文母之贤,协轩宫之耀,军国大事,遗诏决之,唐、虞之际,于斯盛矣!臣伏见诏书,梓宫将迁西京,鸾舆亦欲陪幸。计非上策,智者失图;庙堂未闻有骨鲠之谟,朝廷多见有顺从之议,臣窃惑以为过矣!伏自思之,生圣日,沐皇风,摩顶至踵,莫非亭育;不能历丹凤,抵濯龙,北面玉阶,东望金屋,抗音而正谏者,圣王之罪人也!所以不顾万死,乞献一言,愿蒙听览,甘就鼎镬,伏惟陛下察之。

臣闻秦都咸阳之时,汉都长安之日,山河为固,天下服矣。然犹北取胡、宛之利,南资巴蜀之饶。自渭入河,转关东之粟,逾沙绝漠,致山西之储。然后能削平天下,弹压诸侯,长辔利策,横制宇宙。今则不然。燕、代迫匈奴之侵,巴、陇婴吐蕃之患;西蜀疲老,千里赢粮;北国丁男,十五乘塞;岁月奔命,其弊不堪。秦之首尾,今为阙矣,即所余者,独三辅之间耳。顷遭荒馑,人被荐饥。自河已西,莫非赤地;循陇已北,罕逢青草。莫不父兄转徙,妻子流离,委家丧业,膏原润莽,此朝廷之所备知也。赖以宗庙神灵,皇天悔祸,去岁薄稔,前秋稍登,使赢饿之余,得保性命,天下幸甚,可谓厚矣！然而流人未返，田野尚芜，白骨纵横，阡陌无主。至于蓄积，尤可哀伤。陛下不料其难，贵从先意，遂欲长驱大驾，按节秦京，千乘万骑，何方取给？况山陵初制，穿复未央；土木工匠，必资徒役。今欲率疲弊之众，兴数万之军，征发近畿，鞭扑羸老，凿山采石，驱以就功。春作无时，秋成绝望，凋瘵遗嶕，再罹艰苦。倘不堪弊，必有逋逃，"子来"之颂，将何以述之？此亦宗庙之大机，不可不审图也！况国无兼岁之储，家鲜匝时之蓄。一旬不雨，犹可深忧，忽加水旱，人何以济？陛下不深察始终，独违群议，臣恐三辅之弊，不止如前日矣！

且天子以四海为家，圣人包六合为宇。历观邃古，以至于今，何尝不以三王为仁，五帝为圣！虽周公制作，夫子著明，莫不祖述尧、舜，宪章文、武，为百王之鸿烈，作千载之雄图！然而舜死陟方，葬苍梧而不返；禹会群后，殁稽山而永终。岂其爱蛮夷之乡而鄙中国哉？实将欲示圣人无外也。故能使坟籍以为美谈，帝王以为高范。况我巍巍大圣，轹帝登皇，日月所照，莫不率俾。何独秦、丰之地，可置山陵；河、洛之都，不堪园寝？陛下岂不察之，愚臣窃为陛下惜也！且景山崇丽，秀冠群峰，北对嵩、邙，西望汝海，居祝融之故地，连太昊之遗墟。帝王图迹，纵横左右；园陵之美，复何加焉！陛下曾未察之，谓其不可；愚臣鄙见，良足尚矣！况瀍、涧之中，天地交会，北有太行之险，南有宛、叶之饶，东压江、淮，食湖淮之利，西驰崤、渑，据关河之宝。以聪明之主，养纯粹之人，天下和平，恭己正南面而已。陛下不思瀍、洛之壮观，关、陇之荒芜，乃欲弃太山之安，履焦原之险，忘神器之大宝，徇曾、闵之小节。愚臣暗昧，以为甚也！陛下何不览争臣之策，采行路之谣，谂谟太后，平章宰辅，使苍生之望，知有所安，天下岂不幸甚！

昔者平王迁都，光武都洛，山陵寝庙，不在东京；宗社坟茔，并居西土。然而《春秋》美为始王，《汉书》载为代祖，岂其不愿孝哉？何圣贤褒贬于斯滥矣？实以时有不可，事有必然。盖欲遗小存大，去祸归福，圣人所以贵也。夫小不忍，乱大谋，仲尼之至诚，愿陛下察之。若以臣愚不用，朝议遂行，臣恐关、陇之忧，无时休也！

臣又闻太原蓄钜万之仓，洛口积天下之粟，国家之资，斯为大矣！今欲舍而不顾，背以长驱，使有识惊嗟，天下失望。倘鼠窃狗盗，万一不图，西入陕州之郊，东犯武牢之镇，盗敖仓一抔之粟，陛下何以遏之？此天下之至机，不可不深惧也。虽则盗未旋踵，诛刑已及，灭其九族，焚其妻子，泣辜虽恨，将何及焉！故曰："先谋后事者逸，先事后谋者失。""国之利器，不可以示人。"斯言岂徒设也，固愿陛下念之！

则天召见，奇其对，拜麟台正字。则天将事雅州讨生羌，子昂上书曰：

麟台正字臣子昂昧死上言。臣闻道路云：国家欲开蜀山，自雅州道入讨生羌，因以袭击吐蕃。执事者不审图其利害，遂发梁、凤、巴蜓兵以徇之。臣愚以为西蜀之祸，自此结矣！

臣闻乱生，必由于怨。雅州边羌，自国初已来，未尝一日为盗。今一旦无罪受戮，其怨必甚。怨甚惧诛，必蜂骇西山。西山盗起，则蜀之边邑，不得不连兵备守。兵久不解，则蜀之祸构矣！昔后汉末西京丧败，盖由此诸羌。此一事也。

且臣闻吐蕃桀黠之虏，君长相信，而多奸谋。自敢抗天诛，迩来向二十余载，大战则大胜，小战则小胜，未尝败一队，亡一夫。国家往以薛仁贵、郭待封为虓武之将，屠十一万众于大非之川，一甲不返。又以李敬玄、刘审礼为廊庙之器，辱十八万众于青海之泽，身囚虏庭。是时精甲勇士，势如云雷，然竟不能擒一戎，馘一丑，至今而关、陇为空。今乃欲以李处一为将，驱憔悴之兵，将袭吐蕃。臣窃忧之，而为此虏所笑。此二事也。

且夫事有求利而得害者。则蜀昔时不通中国，秦惠王欲帝天下而并诸侯，以为不兼幹不取蜀，势未可举，乃用张仪计，饰美女，谲金牛，因间以啖蜀侯。蜀侯果贪其利，使五丁力士凿通谷，栈褒斜，置道于秦。自是险阻不关，山谷不闭，张仪蹑踵乘便，纵兵大破之，蜀侯诛，幹邑灭。至今蜀为中州，是贪利而亡。此三事也。

且臣闻吐蕃羯虏，爱蜀之珍富，欲盗之，久有日矣。然其势不能举者，徒以山川阻绝，障隘不通，此其所以顿饿狼之喙而不得侵食也。今国家乃撤边羌，开隘道，使其收奔亡之种，为向导以攻边。是乃借寇兵而为贼除道，举全蜀以遗之。此四事也。

臣窃观蜀为西南一都会，国家之宝库，天下珍货聚出其中。又人富粟多，顺江而下，可以兼济中国。今执事者乃图侥幸之利，悉以委事西羌。地不足以富国,徒杀无辜之众,以伤陛下之仁;糜费随之,无益圣德。又况侥幸之利,未可图哉! 此五事也。

夫蜀之所恃,有险也;人之所安,无役也。今国家乃开其险,役其人;险开则便寇,人役则伤财。臣恐未见羌戎,已有奸盗在其中矣! 往年益州长史李崇真图此奸利,传檄称吐蕃欲寇松州,遂使国家盛军师、大转饷以备之。未二三年,巴蜀二十余州,骚然大弊,竟不见吐蕃之面,而崇真赃钱已计钜万矣。蜀人残破,几不堪命。此之近事,犹在人口,陛下所亲知。臣愚意者不有奸臣欲图此利,复以生羌为计者哉! 此六事也。

且蜀人怯劣,不习兵战,一虏持矛,百人莫敢当。又山川阻旷,去中夏精兵处远。今国家若击西羌,掩吐蕃,遂能破灭其国,奴虏其人,使其君长系首北阙,计亦可矣! 若不到如此,臣方见蜀之边陲不守,而为羌夷所横暴。昔辛有见被发而祭伊川者,以为不出百年,此其为戎。臣恐不及百年而蜀为戎。此七事也。

且国家近者废安北,拔单于,弃龟兹,放疏勒,天下翕然,谓之盛德。所以者何? 盖以陛下务在仁,不在广;务在养,不在杀。将以此息边鄙,休甲兵,行三皇、五帝之事者也! 今又徇贪夫之议,谋动兵戈,将诛无罪之戎,而遗全蜀之患,将何以令天下乎? 此愚臣所以不甚悟者也。况当今山东饥,关、陇弊,历岁枯旱,人有流亡。诚是圣人宁静,思和天人之时,不可动甲兵,兴大役,以自生乱。臣又流闻西军失守,北军不利,边人忙动,情有不安。今者复驱此兵,投之不测。臣闻自古亡国破家,未尝不由黩兵。今小人议夷狄之利,非帝王之至德也,又况弊中夏哉! 臣闻古之善为天下者,计大而不计小,务德而不务刑;图其安则思其危,谋其利则虑其害;然后能长享福禄。伏愿陛下熟计之!

再转右拾遗。数上疏陈事,词皆典美。时有同州下邽人徐元庆,父为县尉赵师韫所杀。后师韫为御史,元庆变姓名于驿家佣力,候师韫,手刃杀之。议者以元庆孝烈,欲舍其罪。子昂建议以为:"国法专杀者死,元庆宜正国法,然后旌其闾墓,以褒其孝义可也。"当时议者,咸以子昂为是。俄授麟台正字。武攸宜统军北讨契丹,以子昂为管记,军中文翰皆委之。

子昂父在乡,为县令段简所辱,子昂闻之,遽还乡里。简乃因事收系狱中，忧愤而卒，时年四十余。子昂褊躁无威仪，然文词宏丽，甚为当时所重。有集十卷，友人黄门侍郎卢藏用为之序，盛行于代。

（《旧唐书》卷一九〇中）

新唐书·陈子昂传

陈子昂，字伯玉，梓州射洪人。其先居新城，六世祖太乐，当齐时，兄弟竞豪杰，梁武帝命为郡司马。父元敬，世高赀，岁饥，出粟万石赈乡里。举明经，调文林郎。子昂十八未知书，以富家子，尚气决，弋博自如。它日入乡校，感悔，即痛修饬。文明初，举进士。时高宗崩，将迁梓宫长安，于是，关中无岁，子昂盛言东都胜垲，可营山陵。上书曰：

臣闻秦据咸阳，汉都长安，山河为固，而天下服者，以北假胡、宛之利，南资巴、蜀之饶，转关东之粟，而收山西之宝，长辔利策，横制宇宙。今则不然，燕、代迫匈奴，巴、陇婴吐蕃，西老千里赢粮，北丁十五乘塞，岁月奔命，秦之首尾不完，所余独三辅间耳。顷遭荒馑，百姓荐饥。薄河而右，惟有赤地；循陇以北，不逢青草。父兄转徙，妻子流离。赖天悔祸，去年薄稔，赢耗之余，几不沉命。然流亡未还，白骨纵横，阡陌无主，至于蓄积，犹可哀伤。陛下以先帝遗意，方大驾长驱，按节西京，千乘万骑，何从仰给？山陵穿复，必资徒役，率瘭弊之众，兴数万之军，调发近畿，督挟稚老，铲山辇石，驱以就功，春作无时，何望有秋？凋甿遗噍，再罹艰苦，有不堪其困，则逸为盗贼，揭梃叫呼，可不深图哉！且天子以四海为家，舜葬苍梧，禹葬会稽，岂爱夷裔而鄙中国耶？示无外也。周平王、汉光武都洛，而山陵寝庙并在西土者，实以时有不可，故遗小存大，去祸取福也。今景山崇秀，北对嵩、邙，右眄汝、海，祝融、太昊之故墟在焉。园陵之美，复何以加？且太原蓄巨万之仓，洛口储天下之粟，乃欲舍而不顾，饶鼠窃狗盗，西入陕郊，东犯虎牢。取敖仓一抔粟，陛下何与遏之？

武后奇其才，召见金华殿。子昂貌柔野，少威仪，而占对慷慨，擢麟台正字。垂拱初，诏问群臣"调元气当以何道"，子昂因是劝后兴明堂、太学，即上言：

臣闻之于师曰："元气，天地之始，万物之祖，王政之大端也。天地莫大于阴阳，万物莫灵于人，王政莫先于安人。故人安则阴阳和，阴阳和则天地平，天地平则元气正。先王以人之通于天也，于是养成群生，顺天德，使人乐其业，甘其食，美其服，然后天瑞降，地符升，风雨时，草木茂遂。故颛顼、唐、虞不敢荒宁，其《书》曰："百姓昭明，协和万邦，黎人于变时雍。乃命羲和，钦若昊天，历象日月星辰，敬授人时。"和之得也。夏、商之衰，桀、纣昏暴，阴阳乖行，天地震怒，山川神鬼，发妖见灾，疾疫大兴，终以灭亡，和之失也。迨周文、武创业，诚信忠厚加于百姓，故成、康刑措四十余年，天人方和。而幽、厉乱常，苛慝暴虐，诟黩天地，川冢沸崩，人用愁怨。其《诗》曰："昊天不惠，降此大戾。"不先不后，为虐为瘵，顾不哀哉！近隋炀帝恃四海之富，凿渠决河，自伊、洛属之扬州，疲生人之力，泄天地之藏，中国之难起，故身死人手，宗庙为墟。逆元气之理也。臣观祸乱之动，天人之际，先师之说，昭然著明，不可欺也。

陛下含天地之德，日月之明，眇然远思，欲求太和，此伏羲氏所以为三皇首也。昔者，天皇大帝揽元符，东封太山，然未建明堂、享上帝，使万世鸿业阙而不照，殆留此盛德，以发挥陛下哉！臣谓和元气，睦人伦，舍此则无以为也。昔黄帝合宫，有虞总期，尧衢室，夏世室，皆所以调元气，治阴阳也。臣闻明堂有天地之制，阴阳之统，二十四气、八风、十二月、四时、五行、二十八宿，莫不率备。王者政失则灾，政顺则祥。臣愿陛下为唐恢万世之业，相国南郊，建明堂，与天下更始，按《周礼》《月令》而成之。乃月孟春，乘鸾辂，驾苍龙，朝三公、九卿、大夫于青阳左个，负斧扆，冯玉几，听天下之政。躬藉田、亲蚕以劝农桑，养三老、五更以教孝悌，明讼恤狱以息淫刑，修文德以止干戈，察孝廉以除贪吏。后宫非妃嫔御女者，出之；珠玉锦绣、雕琢伎巧无益者，弃之；巫鬼淫祀营惑于人者，禁之。臣谓不数期且见太平云。

又言：陛下方兴大化，而太学久废，堂皇埃芜，《诗》、《书》不闻，明诏尚未及之，愚臣所以私恨也。太学者，政教之地也，君臣上下之取则也，俎豆揖让之所兴也，天子于此得贤臣焉。今委而不论，虽欲睦人伦，兴治纲，失之本而求之末，不可得也。"君子三年不为礼，礼必坏；三年不为乐，乐必崩。"奈何为天下而轻礼乐哉？愿引胄子使归太学，国家之大务不可废已。

后召见，赐笔札中书省，令条上利害。子昂对三事。其一言：

九道出大使巡按天下，申黜陟，求人瘼，臣谓计有未尽也。且陛下发使，必欲使百姓知天子夙夜忧勤之也，群臣知考绩而任之也，奸暴不逞知将除之也，则莫如择仁可以恤孤、明可以振滞、刚不避强御、智足以照奸者，然后以为使，故辀轩未动，而天下翘然待之矣。今使且未出，道路之人皆已指笑，欲望进贤下不肖，岂可得邪？宰相奉诏书，有遣使之名，无任使之实。使愈出，天下愈弊，徒令百姓治道路，送往迎来，不见其益也。臣愿陛下更选有威重风概为众推者，因御前殿，以使者之礼礼之，谆谆戒敕所以出使之意，乃授以节。自京师及州县，登拔才良，求人瘼，宣布上意，令若家见而户晓。昔尧、舜不下席而化天下，盖黜陟幽明能折衷者。陛下知难得人，则不如少出使。彼烦数而无益于化，是烹小鲜而数挠之矣。

其二言：刺史、县令，政教之首。陛下布德泽，下诏书，必待刺史、县令谨宣而奉行之。不得其人，则委弃有司，挂墙屋耳，百姓安得知之？一州得才刺史，十万户赖其福；得不才刺史，十万户受其困。国家兴衰，在此职也。今吏部调县令如补一尉，但计资考，不求贤良。有如不次用人，则天下嚣然相谤矣，狃于常而不变也。故庸人皆任县令，教化之陵迟，顾不甚哉！

其三言：天下有危机，祸福因之而生。机静则有福，动则有祸，百姓安则乐生，不安则轻生者是也。今军旅之弊，夫妻不得安，父子不相养，五六年矣。自剑南尽河、陇，山东由青、徐、曹、汴，河北举沧、瀛、赵、郑，或困水旱，或顿兵疫，死亡流离略尽。尚赖陛下悯其失职，凡兵戍调发，一切罢之，使人得妻子相见，父兄相保，可谓能静其机也。然臣恐将相有贪夷狄利，以广地强武说陛下者，欲动其机，机动则祸构。宜修文德，去刑罚，劝农桑，以息疲民。蛮夷知中国有圣王，必累译至矣。

于时，吐蕃、九姓叛，诏田扬名发金山道十姓兵讨之。十姓君长以三万骑战，有功，遂请入朝。后责其尝不奉命擅破回纥，不听。子昂上疏曰：

国家能制十姓者，緜九姓强大，臣服中国，故势微弱，委命下吏。今九姓叛亡，北蕃丧乱，君长无主，回纥残破，碛北诸姓，已非国有，欲掎角亡叛，唯金山诸蕃共为形势。有司乃以扬名擅破回纥,归十姓之罪,拒而遣还,不使入朝,恐非羁戎之长策也。夫戎有鸟兽心,亲之则顺,疑之则乱,今阻其善意,则十姓内无国家亲信之恩,外有回纥报仇之患,怀不自安,鸟骇狼顾,则河西诸蕃自此拒命矣。且夷狄相攻,中国之福。今回纥已破,既无可言;十姓非罪,又不当绝。罪止扬名,足以慰其酋领矣。

近诏同城权置安北府,其地当碛南口,制匈奴之冲,常为剧镇。臣顷闻碛北突厥之归者已千余帐,来者未止,甘州降户四千帐,亦置同城。今碛北丧乱荒馑之余,无所存仰,陛下开府招纳,诚覆全戎狄之仁也。然同城本无储峙,而降附蕃落不免寒饥,更相劫掠。今安北有官牛羊六千,粟麦万斛,城孤兵少,降者日众,不加救恤,盗劫日多。夫人情以求生为急,今有粟麦牛羊为之饵,而不救其死,安得不为盗乎?盗兴则安北不全,甘、凉以往,跷以待陷,后为边患,祸未可量。是则诱使乱,诲之盗也。且夷狄代有雄桀,与中国抗,有如勃起,招合遗散,众将系兴,此国家大机,不可失也。

又谓:河西诸州,军兴以来,公私储蓄,尤可嗟痛。凉州岁食六万斛,屯田所收,不能偿垦。陛下欲制河西,定乱戎,此州空虚,未可动也。甘州所积四十万斛,观其山川,诚河西喉咽地,北当九姓,南逼吐蕃,奸回不测,伺我边罅。故甘州地广粟多,左右受敌,但户止三千,胜兵者少,屯田广夷,仓庾丰衍,瓜、肃以西,皆仰其餔,一旬不往,士已枵饥。是河西之命系于甘州矣。且其四十余屯,水泉良沃,不待天时,岁取二十万斛,但人力寡乏,未尽垦发。异时吐番不敢东侵者,繇甘、凉士马强盛,以振其入。今甘州积粟万计,兵少不足以制贼,若吐蕃敢大入,燔蓄谷,蹂诸屯,则河西诸州,我何以守?宜益屯兵,外得以防贼,内得以营农,取数年之收,可饱士百万,则天兵所临,何求不得哉?

其后吐蕃果入寇,终后世为边患最甚。后方谋开蜀山,由雅州道羁生羌,因以袭吐蕃。子昂上书,以七验谏止之,曰:

臣闻乱生必由于怨。雅州羌未尝一日为盗,今无罪蒙戮,怨必甚,怨甚则蜂骇且亡,而边邑连兵,守备不解,蜀之祸构矣。东汉丧败,乱始诸羌,一验也。吐蕃黠狡,抗天诛者二十余年。前日薛仁贵、郭待封以十万众败大非川,一甲不返;李敬玄、刘审礼举十八万众困青海,身执贼廷,关、陇为空。

今乃欲建李处一为上将，驱疲兵袭不可幸之吐蕃，举为贼笑，二验也。夫事有求利而得害者：昔蜀与中国不通，秦以金牛、美女啖蜀侯，侯使五丁力士栈褒斜，凿通谷，迎秦之馈。秦随以兵，而地入中州，三验也。吐蕃爱蜀富，思盗之矣，徒以障隧隘绝，顿饿喙不得噬。今撤山羌，开阪险，使贼得收奔亡以攻边，是除道待贼，举蜀以遗之，四验也。蜀为西南一都会，国之宝府，又人富粟多，浮江而下，可济中国。今图徼幸之利，以事西羌，得羌地不足耕，得羌财不足富。是过杀无辜之众，以伤陛下之仁，五验也。蜀所恃，有险也；蜀所安，无役也。今开蜀险，役蜀人，险开则便寇，人役则伤财。臣恐未及见羌，而奸盗在其中矣。异时益州长史李崇真托言吐蕃寇松州，天子为盛军师，趣转饷以备之。不三年，巴、蜀大困，不见一贼，而崇真奸臧已钜万。今得非有奸臣图利，复以生羌为资？六验也。蜀士枉懦不知兵，一虏持矛，百人不敢当。若西戎不即破灭，臣见蜀之边垂且不守，而为羌夷所暴，七验也。国家近废安北，拔单于，弃龟兹、疏勒，天下以为务仁不务广，务养不务杀，行太古三皇事。今徇贪夫之议，诛无罪之羌，遗全蜀患，此臣所未谕。方山东饥，关陇弊，生人流亡，诚陛下宁静思和天人之时，安可动甲兵、兴大役，以自生乱？又西军失守，北屯不利，边人骇情，今复举舆师投不测，小人徒知议夷狄之利，非帝王至德也。善为天下者，计大而不计小，务德而不务刑，据安念危，值利思害。愿陛下审之。

后复召见，使论为政之要，适时不便者，毋援上古，角空言。子昂乃奏八科：一措刑，二官人，三知贤，四去疑，五招谏，六劝赏，七息兵，八安宗子。其大权谓：今百度已备，但刑急罔密，非为政之要。凡大人初制天下，必有凶乱叛逆之人为我驱除，以明天诛。凶叛已灭，则顺人情，赦过宥罪。盖刑以禁乱，乱静而刑息，不为承平设也。太平之人，乐德而恶刑，刑之所加，人必惨怛，故圣人贵措刑也。比大赦，澡荡群罪，天下蒙庆，咸得自新。近日诏狱稍滋，钩捕支党，株蔓推穷，盖狱吏不识天意，以抵惨刻。诚宜广恺悌之道，救法慎罚，省白诬冤，此太平安人之务也。官人惟贤，政所以治也。然君子小人各尚其类。若陛下好贤而不任，任而不能信，信而不能终，终而不赏，虽有贤人，终不肯至，又不肯劝。反是，则天下之贤集矣。议者乃云："贤不可知，人不易识。"臣以为固易知，固易识。夫尚德行者无凶险，务公正者无邪朋,廉者憎贪,信者疾伪,智不为愚者谋,勇不为怯者死,犹鸾隼不接翼,薰莸不共气,其理自然。何者? 以德并凶,势不相入;以正攻佞,势不相利;以廉劝贪,势不相售;以信质伪,势不相和。智者尚谋,愚所不听;勇者徇死,怯者所不从。此趣向之反也。贤人未尝不思效用,顾无其类则难进,是以湮汩于时。诚能信任俊良,知左右有灼然贤行者,赐之尊爵厚禄,使以类相举,则天下之理得矣。陛下知得贤须任,今未能者,盖以常信任者不效。如裴炎、刘祎之、周思茂、骞味道固蒙用矣,皆孤恩前死,以是陛下疑于信贤。臣固不然。昔人有以噎得病,乃欲绝食,不知食绝而身殒。贤人于国,犹食在人,人不可以一噎而止殇,国不可以谬一贤而远正士,此神鉴所知也。圣人大德,在能纳谏。太宗德参三王,而能容魏徵之直。今诚有敢谏骨鲠之臣,陛下广延顺纳,以新盛德,则万世有述。臣闻劳臣不赏,不可劝功;死士不赏,不可劝勇。今或勤劳死难,名爵不及;偷荣尸禄,宠秩妄加,非所以表庸励行者也。愿表显徇节,励勉百僚。古之赏一人,千万人悦者,盖云当也。今事之最大者,患兵甲岁兴,赋役不省,兴师十万,则百万之家不得安业。自有事北狄,于今十年,不闻中国之胜。以庸将御冗兵,徭役日广,兵甲日敝。愿审量损益,计利害,势有不可,毋虚出兵,则人安矣。虺贼干纪,自取屠灭,罪止魁逆,无复缘坐,宗室子弟,皆得更生。然臣愿陛下重晓慰之,使明知天子慈仁,下得自安。臣闻人情不能自明则疑,疑则惧,惧则罪生。惟赐恺悌之德,使居无过之地。俄迁右卫胄曹参军。

后既称皇帝,改号周,子昂上《周受命颂》以媚悦后。虽数召见问政事,论亦谆切,故奏闻辄罢。以母丧去官,服终,擢右拾遗。子昂多病,居职不乐。会武攸宜讨契丹,高置幕府,表子昂参谋。次渔阳,前军败,举军震恐,攸宜轻易无将略,子昂谏曰:"陛下发天下兵以属大王,安危成败在此举,安可忽哉? 今大王法制不立,如小儿戏。愿审智愚,量勇怯,度众寡,以长攻短,此刷耻之道也。夫按军尚威严,择亲信与虞不测。大王提重兵精甲,顿之境上,朱亥窃发之变,良可惧也。王能听愚计,分麾下万人为前驱,契丹小丑,指日可禽。"攸宜以其儒者,谢不纳。居数日,复进计,攸宜怒,徙署军曹。子昂知不合,不复言。

圣历初,以父老,表解官归侍,诏以官供养。会父丧,庐冢次,每哀恸,闻者为涕。县令段简贪暴，闻其富，欲害子昂，家人纳钱二十万缗，简薄其赂，捕送狱中。子昂之见捕，自筮，卦成，惊曰："天命不祐，吾殆死乎！"果死狱中，年四十三。

子昂资褊躁，然轻财好施，笃朋友，与陆余庆、王无竞、房融、崔泰之、卢藏用、赵元最厚。唐兴，文章承徐、庾余风，天下祖尚，子昂始变雅正。初，为《感遇诗》三十八章，王适曰："是必为海内文宗。"乃请交。子昂所论著，当世以为法。大历中，东川节度使李叔明为立旌德碑于梓州，而学堂至今犹存。子光，复与赵元子少微相善，俱以文称。光终商州刺史。子易甫、简甫，皆位御史。

赞曰：子昂说武后兴明堂太学，其言甚高，殊可怪笑。后窃威柄，诛大臣、宗室，胁逼长君而夺之权。子昂乃以王者之术勉之，卒为妇人讪侮不用，可谓荐圭璧于房闼，以脂泽污漫之也。瞽者不见泰山，聋者不闻震霆，子昂之于言，其声瞽欤。（《新唐书》卷一〇七）

附录二

历代陈子昂诗总评汇编

唐卢藏用：昔孔宣父以天纵之才，自卫返鲁，乃删《诗》、《书》、述《易》道而修《春秋》，数千百年文章粲然可观也。孔子殁二百岁而骚人作，于是婉丽浮侈之法行焉。汉兴二百年，贾谊、马迁为之杰，宪章礼乐，有老成之风；长卿、子云之俦，瑰诡万变，亦奇特之士也。惜其王公大人之言，溺于流辞而不顾。其后班、张、崔、蔡、曹、刘、潘、陆，随波而作，虽大雅不足，其遗风余烈，尚有典型。宋、齐之末，盖憔悴矣，逶迤陵颓，流靡忘返，至于徐、庾，天之将丧斯文也。后进之士若上官仪者继踵而生，于是风雅之道扫地尽矣。《易》曰："物不可以终否，故受之以泰。"道丧五百岁而得陈君。君讳子昂，字伯玉，蜀人也。崛起江汉，虎视函夏，卓立千古，横制颓波，天下翕然，质文一变。非夫岷、峨之精，巫、庐之灵，则何以生此？故其谏诤之辞，则为政之先也；昭夷之碣，则议论之当也；国殇之文，则大雅之怨也；徐君之议，则刑礼之中也。至于感激顿挫，微显阐幽，庶几见变化之朕，以接乎天人之际者，则《感遇》之篇存焉。观其逸足骎骎，方将抟扶摇而陵太清，蹑遗风而薄嵩、岱，吾见其进，未见其止。惜乎！湮厄当世，道不偶时，委骨巴山，年志俱夭，故其文未极也。呜呼！聪明精粹而沦剥，贪饕桀骜以显荣，天乎天乎，吾殆未知夫天焉，昔尝与余有忘形之契，四海之内，一人而已。良友殁矣，天其丧予！今采其遗文可存者，编而次之，凡十卷。恨不逢作者，不得列于诗人之什，悲夫！故粗论文之变而为之序。至于王霸之才，卓荦之行，则存之《别传》，以继于终篇云耳。（《全唐文》卷二三八《右拾遗陈子昂文集序》）

唐王泠然：有唐以来，无数才子，至于崔融、李峤、宋之问、沈佺期、富嘉谟、徐彦伯、杜审言、陈子昂者，与公（张说）连飞并驱，更唱迭和，此数公者，真可谓五百年挺生矣。（《全唐文》卷二四九《论荐书》）

唐赵儋：嗟乎！道不可合，运不可协，遂放言于《感遇》，亦阮公之《咏

怀》。已而已而,陈公之微意在斯。(《故右拾遗陈公旌德之碑》)

唐李白:梁有汤惠休,常从鲍照游。峨眉史怀一,独映陈公出。卓绝二道人,结交凤与麟。(《李太白文集》卷十二《赠僧行融》)

唐李阳冰:卢黄门云:"陈拾遗横制颓波,天下翕然,质文一变。"至今朝诗体,尚有梁、陈宫掖之风。至公(李白)大变,扫地并尽。今古文集遏而不行,唯公文章横被六合,可谓力敌造化欤!(王琦注《李太白全集》附录《草堂集序》)

唐魏颢:自盘古划天地,天地之气,艮于西南。剑门上断,横江下绝,岷、峨之曲,别为锦川。蜀之人无闻则已,闻则杰出,是生相如、君平、王褒、扬雄,降有陈子昂、李白,皆五百年矣。(王琦注《李太白全集》附录《李翰林集序》)

唐杜甫:涪右众山内,金华紫崔嵬。上有蔚蓝天,垂光抱琼台。系舟接绝壑,杖策穷萦回。四顾俯层巅,澹然川谷开。雪岭日色死,霜鸿有余哀。焚香玉女跪,雾里仙人来。陈公读书堂,石柱仄青苔。悲风为我起,激烈伤雄才。(仇兆鳌《杜诗详注》卷一一《冬到金华山观因得故拾遗陈公学堂遗迹》)

又:拾遗平昔居,大屋尚修椽。悠扬荒山日,惨淡故园烟。位下曷足伤,所贵者圣贤。有才继《骚》《雅》,哲匠不比肩。公生扬马后,名与日月悬。同游英俊人,多秉辅佐权。彦昭超玉价,郭振起通泉。到今素壁滑,洒翰银钩连。盛事会一时,此堂岂千年。终古立忠义,《感遇》有遗篇。(仇兆鳌《杜诗详注》卷一一《陈拾遗故宅》)

又:籍甚黄丞相,能名自颍川。近看除刺史,还喜得吾贤。五马何时到,双鱼会早传。老思筇竹杖,冬要锦衾眠。不作临岐恨,惟听举最先。火云挥汗日,山驿醒心泉。遇害陈公殒,于今蜀道怜。君行射洪县,为我一潸然。(仇兆鳌《杜诗详注》卷一一《送梓州李使君之任》)

唐李华:"近日陈拾遗子昂文体最正。"(《唐文粹》卷九十三《扬州功曹萧颖士文集序》)

唐颜真卿:汉、魏已还,雅道微缺;梁、陈斯降,宫体聿兴,既驰骋于末流,遂受嗤于后学。是以沈隐侯之论谢康乐也,乃云"灵均以来,此未及

172

睹"。卢黄门之序陈拾遗也,而云"道丧五百岁而得陈君"。若激昂颓波,虽无害于过正;榷其中论,不亦伤于厚诬! 何则? 雅郑在人,理乱由俗。桑间濮上,胡为乎绵古之时? 正始皇风,奚独乎凡今之代? 盖不然矣。(《颜鲁公文集》卷一二《尚书刑部侍郎赠尚书右仆射孙逖文公集序》)

唐李舟:文之时用大矣哉! 在人贤者得其大者,礼乐刑政劝诫是也。不肖者得其细者……其甚者则矫诬盛德,污蔑风教,为蛊为蠹,为妖为孽。噫! 文之弊有至是者,可无痛乎? 天后朝,广汉陈子昂独溯颓波,以趣清源,自兹作者稍稍而出。(《毗陵集》卷首《常州刺史独孤公文集序》)

唐独孤及:帝唐以文德敷祐于下,民被王风,俗稍丕变。至则天太后时,陈子昂以雅易郑,圆者浸而向方。天宝中,公与兰陵萧茂挺、长乐贾幼几勃焉复起,振中古之风,以宏文德。(《毗陵集》卷十三《赵郡李华中集序》)

唐皎然:卢黄门云:"道丧五百年而有陈君。"予因请论之曰:司马子长《自序》云:"周公卒五百岁而有孔子,孔子卒五百岁而有司马公。"迩来年代既遥,作者无限。若论笔语,则东汉有班、张、崔、蔡。若但论诗,则魏有曹、刘、王、傅,晋有潘岳、陆机、阮籍、卢谌,宋有谢康乐、陶渊明、鲍明远,齐有谢吏部,梁有柳文畅、吴叔庠。作者纷纭,继在青史,如何五百之数,独归于陈君乎? 藏用欲子昂张一尺之罗,盖弥天之宇,上掩曹、刘,下遗康乐,安可得耶? (《诗式》卷三《论卢藏用〈陈子昂集序〉》)

又:子昂《感寓》三十首,出自阮公《咏怀》。《咏怀》之作,难以为俦。子昂诗曰:"荒哉穆天子,好与白云期。宫女多旷远,层城闭蛾眉。"曷若阮公"三楚多秀士,朝云进荒淫。朱华振芬芳,高蔡相追寻。一为黄雀哀,涕下谁能禁"? (《诗式》卷三《论卢藏用〈陈子昂集序〉》)

又:作者须知复变之道:返古曰复,不滞曰变。若惟复不变,则陷于相似之格,其状如驽骥同厩,非造父不能辨。能知复变之手,亦诗人之造父也。……如陈子昂复多而变少,沈、宋复少而变多。今代作者,不能尽举。(《诗式》卷五《复古通变体》)

唐梁肃:唐有天下几二百载,而文章三变:初则广汉陈子昂以风雅革浮侈;次则燕国张公说以宏茂广波澜;天宝以还,则李员外、萧功曹、贾常侍、

独孤常州比肩而出，故其道益炽。(《全唐文》卷五一八《补阙李君前集序》)

唐韩愈：周诗三百篇，雅丽理训诰。曾经圣人手，议论安敢到？五言出汉时，苏李首更号。东都渐淰漫，派别百川导。建安能者七，卓荦变风操。逶迤抵晋宋，气象日凋耗。中间数鲍谢，比近最清奥。齐梁及陈隋，众作等蝉噪。搜春摘花卉，沿袭伤剽盗。国朝盛文章，子昂始高蹈。勃兴得李杜，万类困陵暴。后来相继生，亦各臻阃奥。(《韩昌黎集》卷二《荐士》)

又：大凡物不得其平则鸣：草木之无声，风挠之鸣。水之无声，风荡之鸣。其跃也或激之，其趋也或梗之，其沸也或炙之。金石之无声，或击之鸣。人之于言也亦然，有不得已者而后言。其歌也有思，其哭也有怀。凡出乎口而为声者，其皆有弗平者乎！……唐之有天下，陈子昂、苏源明、元结、李白、杜甫、李观，皆以其所能鸣。其存而在下者，孟郊东野始以其诗鸣。(《韩昌黎集》卷一九《送孟东野序》)

唐柳宗元：文有二道：辞令褒贬，本乎著述者也；导扬讽谕，本乎比兴者也。著述者流，盖出于《书》之谟、训，易之象、系，《春秋》之笔削，其要在于高壮广厚，词正而理备，谓宜藏于简册也。比兴者流，盖出于虞、夏之咏歌，殷、周之风雅，其要在于丽则清越，言畅而意美，谓宜流于谣诵也。兹二者，考其旨义，乖离不合。故秉笔之士，恒偏胜独得，而罕有兼者焉。厥有能而专美，命之曰艺成。虽古文雅之盛世，不能并肩而生。唐兴以来，称是选而不作者，梓潼陈拾遗。其后，燕文贞以著述之余，攻比兴而莫能极；张曲江以比兴之隙，穷著述而不克备。其余各探一隅，相与背驰于道者，其去弥远。文之难兼，斯亦甚矣。(《柳河东集》卷二一《杨评事文集后序》)。

唐白居易：杜甫陈子昂，才名括天地。当时非不遇，尚无过斯位。况予塞薄者，宠至不自意。惊近白日光，惭非青云器。(《白氏长庆集》卷一《初授拾遗诗》)

又：忆昨元和初，忝备谏官位。是时兵革后，生民正憔悴。但伤民病痛，不识时忌讳。遂作《秦中吟》，一吟悲一事。贵人皆怪怒，闲人亦非訾。天高未及闻，荆棘生满地。惟有唐衢见，知我平生志。一读兴叹嗟，再吟垂涕泗。因和三十韵，手题远缄寄。致吾陈杜间，赏爱非常意。此人无复见，此诗犹可贵。今日开箧看，蠹鱼损文字。不知何处葬，欲问先歊欷。终去

哭坟前,还君一掬泪。(《白氏长庆集》卷一《伤唐衢二首》其二)

又:每叹陈夫子[原注:陈子昂著《感遇诗》称于世],常嗟李谪仙[贺知章谓李白为谪仙]。名高折人爵,思苦减天年。[原注:李竟无官,陈亦早夭]不得当时遇,空令后代怜。相悲今若此,浥浦与通川。(《白氏长庆集》卷一七《江楼夜吟元九律诗成三十韵》)

又:唐兴二百年,其间诗人不可胜数。所可举者,陈子昂有《感遇诗》二十首,鲍防《感兴诗》十五篇。又诗之豪者,世称李、杜。李之作,才矣!奇矣!人不逮矣!索其风雅比兴,十无一焉。杜诗最多,可传者千余首。至于贯穿古今,覼缕格律,尽工尽善,又过于李焉。然撮其《新安》、《石壕》、《潼关吏》、《芦子关》、《花门》之章,"朱门酒肉臭,路有冻死骨"之句,亦不过十三四。杜尚如此,况不逮杜者乎?(《白香山诗集》本传)

唐元稹:仆时孩骏,不惯闻见,独于书传中,初习理乱萌渐,心体悸震,若不可活,思欲发之久矣。适有人以陈子昂《感遇诗》相示,吟玩激烈,即日为《寄思玄子诗》二十首。故郑京兆于仆为外诸翁,深赐怜奖,因以所赋呈献。京兆翁深相骇异,秘书少监王表在座,顾谓表曰:"使此儿五十不死,其志义何如哉?惜吾辈不见其成就。"因召诸子,训责泣下。仆亦窃不自得,由是勇于为文。又久之,得杜甫诗数百首,爱其浩荡津涯,处处臻到,始病沈、宋之不存寄兴,而讶子昂之未暇旁备矣。(《元氏长庆集》卷三〇《叙诗寄乐天书》)

唐张祜:陈隋后诸子,往往沙可披。拾遗昔陈公,强立制颓萎。英华自沈宋,律唱互相维。其间岂无长,声病为深宜。江宁王昌龄,名贵人可垂。波澜到李杜,碧海东渢渢。(《张承吉文集》卷一〇《叙诗》)

唐刘蜕:郧中好事人,家藏君十轴。余来多暇日,借得昼夜读。意气高于头,冰霜冷人腹。就中《大雅》篇,日日吟不足。生遇明皇帝,君臣竟不识。沉湮死下位,我辈更莫卜。射洪客来说,露碑今已踣。剞劂存灭半,势欲入沟渎。寓书托宰君,请为试摩拭。树之四达地,覆碑高作屋。(见《永乐大典》卷三一三四《唐宋名贤确论》)

唐孙樵:物之精华,天地所秘惜。……文章亦然。所取者廉,其得必多;所取者深,其身必穷。六经作,孔子削迹不粒矣。《孟子》述,子思坎轲齐鲁矣。马迁以《史记》祸,班固以《西汉》祸,扬雄以《法言》、《太玄》穷,元结以《浯溪碣》穷,陈拾遗以《感遇》穷,王勃以《宣尼妙碑》穷,玉川子以《月蚀诗》穷,杜甫、李白、王江宁皆相望于穷者也,天地其无意乎?(《全唐文》卷七九四《与贾希逸书》)

唐皮日休:射洪陈子昂,其声亦喧阗。惜哉不得时,将奋犹拘挛。玉垒李太白,铜堤孟浩然。李宽包堪舆,孟澹凝清涟。埋骨采石圹,留神鹿门墀。俾其羁旅死,实觉天地屚。猗与子美思,不尽如转轮。纵为三十车,一字不可捐。既作风雅主,遂司歌咏权。谁知耒阳土,埋却真神仙。(《松陵集》卷一《陆鲁望昨以五百言见贻过有褒美内揣庸陋弥增愧悚因成一千言上述吾唐文物之盛次叙相得之欢亦迭和之微旨也》)

唐陆龟蒙:邃古派泛滥,皇朝光赫曦。揣摩是非际,一一如襟期。李杜气不易,孟陈节难移。信知君子言,可并神明蓍。(《唐甫里先生文集》卷一《袭美先辈以龟蒙所献五百言既蒙见和复示荣唱至于千字提奖之重蒇有称实再抒鄙怀用伸酬谢》)

又:蓬颗何时与恨平?蜀江衣带蜀山轻。寻闻骑士枭黄祖,自是无人祭祢衡。(《唐甫里先生文集》卷一二《读陈拾遗集》)

唐孟棨:李白才逸气高,与陈拾遗齐名,先后合德。其论诗云:“梁陈以来,艳薄斯极,沈休文又尚以声律,将复古道,非我而谁与!”故陈、李二集,律诗殊少。(《本事诗·高逸》第三)

唐司空图:高燕飞何捷,啄害恣群雏。人岂玩其暴,华轩容尔居。强欺自天禀,刚吐信吾徒。乃知不平者,矫世道终孤。(《全唐诗》卷六三二《效陈拾遗子昂〈感遇〉二首》其一)

又:阳和含煦润,卉木竞纷华。当为众所悦,私己汝何夸?北里秘浓艳,东园锁名花。豪夺乃常理,笑君徒咄嗟。(《全唐诗》卷六三二《效陈拾遗子昂〈感遇〉二首》其二)

唐顾云:大顺初,皇帝命小宗伯河东裴公掌邦贡。次二年,遥者来,隐者出,异人俊士,始大集都下,于群进士中得九华山杜荀鹤,拔居上第。诸生谢恩日,列坐既定,公揖生谓曰:“圣上嫌文教之未张,思得如高宗朝拾遗陈公,作诗出没二雅,驰骤建安,削苦涩僻碎,略淫靡浅切,破艳冶之坚阵,擒雕巧之酋帅,皆摧幢折角,崩溃解散,扫荡词场,廓清文祓。然后有戴容州、刘随州、王江宁率其徒扬鞭按辔,相与呵乐,来朝于正道矣。以生诗有陈体,可以润国风,广王泽,故擢生以塞诏意,生勉为中兴诗宗。"(《唐风集》卷首《序》)

唐陆希声:夫文兴于唐、虞,而隆于周、汉。自明帝后,文体寖弱,以至于魏晋宋齐梁隋,嫣然华媚,无复筋骨。唐兴,犹袭隋故态。至天后朝,陈伯玉始复古制,当世高之,虽博雅典实,犹未能全去谐靡。至退之乃大革流弊,落落有老成之风。(《全唐文》卷八一二《唐太子校书李观文集序》)

唐牛峤:北厢引危槛,工部曾刻石。辞高谢康乐,吟久惊神魄。拾遗有书堂,荒榛堆瓦砾。二贤间世生,垂名空煊赫。逸足拟追风,祥鸾已铩翮。(《永乐大典》卷三一三四"陈"字韵引《登陈拾遗书台览杜工部留题慨然成咏》)

唐刘昫:子昂褊躁无威仪,然文词宏丽,甚为当世所重。有集十卷,友人黄门侍郎卢藏用为之序,盛行于代。(《旧唐书·陈子昂传》)

宋姚铉:有唐三百年,用文治天下。陈子昂起于庸蜀,始振风雅。由是沈、宋嗣兴,李、杜杰出,六义四始,一变至道。(《唐文粹》卷首《序》)

宋王禹偁:新集《甘棠》尽雅言,独疑陈杜指根源。一飞事往名虽屈,六义功成道更尊。骨气向人蹲獬豸,波涛无敌泄昆仑。明年再就尧阶试,应被人呼小状元。(《小畜集》卷九《书孙仅〈甘棠集〉后》)

宋欧阳修:盖诗者,乐之苗裔与!汉之苏、李,魏之曹、刘,得其正始。宋、齐而下,得其浮淫流侈。唐之时,子昂、李、杜、沈、宋、王维之徒,或得其淳古淡泊之声,或得其舒和高畅之节,而孟郊、贾岛之徒,又得其悲愁郁埋之气。由是而下,得者时有而不纯焉。(《欧阳文忠公文集》外集卷二三《书梅圣俞稿后》)

宋文同:庚子秋,同被诏校《唐书》新本,见史策伯玉与傅奕、吕才同传,谓伯玉以王者之术说武曌,故《赞》贬之曰:"子昂之于言,其聱謷欤!"呜呼,甚哉!其不探伯玉之为《政理书》之深意也。明堂太学,在昔帝王所以恢大教化之地,自非右文好治之主,为之犹愧无以称其举,岂淫艳荒惑、险刻残诐妇人之所宜与乎?缘事警奸,立文矫僭,伯玉之言,有味乎其中矣。彼傅、吕者，本好历数才技之书，但能略领大体，颇务记览，以济其末学，讵可引伯玉而为之等夷耶？杜子美、韩退之，唐之伟人也。杜云："终古立忠义，《感遇》有遗篇。"韩云："国朝盛文章，子昂始高蹈。"其推尚伯玉之功也如此。后人或以己见而遽抑之，人之材识，信夫有相绝者矣。同当时尝欲具疏于朝廷，以辨伯玉之不然，会除外官，不果。（清道光丁酉刊本《陈子昂先生全集》附录《拾遗亭记》）

宋司马光：永昌元年三月"壬申，太后问正字陈子昂当今为政之要。子昂退，上疏（即陈子昂《答制问事》八条），以为'宜缓刑崇德，息兵革，省赋役，抚慰宗室，各使自安'。辞婉意切，其论甚美，凡三千言。"（《资治通鉴》卷二〇四）

宋黄庭坚：文章盖自建安以来，好作奇语，故其气象衰茶，其病至今犹在。唯陈伯玉、韩退之、李习之，近世欧阳永叔、王介甫、苏子瞻、秦少游，乃无此病耳。（《豫章黄先生文集》卷一九《与王观复书三首》其一）

又：如梓州生陈子昂之文章，赵蕤之术智，皆所谓人杰地灵也，何必城南有锦屏山哉！（《豫章黄先生文集》卷二六《题王观复所作文后》）

宋释惠洪：律诗拘于声律，古诗拘于句语，以是词不能达。夫谓之"行"者，达其词而已，如古文而有韵者耳。自唐陈子昂一变江左之体，而歌行暴于世，作者辈能守其法，不失为文之旨，唯杜子美、李长吉。（《石门洪觉范天厨禁脔》卷中）

宋朱弁：魏曹植出于《国风》，晋阮籍出于《小雅》，其余递相祖袭，虽各有师承，而去《风》《雅》犹未远也。自魏、晋至宋，雅奥清丽，尤盛于江左；齐、梁以下，不足道矣。唐初，尚矜徐、虞风气，逮陈子昂始变。若老杜，则凛然欲方驾屈宋，而能允蹈之者。（《风月堂诗话》卷上）

宋晁公武：子昂少以豪侠使气，及冠，折节为学，精究坟籍，耽爱黄老易象，尤善属文。唐兴，文章承徐、庾余风，天下祖尚，至是始变雅正。故虽无风节，而唐之名人无不推之。（《昭德先生郡斋读书志》卷四上）

宋员兴宗：夫唐之文，亦犹是也，所谓欧阳，则韩愈似之；所谓柳氏，则子昂似之，文传太原卢藏用，藏用传苏源明，源明则退之之所师友也。不知者以退之倡古文于唐，知者以为无陈而无以为之也。故其言非苟也，为可传也;其道非妄也,为可继也。故卢藏用曰"道丧五百岁而起子昂",其此之谓与!虽然,君子独行则无徒也,独唱则无和也,其后善继则退之之力也。故杜牧曰"唐三百岁而有退之",其此之谓与!盖常辩之:学正则识正,识正则文无往而不正也。故子昂《昭夷碣》为辩议之正,《徐君之议》为笺表之正,《神凤之章》为辞章之正,其《感遇》则正于诗者也。盖子昂之文,惟正则取,不正不学也。然则相承而至退之,亦其有力哉!故退之亦畏之,盖尝曰:"唐兴,陈子昂、苏源明、元结、杜甫、李白,皆其善鸣者。"此之谓也。虽两君之才,纵横颠倒,而卒亦可贬,何者?以其才可穷也。退之穷于识,子昂穷于权。穷于识,其弊也讲之不精;穷于权,其弊也处之不智。讲之不精,故知斥佛老,不知斥墨也;处之不智,故不死于国,而死于下吏也。呜呼!通于大道而识进退存亡者,惟三代之英与!二子何预焉?(《九华集》卷九《陈子昂韩退之策》)

宋洪迈:词章关乎气运,于唐尤验云。唐兴三百年,气运升降其间,而诗文因之。自晋阳举义,开馆宫西以延文学,竞用词赋取士,士以操觚显者,无虑数百家。大都始沿江左颓习,竞于缔绘,骫披靡而乏气骨。伯玉奋然洗刷,沈、宋、燕、许辈出振响,以至贞元、长庆,经术大明,修古弥众。于时墨儒词匠,所为诗若文咸矩矱自然,不以雕饰为工,相与赞翊道真,赓飏鸿化,斯为锵锵尔雅。(《唐黄御史文集》卷首《唐黄御史公集序》)

宋赵次公:自孔、孟微言之既绝,而《诗》之旨不传。区区惜别,已失于汉;华丽委靡,又失于六朝。唐自陈子昂、王摩诘,沈涵醇隐,稍为近古,而造之未深,其明教化者无闻焉。至李、杜,号诗人之雄。而白之诗,多在于风月草木之间,神仙虚无之说,正何补于教化哉?惟杜陵野老,负王佐之才,有意当世,而肮脏不偶,胸中所蕴,一切写之以诗。(《成都文类》卷四二《杜工部草堂记》)

宋朱熹:余读陈子昂《感寓诗》,爱其词旨幽邃,音节豪宕,非当世词人所及。如丹砂空青,金膏水碧,虽近乏世用,而实物外难得,自然之奇宝。欲效其体作十数篇,顾以思致平凡,笔力萎弱,竟不能就。然亦恨其不精于理,而自托于仙佛之间以为高也。斋居无事,偶书所见,得二十篇,虽不能探索微眇,追迹前言,然皆切于日用之实,故言亦近而易知。既已自警,且

以贻诸同志云。(《晦庵先生朱文公文集》卷四《斋居感兴二十首序》)

又：李太白诗，非无法度，乃从容于法度之中，盖圣于诗者也。《古风》两卷，多效陈子昂，亦有全用其句处。太白去子昂不远，其尊慕之如此。(《朱子语类》卷一四〇《论文》下)

宋叶适：旧史陈子昂入《文苑传》，止载《谏返葬长安》《谏雅州生羌》二事。而新史别为传，所载甚多，及言"变徐、庾体，始追雅正"，又言"学堂至今犹存"，盖用韩愈辈语，以唐古文所起尊异之也。然与傅奕、吕才同列，则不伦甚矣！又嗤其劝武后兴明堂太学，"荐圭璧于房闼，以脂泽汗漫之"，则轻侮甚矣！惟圣贤自为出处，余则因时各系其所逢。如子昂，终始一武后尔，吐其所怀，信其所学，不得不然，可无訾也。旧史言"子昂父为县令段简所辱，遽还乡里，简乃因事收系狱中，忧愤而卒。"而新史乃言"父老，表解官归侍，诏以官归养。段简贪暴，闻其富，欲害子昂。家人纳钱二十万缗，简薄其赂，捕送狱中。"子昂名重朝廷，简何人？犹以二十万缗为少而杀之，虽梁冀之恶不过。恐所载两未真也。(《习学记言序目》卷四一《唐书四》)

宋戴复古：飘零忧国杜陵老，感寓伤时陈子昂。近日不闻秋鹤唳，乱蝉无数噪斜阳。(《石屏诗集》卷七《论诗十绝》其六)

宋陈振孙：子昂为明堂议、《神凤颂》，纳忠贡谀于孽后之朝，大节不足言矣！然其诗文在唐初实首起八代之衰者，韩退之《荐士》诗言："国朝盛文章，子昂始高蹈。"非虚语也。(《直斋书录解题》卷一六)

宋刘克庄：唐初王、杨、沈、宋擅名，然不脱齐梁之体，独陈拾遗首倡高雅冲淡之音。一扫六代之纤弱，趋于黄初、建安矣。太白、韦、柳继出，皆自子昂发之。如"世人拘目见，酤酒笑丹经。昆仑有瑶树，安得采其英？"如"林居病时久，水木澹孤清。闲卧观物化，悠悠念群生。青春始萌达，朱火已满盈。徂落自此始，感叹何时平？"如"务光让天下，商贾竞刀锥。已矣行采芝，万世同一时。"如"吾爱鬼谷子，青溪无垢氛。囊括经世道，遗身在白云。舒可弥宇宙，卷之不盈分。岂徒山木寿，空与麋鹿群。"如"临岐泣世道，天命良悠悠。昔日殷王子，玉马遂朝周。宝鼎沦伊谷，瑶台成古丘。西山伤遗老，东陵有故侯。"皆蝉蜕翰墨畦径，读之使人有眼空四海、神游八极之兴。(《后村先生大全集》卷一七三《诗话前集》)

又：太白《古风》六十八首，与陈拾遗《感遇》之作，笔力相上下，唐诸人皆在下风。（《后村先生大全集》卷一七三《诗话前集》）

又：陈拾遗、李翰林一流人。陈之言曰："汉魏风骨，晋宋莫传。仆尝暇时观齐梁间诗，彩丽竞繁，而兴寄都绝，每以永叹。"李之言曰："梁陈以来，艳薄斯极，沈休文又尚以声律，将复古道，非我而谁？"陈《感遇》三十八首，李《古风》六十六首，真可以扫齐梁之弊，而追还黄初、建安矣。（《后村先生大全集》卷一七六《诗话后集》）

又：卢藏用《序陈拾遗集》，称其"崛起江汉，虎视函夏，卓立千古，横制颓波，天下翕然，质文一变"。至于《感遇》之篇，则"感激顿挫，微显阐幽，庶几见变化之朕，以接乎天人之际"。韩、柳未出之前，能为此论，亦可谓之知言矣。（《后村先生大全集》卷一七六《诗话后集》）

宋刘辰翁：古诗惟《参同契》似先秦文，他如道家《生神章》、《度人歌》类欲少异世人者。此诗（《感遇诗》）于音节犹不甚近，独刊落凡语，存之隐约，在建安后自为一家。虽未极畅达，如金如玉，概有其质矣。（明高棅编选《唐诗品汇》卷三引）

金元好问：沈宋横驰翰墨场，风流初不废齐梁。论功若准平吴例，合著黄金铸子昂。（《遗山先生文集》卷一一《论诗三十首》其八）

又：五言以来，六朝之唐，谢、陶之陈子昂，韦应物、柳子厚最近风雅，自余多以杂体为之，诗之亡久矣。杂体愈备，则去风雅愈远，其理然也。（《遗山先生文集》卷三六《东坡诗雅引》）

元方回：唐诗固是杜陵第一，然陈子昂、宋之问初为律诗，杜之所宗；李太白、元次山，杜之所畏；韩、柳又岂全不足数乎？……盖学问必取诸人以为善，杜陵集众美而大成，谓有一杜陵而天下皆无人，可乎？（《桐江集》卷三《刘元晖诗摘评》）

又：予于晋独推陶彭泽一人，格高足可方嵇、阮。唐推陈子昂、杜子美、元次山、韩退之、柳子厚、刘禹锡、韦应物。宋推欧、梅、黄、陈、苏长公、张文潜，而于其中以四人为格之尤高：鲁直、无己，足配渊明、子美为四也。（《桐江集》卷三《学艺圃小集序》）

又：陈拾遗子昂，唐之诗祖也。不但《感遇诗》三十八首为古体之祖，其律诗亦近体之祖也。《白帝》、《岷山》二首极佳，已入"怀古类"，今揭此一诗（指《度荆门望楚》）为诸选之冠。陈子昂、杜审言、宋之问、沈佺期俱同时，而皆精于律诗；孟浩然、李白、王维、贾至、高适、岑参与杜甫同时，而律诗不出则已，出则亦足与杜甫相上下。唐诗一时之盛，有如此十一人，伟哉！（《瀛奎律髓》卷一）

又：陈子昂才高于沈佺期、宋之问，惟杜审言可相对。此四人唐律在老杜以前，所谓律体之祖也。（《瀛奎律髓》卷二四）

元马端临：陈拾遗诗语高妙，绝出齐、梁，诚如先儒之论；至其他文，则不脱偶俪卑弱之体，未见其有以异于王、杨、沈、宋也。然韩吏部、柳仪曹盛有推许：韩言"国朝盛文章，子昂始高蹈"；柳言"备比兴著述而不作"，则不特称其诗而已。二公非轻以文许人者，此论所未谕。本传载其兴明堂、建太学等疏，其言虽美，而陈之于牝朝，则非所宜。史赞所谓"荐圭璧于房闼，以脂泽污漫之"，信矣。（《文献通考》卷二三一）

元杨士弘：夫诗莫盛于唐，李、杜文章，冠绝万世，后之言诗者，皆知李、杜之为宗也。……若太白登黄鹤楼，独推崔颢为杰作；游郎官湖，复叹张谓之逸兴；拟古之诗，则仿佛乎陈伯玉。古之人不独自专其美，相与发明斯道者如是，故其言皆足以没世不忘也。（《唐音》卷首《序》）

元文礼恺：唐兴，犹善徐、庾风，独子昂先生起布衣，奋然高蹈，追媲《六经》，与西汉并驾。不幸嗣君废御，牝鸡鸣晨，剪灭亲贤。斯时也，罗织纷纭之狱起，在朝公卿，方视爵禄为鬼符，噤瘖惴惴，保首领不暇。而先生以一秘书正字，悼人之冤，闵国之危，以崇德缓刑，抚慰宗室，引古证今，反复论谏。又愿兴太学以教胄子，止击羌之役以保全蜀。凡有利害于天下，知无不言。史臣称其"词婉意切"，信乎其知言矣！后之评史者，谓先生谏说武后，非狄公仁杰比，或者讥其失言，以武后不可与之言，遂谓事同而情异，殊不究夫先生所谓抚慰宗室者果何意乎？其为唐室谋深矣。则先生之心，即狄公之心也。但狄公言之于武后衰老悔悟之际，其势为甚易，所以成反正之功；先生言之于武后淫虐方炽之时，去势为甚难，非惟不见听，竟殒于贼奸之手。自古不可以成败论人，原其心可也。先生以忠厚之心，恻怛之意，陈救时谆切之言；以正大高明之学，著雄深雅健之文。致杜子美、韩退之继

作，咸推服为先倡，其有补于名教如此，崇而祀之，礼也。（清道光丁酉蜀州刊本《陈子昂先生全集》附录引《射洪金华书院记》）

明刘基：继汉而有九，有享国延祚最久者，唐也。故其诗文有陈子昂而继以李、杜，有韩退之而和以柳，于是唐不让汉，则此数公之力也。（《诚意伯文集》卷五《苏平仲文集序》）

明宋濂：唐初承陈、隋之弊，多尊徐、庾，遂致颓靡不振。张子寿、苏廷硕、张道济相继而兴，各以风雅为师；而卢升之、王子安务欲凌跨三谢，刘希夷、王昌龄、沈云卿、宋少连亦欲蹴驾江、薛，固无不可者。奈何溺于久习，终不能改其旧。甚至以律法相高，益有四声八病之嫌矣。唯陈伯玉痛惩其弊，专师汉、魏，而友景纯、渊明，可谓挺然不群之士，复古之功，于是为大。（《宋文宪公全集》卷三七《答章秀才论诗书》）

又：夫自陈伯玉倡为《感遇诗》三十八首，而李太白继作，遂衍为五十有九，君子称其得风雅之正。（《宋文宪公全集》卷四五《题许先生古诗后》）

明高棅：唐兴，文章承陈、隋之弊，子昂始变雅正，復然独立，超迈时髦。初为《感遇》诗，王适见之曰：是必为海内文宗。噫！公之高才倜傥，乐交好施，学不为儒，务求真适；文不按古，伫兴而成。观其音响冲和，词旨幽邃，浑浑然有平大之意，若公输氏当巧而不用者也。故能掩王、卢之靡韵，抑沈、宋之新声，继往开来，中流砥柱，上遏贞观之微波，下决开元之正派。呜呼，盛哉！（《唐诗品汇·五言古诗叙目》）

又：律体之兴，虽自唐始，盖由梁陈以来，俪句之渐也。……唐初工之者众，王、杨、卢、骆四君子，以俪句相尚，美丽相矜，终未脱陈隋之气习。神龙以后，陈、杜、沈、宋、苏颋、李峤、二张说、九龄之流，相与继述，而此体始盛。（《唐诗品汇·五言古诗叙目》）

明吴讷：唐初，承陈、隋之弊，惟陈伯玉专师汉、魏以及渊明，复古之功，于是为大。迨开元中，有杜子美之才赡学优，兼尽众体；李太白之格调放逸，变化莫羁。继此则有韦应物、柳子厚，发秾纤于简古，寄至味于淡泊，有非众人之所能及也。自是而后，律诗日盛，而古学日衰矣。（《文章辨体序说·古诗·五言》）

明李梦阳：君必苦读子昂、必简诗，庶获不远之复，亦知予言之不妄。

不然,终身野狐外道耳。(《空同集》卷六一《再与何氏书》)

明徐献忠:唐初律体声华并隆,音节兼美,属梁、陈之艳藻,铲末路之靡薄,可谓盛矣,而古诗之流,尚阻蹊径。拾遗洗濯浮华,斫新雕朴,《感遇》诸作,挺然自树,虽颇峭劲,而兴寄远矣。自余七言诸体乃非所长,《春台》之作纯有楚声,此意寥寥,几乎尺有所短,竟使沈、宋扬波,宗称百代,慷慨瑰奇之气,尚诡于风人之度耶?(《唐诗品》)

明张颐:诗自《三百篇》而下,惟汉魏音韵风骨犹近于古;逮夫两晋,骎骎而变。胚胎于宋,浮靡于齐、梁,至于陈、隋极炽,而雅音几乎息矣。有唐之兴,文运渐启,虽"四杰"、"四友"称美于时,然其流风余韵,渐染既久,未能悉除。则天时,蜀之射洪人陈公子昂字伯玉者,一旦崛起西南,以高明之见,首唱平淡清雅之音,袭骚雅之风,力排雕镂凡近之气。其学博,其才高,其音节冲和,其辞旨幽远,超轶前古,尽扫六朝弊习,譬犹砥柱屹立于万顷颓波之中,阳气勃起于重泉积阴之下,旧习为之一变,万汇为之改观。故李太白、韦苏州、柳柳州相继而起,皆踵伯玉之高风,俾后世称仰叹慕之不暇,可谓诗人之雄矣。其文虽有六朝唐初气味,然其奏疏数章,亦有用世之志。(明杨澄校正本《陈伯玉文集》卷首《序》)

明杨最:峻岭停骖宿雾开,书堂冷落长霉苔。雄才敢拂妖鸡焰,薄赇难消狴犴灾。《感遇》千秋留旧简,精灵终古护荒台。蒿莱满目增悲恨,碣断碑残更可哀。(清道光丁酉蜀州刊本《陈子昂先生全集》附录《读书台吊陈拾遗》)

明郎瑛:五言古诗源于汉之苏、李,流于魏之曹、刘,乃其冠也。汪洋乎两晋,靖节最为高古。元嘉以后,虽有三谢诸人,渐为镂刻。迨唐陈子昂出,一扫陈、隋之弊,所谓上遏贞观之微波,下决开元之正派。(《七修类稿》卷二九)

明杨慎:或语予曰:"朱文公《感兴诗》比陈子昂《感遇诗》有理致。"予曰:譬之青裙白发之节妇,乃与靓妆袨服之宫娥争妍取怜,埒材角妙,不惟取笑旁观,亦且自失所守。要之,不可同日而语也。彼以《拟招》续《楚辞》,《感兴》续《文选》,无见于此矣。故曰离之则双美,合之则两伤。要有契予言者。(《升庵诗话》卷一一)

又：古调今寥落，令人忆拾遗。不图垂拱世，复睹建安诗。瑟在犹清庙，碑残尚色丝。紫阳留咏后，千载有钟期。（《杨升庵集》卷一九《登金华山玉京观中有陈子昂书台》二首其一）

明谢榛：李仲清曰："陈伯玉诗高出六朝，惟渊明乃其伉俪者，当与两汉文字同观。"（《四溟诗话》卷二）

又：专尚奇者，乃盛唐之端，晚唐之渐也。譬游五岳，出门有伴引之，循乎大道而不失其正；否则歧路之间，又分歧路，愈失愈远，而流荡莫之返矣。正者，奇之根；奇者，正之标。二者自有重轻。若奇而又歧，则堕于长吉之下。惜乎长吉不与陈拾遗同时，得一印正，则奇正相兼，造乎大家，无可议者矣。（《四溟诗话》卷三）

明李攀龙：唐无五言古诗而有其古诗，陈子昂以其古诗为古诗，弗取也。七言古诗，唯杜子美不失初唐气格，而纵横有之。太白纵横，往往强弩之末，间杂长语，英雄欺人耳。（《古今诗删》卷一○《选唐诗序》）

明王世贞：阮公《咏怀》，远近之间，遇境即际，兴穷即止，坐不著论宗佳耳。人乃谓陈子昂胜之，何必，子昂宁无感兴乎哉？（《艺苑卮言》卷三）

又：陈正字陶洗六朝，铅华都尽，托寄大阮，微加断裁，而天韵不及。律体时时入古，亦是矫枉之过。（《艺苑卮言》卷四）

明李贽：中宗嗣圣五年八月，琅琊王冲、越王贞举兵匡复，不克而死。太后遂大杀唐宗室。冬十月，太后杀郑王璥等六人，陈子昂上疏曰："太平之朝，上下乐化，不宜有乱臣贼子，日犯天诛。比者大狱增多，愚臣初谓皆实。去月，陛下特察李贞等无罪，又免楚金等死。初有风雨，变为景云。臣闻阴惨者刑也，阳舒者德也。圣人法天，天亦助圣。今又阴雨，臣恐过在狱官，陛下何不严惩狱吏，使天下咸服，岂非至德克明哉！"陈子昂甚好！（《史评纲要》卷一九）

明徐师曾：然论者以谓五言之源，生于《南风》，衍于《五子之歌》，流于《三百五篇》，而广于《离骚》，特其体未备耳。逮汉苏、李，始以成篇。嗣是汪洋于汉、魏，汗漫于晋、宋，至于陈、隋，古调绝矣。唐初，承前代之弊，幸有陈子昂起而振之，遏贞观之微波，决开元之正派，号称中兴。于时李、杜、王、孟之徒，相继有作。元和以下，遗响复息。（《文体明辨序说·五言古

诗》）

明邵廉：苏文忠称韩昌黎"文起八代之衰"，文家以为名言。诗自《三百篇》而下，千五百年，屈子《离骚》、阮嗣宗《咏怀》、陈伯玉《感遇》而已。昌黎不遇明王，而二子者竟处篡弑之朝，晦其文而独显其意于诗，其调达，其旨微，其情激而志愤，厌薄当世，范镕古昔，真得风骚之意。"文宗"之评，"诗祖"之许，盖自其高流，良非阿好，不徒以辞矣。（明隆庆五年邵廉刻、万历二年杨沂补刻《陈伯玉文集》卷首《序》）

明周履靖：五言古诗：《古诗十九首》、汉乐府、建安、陶渊明、陈子昂、李白、杜甫。初学诗者，且宜模范此数家，成趣之后，方可广看。（《骚坛秘语》卷上《范第十一》）

又：陈子昂初变齐梁之弊，以理胜情，以气胜辞，祖《十九首》、宋（当为郭）景纯、陶渊明，故立意玄而造语精圆。（《骚坛秘语》卷中《体第十五》）

明张震：子昂之作，其以《感遇》为词，则其忿武氏之篡夺，哀天子之失位，患小人之弄权，闵君子之道衰，意出言表，则晁氏所谓"豪侠使气"者，其子昂之所以不遇者欤？又：感遇云者，谓有感于心，而寓于言，以摅其意也。又：感之于心，遇之于目，情发于中，而寄于言，如庄子寓言之类是也。（《唐音辑注》卷一）

明胡应麟：四杰，梁、陈也；子昂，阮也；高、岑、沈、鲍也；曲江、鹿门、右丞、常尉、昌龄、光羲、宗元、应物，陶也。惟杜陵《出塞》乐府有汉、魏风，而唐人本色时露。太白讥薄建安，实步兵、记室、康乐、宣城及拾遗格调耳。李于鳞云："唐无五言古诗而有其古诗。"可谓具眼。（《诗薮·内编》卷二）

又：唐初承袭梁、隋，陈子昂独开古雅之源，张子寿首创清澹之派。盛唐继起，孟浩然、王维、储光羲、常建、韦应物，本曲江之清澹，而益以风神者也。高适、岑参、王昌龄、李颀、孟云卿，本子昂之古雅，而加以气骨者也。（《诗薮·内编》卷二）

又：子昂《感遇》，尽削浮靡，一振古雅，唐初自是杰出。盖魏晋之后，惟此尚有步兵余韵，虽不得与宋齐诸子并论，然不可概以唐人。近世故加贬抑，似非笃论。第自三十八章外，余自是陈、隋格调，与《感遇》如出二手。（《诗薮》内编卷二）

又：五言律体，极盛于唐。要其大端，亦有二格：陈、杜、沈、宋，典丽精工；王、孟、储、韦，清空闲远，此其概也。（《诗薮》内编卷四）

又：初、盛间五言古，陈子昂为冠。（《诗薮》内编卷四）

又：王、杨、卢、骆以词胜，沈、宋、陈、杜以格胜，高、岑、王、孟以韵胜。词胜而后有格，格胜而后有韵，自然之理也。（《诗薮》外编卷四）

又：柳仪曹曰："张燕公以著述之余，攻比兴而莫能极。张曲江以比兴之暇，攻著述而不克备。唐兴以来，称是选而不作者，梓潼陈拾遗。"马端临曰："拾遗诗语高妙，至他文则不脱偶俪，未见其异于王、杨、沈、宋也。"按昌黎"国朝盛文章，子昂始高蹈"，中及李、杜而未言孟郊，其意盖专在于诗。柳言颇过，故应马氏有异论也。（《诗薮》外编卷四）

又：宋人一代，沾沾自相煦沫，读其遗言，大概如入夜郎王国耳。惟朱元晦究心古学，于骚则注释灵均，于赋则发扬司马，于诗则指归伯玉，于文则考订昌黎，皆切中肯綮，即后世名文章家，不能易也。（《诗薮》外编卷五）

又：宋之学陈子昂者，朱元晦。（《诗薮》外编卷五）

又：元五言古，率祖唐人。赵子昂规陈伯玉，黄晋卿仿孟浩然。（《诗薮》外编卷六）

明周敬：正字《感遇》诸篇，以秀韵传其藻采，直追阮籍，是千载埙篪之奏，不可以乏风骨少之。（陈伯海主编《唐诗汇评》引《唐诗选脉会通评林》）

明周珽：陈、杜诗体浑大，非若中晚下细小功夫，作小结果。（陈伯海主编《唐诗汇评》引《唐诗选脉会通评林》）

明胡震亨：唐人推重子昂，自卢黄门后，不一而足。如杜子美则云："有才继骚雅"，"名与日月悬"。韩退之则云："国朝盛文章，子昂始高蹈。"独颜真卿有异论，僧皎然采而著《诗式》。近代李于鳞加贬尤剧。余谓诸贤轩轾，各有深意。子昂自以复古反正，于有唐一代诗功为大耳。正如黟涉为王，殿屋非必沈沈，但大泽一呼，为群雄驱先，自不得不取冠汉史。（《唐音癸签》卷五）

明钟惺：予尝谓陈子昂、张九龄《感遇诗》格韵兴味有远出《咏怀》上者，此语不可告千古瞶人，请即质之阮公。（《古诗归》卷七）

又：初唐至子昂，始觉诗中有一世界，无论一洗偏安之陋，并开创草昧

之意,亦无之矣。以至沈、宋、燕公、曲江诸家,所至不同,皆有一片广大清明气象,真正风雅。(《唐诗归》卷二)

又:子昂《感遇》,自为澹古窅眇之音,意多言外,旨无专属,不当逐句求之。(《唐诗归》卷二)

又:《感遇》数诗,其韵度虽与阮籍《咏怀》稍相近,身分铢两,实远过之。俗人眼耳贱近贵远,不信也。(《唐诗归》卷二)

又:陈正字律中有古,却深重;李太白以古为律,却轻浅。身分气运所关,不可不知。(《唐诗归》卷二)

又:《感遇诗》,正字气韵蕴含,曲江精神秀出;正字深奇,曲江淹密。各有至处,皆出前人之上。盖五言古,诗之本原,唐人先用全力付之,而诸体从此分焉。彼(李攀龙)谓"唐无五言古诗而有其古诗",本之则无,不知更以何者而看唐人诸体也。(《唐诗归》卷五)

明许学夷:五言自汉、魏流至元嘉而古体亡,自齐、梁流至初唐而古、律混淆,词语绮靡。子昂始复古体,效阮公《咏怀》为《感遇》三十八首,王适见之,曰:"是必为海内文宗"。然李于鳞云:"唐无五言古诗而有其古诗,陈子昂以其古诗为古诗,弗取也。"何耶?盖子昂《感遇》虽仅复古,然终是唐人古诗,非汉魏古诗也。且其诗尚杂用律句,平韵者犹忌上尾(说见沈约论中),至如《鸳鸯篇》、《修竹篇》等,亦皆古律混淆,自是六朝余弊,正犹叔孙通之兴礼乐耳。(《诗源辩体》卷一三)

又:子昂五言近体,律虽未成,而语甚雄伟,武德以还,绮靡之习,一洗顿尽。(《诗源辩体》卷一三)

又:初唐五言,虽自陈子昂始复古体,然辅之者尚少。沈佺期、宋之问古诗尚多杂用律体,平韵者尤忌上尾,即唐古而未纯,未可采录也。(《诗源辩体》卷一三)

明王嗣奭:杜甫《陈拾遗故宅》评语:"会止已使用时,堂不千古,独《感遇》之遗编尚存,此立言而垂不朽者也。称文章而归之'忠义',才是真本领,亦公自道。'位下曷足伤'二语,亦公自道。'终古立忠义',观集中所上书疏及本传可见,非谓《感遇诗》。若《感遇诗》,当世推为'文宗',人皆知之;而公复推本于'忠义',特阐其幽,亦见所重自有在也。"(《杜臆》卷五)

188

明谭元春：子昂《感遇》诸诗，有似丹书者，有似《易》注者，有似《咏史》者，有似《读山海经》者，奇奥变化，莫可端倪，真又是一天地矣。（《唐诗归》卷二）

明陆时雍：阮籍《咏怀》出自深衷，子昂《感遇》情已虚设，言复不文，虽云不乏风骨，然此是顽骨不灵也。其诗三十八首，余谓首首俱可省得。（《唐诗镜》卷三）

明徐世溥：子建诗虽独步七子，东坡文虽雄视百代，然终不似孟德、明允苍茫浑健，自有开创之象。此非以父子观之论之也，殆实亦气候使然，具眼自得之耳。如昌黎亦果止似中兴，故'起衰'之评不谬也。其他诗家有开创气象者，鲍明远、陈子昂庶足当之。此四公诗文，乍读俱如别是一国人，到此芟荑立宇，其语言举动，神采光气，俱有不与常伦处。（《榆溪诗话》）

清冯班：唐自沈、宋以前，有齐、梁诗，无古诗也；气格亦有差古者，然其文皆有声病。沈、宋既裁新体，陈子昂崛起，于数百年后直追阮公，创辟古诗，唐诗遂有两体。（《钝吟杂录》卷三《正俗》）

又：古诗之视律体，非直声律相诡也，精骨气格，文字作用，迥然不同矣。然亦人人自有法，无定体也。陈子昂上效阮公，感兴之文，千古绝唱，格调不用沈、宋新法，谓之古诗，唐人自此诗有古、律二体。云古者，对近体而言也。（《钝吟杂录》卷三《正俗》）

又：李于鳞云："唐无五言古诗，陈子昂以其古诗为古诗。"立论甚高，细详之，全是不可通。祇如律诗始于沈、宋，开元、天宝已变矣，又可云盛唐无律诗，杜子美以其律诗为律诗乎？子昂法阮公，尚不谓古，则于鳞之古，当以何时为断？若云未能似阮公，则于鳞之五言古，视古人定何如耶？有目者共鉴。（《钝吟杂录》卷三《正俗》）

又：子昂《感遇》三十八篇有古人之心焉，然知其深者，唯一老杜。（《钝吟杂录》卷三《正俗》）

清贺贻孙：作诗有一题数首，而起结雷同，最是大病。如陈正字《感遇》诸篇起句云"吾观龙变化"，又云"吾观昆仑化"，又云"深居观元化"，又云"幽居观大运"是也。且其病不止于此，凡《感遇》、《咏怀》，须直说胸臆，巧思夸语，无所用之。正字篇中屡用"仲尼"、"老聃"、"西方"、"金仙"、"日

189

月"、"昆仑"等语者,非本色也。若张曲江《感遇》,则语语本色,绝无门面矣,而一种孤劲秀澹之致,对之令人意消。盖诗品也,而人品系之。"草木有本心,何求美人折?"三复此语,为之浮白。大抵正字别有佳处,不专在《感遇》数诗。(《诗筏》)

清王夫之:陈子昂以诗名于唐,非但文士之选也,使得明君以尽其才,驾马周而颉颃姚崇,以为大臣可矣!其论开间道击吐蕃,既经国之远猷;且当武氏戕杀诸王、凶威方烈之日,请抚慰宗室,各使自安,撄其虓怒而不畏,抑陈酷吏滥杀之恶,求为伸理,言天下之不敢言,而贼臣凶党弗能加害,固有以服其心而夺其魄者,岂冒昧无择而以身试虎吻哉?故曰:以为大臣任社稷而可也。载观武氏之世,人不保其首领宗族者,蔑不岌岌也。而子昂与苏安恒、朱敬则、韦安石,皆犯群凶、持正论而不挠;李昭德、魏元忠、李日知虽贬窜而终不与傅游艺、王庆之、侯思止、来俊臣等同受显戮。繇是言之,则武氏虽怀滔天之恶,抑何尝不可秉正以抑其妄哉?而高宗方没、中宗初立之际,举国之臣,缩项容头,以乐推武氏,废夺其君,无异议者。向令有子昂等林立于廷,裴炎、傅游艺其能雠慝以移九鼎乎?(《读通鉴论》卷二一)

又:子昂以亢爽凌人,乃其怀来,气不充体,则亦酸寒中壮夫耳。徒此融液初终,以神行而不以机牵,摇荡古今,岂但其太言之赫赫哉!(《唐诗评选》卷一)

又:《送客》:大概与吴均、柳浑相为出入,唐五言佳境,力尽此矣!正字意不自禁,乃别为褊急率滞之词,若将度越然者,而五言遂自是而亡。历下(李攀龙)谓"子昂以其古诗为古诗,非古也。"若非古而犹然为诗,亦何妨?风以世移,正字《感遇》诗似诵、似说、似狱辞、似讲义,乃不复似诗,何于古?故曰:五言古自是而亡。然千百什一,则前有供奉,后有苏州,固不为衰音乱节所移,又不得以正字而概言唐无五言古诗也。(《唐诗评选》卷二)

又:正字古诗亢爽,一任血气之勇,如戟手语。使移此手笔作彼体,则去古人不远,何至破裂风雅?(《唐诗评选》卷三)

又:《大雅》中理语造极精微,除是周公道得,汉以下无人能嗣其响。陈正字、张曲江始倡《感遇》之作,虽所诣不深,而本地风光,骀荡人性情,以引

190

名教之乐者,风雅源流,于斯不昧矣。朱子和陈、张之作,亦旷世一遇。此后唯陈白沙为能以风韵写天真,使读之者如脱钩而游杜蘅之沚。(《姜斋诗话》卷下之四四)

又:建立门庭,自建安始。……唐初比偶,即有陈子昂、张子寿挖扬《大雅》,继以李、杜代兴,杯酒论文,雅称同调;而李不袭杜,杜不谋李,未尝党同伐异,画疆墨守。沿及宋人,始争疆垒。(《姜斋诗话》卷下)

清毛先舒:李于鳞云:"唐无五言古诗,而有其古诗。陈子昂以其古诗为古诗,弗取也。"两"其"字竟作"唐"字解,语便坦白。子昂用唐人手笔,规模古诗,故曰"弗取",盖谓两失之耳。(《诗辩坻》卷三)

又:胡应麟《诗薮》举文皇《帝京》、允济《庐岳》、子昂《感遇》等篇,凡二十余家,谓是"六朝之妙诣,两汉之余波",予谓当是三唐之杰构,六朝之余波。(《诗辩坻》卷三)

又:陈伯玉律体,清雄为骨,绵秀为姿,设色妍丽,寓意苍远。由初入盛,此公变之,沈、宋堂皇,悉皆祖构于此。(《诗辩坻》卷三)

又:钟(惺)谓子昂《感遇》过嗣宗《咏怀》,其识甚浅。阮逐兴生,陈依义立。阮浅而远,陈深而近。阮无起止,陈有结构。阮简尽,陈密至。见过阮处,皆不及阮处也。(《诗辩坻》卷四)

清宋微璧:于鳞曰:"子昂自以古诗为古诗。"余谓工部可当此语,子昂似未足。(《抱真堂诗话》)

清贺裳:(钟惺)又曰:"陈子昂、张曲江《感遇》诗,格韵兴味有远出《咏怀》上者。"按张曰:"燕雀感昏旦,檐楹呼匹俦。鸿鹄虽自远,哀音非所求。"即嗣宗"宁与燕雀翔,不随黄鹄飞"之意,然则张诗亦出自于阮,乃云"不可语千古瞋人",先痛骂作防川之势,以障众口,口岂终壅哉?(《载酒园诗话》卷一)

又:诗与乐通,其声宜直廉,不宜粗厉。凡号雅音者,不徒黜淫哇之响,并宜去噪嗷也。吴少微、富嘉谟力矫颓靡,张说譬之"浓云郁兴,震雷俱发",亦犹丘门怪由瑟之意,故必"穆如清风"者,斯为承。盖扶轮起靡之功,独归之陈射洪耳。(《载酒园诗话又编·初唐》)

又:初唐人专务铺叙,读之常令人闷闷,惟闺闱、戎马、山川、花鸟之辞,

时有善者。求其雅人深致,实可兴观,惟陈拾遗、张曲江两公耳。(《载酒园诗话又编·初唐》)

清吴乔:圣人以"思无邪"蔽《三百篇》,性情之谓也。《国风》好色,《小雅》怨诽,发乎情也;不淫不乱,止乎礼义,性也。乐而不淫,哀而不伤,亦言此也。此意晋、魏不失,梁、陈尽矣。陈拾遗挽之使正,以后淫伤之词与无邪者错出。杜诗所以独高者,以不违无邪之训耳。(《围炉诗话》卷一)

又:陈伯玉诗之复古,与昌黎之文同功。(《围炉诗话》卷二)

又:王绩《野望》诗,陈拾遗之前旌也。(《围炉诗话》卷二)

又:复古须是陈拾遗之诗,韩退之之文,乃足当之。献吉挦剥盛唐,元美挦剥班、马,妄称复古,遗祸无识。(《围炉诗话》卷六)

清陈祚明:阮公《咏怀》,神至之笔,观其抒写,直取自然,初非琢炼之劳,吐以匠心之感,与《十九首》若离若合,时一冥符。但错出繁称,辞多悠谬,审其大旨,始睹厥真,悲在衷心,乃成楚调。而子昂、太白目为古诗,共相仿效,是犹强取龙门愤激之书,命为国史也。且子昂、太白所处之时,宁有阮公之情,而能效其所作也哉?(《采菽堂古诗选》卷八)

清王熹儒:读古人诗,先审题义而后读诗,题不了了,诗之好处何从得见?如张曲江、陈正字《感遇》,感者,感于心;遇者,遇于目也。此二字不辨明,知其所言者谓何?(《唐诗选评·凡例》)

清朱鹤龄:古之作者,纂绪造端,沧澜百变,而其中必有根柢焉。上之补裨教化,下之陶写性情。如伯玉《感遇》三十八首,伯玉诗之根柢也。太白《古风》五十九首,太白诗之根柢也。(《愚庵小集》卷八《汪周士诗稿序》)

又:《感遇诗》多感叹武后革命事,寓旨神仙,故公(杜甫)以"忠义"称之。(《杜工部诗集注》卷九)

清叶燮:盛唐诸诗人,惟能不为建安之古诗,吾乃谓唐有古诗。若必摹汉魏之声调字句,此汉魏有诗,而唐无古诗矣。且彼(李攀龙)所谓"陈子昂以其古诗为古诗",正惟子昂能自为古诗,所以为子昂之诗耳。然吾犹谓子昂古诗,尚蹈袭汉魏蹊径,竟有全似阮籍《咏怀》之作者,失自家体段;犹訾子昂不能以其古诗为古诗,乃翻勿取其自为古诗,不亦异乎?(《原诗》卷一《内篇》上)

清姜宸英：钟嵘论诗，起东京，及江表，大抵盛衰三变。而其由衰而之盛也，必有英杰为之领袖。若陈思、陆机、谢客是已。自元嘉以后，文体绮靡，至唐而陈正字振其颓波。及五代之余迄乎宋初，西昆之体盛行，而王元之、欧阳永叔归诸《大雅》。是数子者，岂独其才之有殊于众哉？其志气坚定，不为时俗移易，所谓世人之无常而徐公有常也。故予每论诗，取其不为时所移易者而已。（《姜先生全集·西溟文钞》卷一《史蕉饮芜城诗集序》）

清王士禛：唐五言古诗凡数变，约而举之：夺魏、晋之风骨，变梁、陈之俳优，陈伯玉之力最大，曲江公继之，太白又继之，《感遇》《古风》诸篇，可追嗣宗《咏怀》、景阳《杂诗》。贞元、元和间，韦苏州古澹，柳柳州峻洁，二公于唐音之中，超然复古，非可以风会论者。今辄取五家之作，附于汉、魏、六朝作者之后。李诗篇目浩繁，崖取《古风》，未遑悉录。然四唐古诗之变，可以略睹焉。（《带经堂诗话》卷四）

又：《陈子昂文集》十卷，诗赋二卷，杂文八卷，与《陈氏别传》及《经籍志》合。子昂五言诗力变齐、梁，不须言，其表、序、碑、记等作，沿袭颓波，无可观者。第七卷《上大周受命颂表》一篇，《大周受命颂》四章，曰《神凤》、《赤雀》、《庆云》、《甿颂》，其辞诡诞不经；又有《请追上太原王帝号表》，太原王者，士龚也。此与扬雄《剧秦美新》无异，殆又过之，其下笔时不知世有节义廉耻事矣。子昂真无忌惮之小人哉！诗虽美，吾不欲观之矣。子昂后死贪令段简之手，殆高祖、太宗之灵假手殛之耳。（《带经堂诗话》卷一六）

清宋荦：阮嗣宗《咏怀》，陈子昂《感遇》，李太白《古风》，韦苏州《拟古》，皆得《十九首》遗意。于鳞云："唐无古诗而有古诗。"彼仅以苏、李、《十九首》为古诗耳，然则子昂、太白诸公非古诗乎？余意历代五古，各有擅场，不第唐之王、孟、韦、柳，即宋之苏、黄、梅、陆，要是斐然，而必以少陵为归墟。（《漫堂说诗》）

又：律诗盛于唐，而五言律为尤甚，神龙以后，陈、杜、沈、宋开其先，李、杜、高、岑、王、孟诸家继起，卓然名家。子美变化尤高，在牝牡骊黄之外。降而钱、刘、韦应物、郎士元，清辞妙句，令人一唱三叹。即晚唐刻画景物之作，亦足怡性情而发幽思。始信四十字为唐人绝调，宋、元、明非无佳作，莫能出此范围矣。（《漫堂说诗》）

又：初唐王、杨、卢、骆倡为排律，陈、杜、沈、宋继之，大约侍从游宴应制之篇居多，所称"台阁体"也。虽风容色泽，竞相夸胜，未免数见不鲜。(《漫堂说诗》)

清田雯：初唐陈伯玉《感遇》诗，出自阮籍《咏怀》，尽涤绮靡，力追正始。(《古欢堂集杂著》卷二)

清宋长白：嗣宗《咏怀诗》高迈卓荦，续汉、魏之遗徽，杜齐、梁之轻靡。至唐初而陈伯玉、张子寿效之作《感遇诗》，陈之奇灏，张之森秀，当令潘、陆、颜、谢望而却走。而李沧溟谓"唐无五言古诗而有其古诗"，谬矣！(《柳亭诗话》卷一五《感遇》)

清张历友：五言之至者，其惟《十九首》乎！其次则两汉诸家及鲍明远、陶彭泽，骎骎乎古人矣。子建健哉，而伤于丽，然抑五言圣境矣。韦苏州其后劲也。陈子昂遁入道书矣。(《师友诗传录》之九)

清钱良择：自永明以讫唐之神龙、景云，有齐梁体，无古诗也。虽其气格近古者，其文皆有声病。陈子昂崛起，始创辟为古诗，至李、杜益张而大之，于是永明之格渐微。今人弗考，遂概以为古诗，误也。(《唐音审体》)

陈拾遗与沈、宋、王、杨、卢、骆时代相同，诸家皆有律诗，盖沈、宋倡之。古诗止拾遗独擅，余皆齐梁格也。(《唐音审体》)

七言始于汉歌行，盛于梁。梁元帝为《燕歌行》，群下和之，自是作者迭出，唐初诸家皆效之。陈拾遗创五言古诗，变齐梁之格，未及七言也。《唐音审体》

又：一代唐音起射洪，不争才力尽沈雄。于公阴德琅琊荫，想见升平气象同。(《题〈渔洋精华录〉》)

清张谦宜：自《风》《雅》《颂》后，便有《十九首》，此后又有《感遇》三十八篇，虽比古诗味渐漓，皆存得忠厚和平之意。杜少陵出，声气益高，筋脉怒张，其雄浑跌宕，虽古法而真意尽泄，学者不可不知。又：子昂《感遇》，朱文公谓之"水碧金膏，稀世之宝"，可谓具眼。(《絸斋诗谈》卷四)

又：子昂胸中被古诗膏液熏蒸十分透彻，才下笔时，便有一段元气，浑灏驱遣，奔赴而来。其转换吞吐，有掩映无尽之致，使人寻味不置，愈入愈深，非上古便晓者比。但是他见得理浅，到感慨极深处，不过逃世远去，学

佛学仙耳,此便是没奈何计较。(《缰斋诗谈》卷四)

清牟原相:陈伯玉诗如霞落云销,天山晴朗。(《小瀼草堂杂论诗·诗小评》)

又:初唐王杨四子,创开草昧,颇类项王。至陈子昂之古,张九龄之秀,宋之问之健,乃足贵耳。(《小瀼草堂杂论诗》)

又:初唐大家,陈子昂第一,宋之问次之,然二子皆小人。武后时,子昂上《大周受命颂》,后死于贪令之手。之问附武三思杀五王,以狡险盈恶赐死。每恨其人,不为诗文作主。(《小瀼草堂杂论诗·又杂论诗》)

清叶矫然:初唐法格纯正,自推燕、许、沈、宋、必简诸公,拾遗、曲江别创古调,便开韦、柳法门矣。于鳞称伯玉"以其古诗为古诗",洵为辨眼,非竟陵所知。(《龙兴堂诗话初集》)

清沈德潜:隋炀帝艳情篇什,同符后主,而边塞诸作,铿然独异,剥极将复之候也。杨素幽思健笔,词气清苍。后此射洪(陈子昂)、曲江(张九龄),起衰中立,此为胜、广云。(《说诗晬语》卷上之七二)

又:唐显庆、龙朔间,承陈、隋之遗,几无五言古诗矣。陈伯玉力扫俳优,仰追曩哲,读《感遇》等章,何啻黄初、正始间也?张曲江、李供奉继起,风裁各异,原本阮公。唐体中能复古者,以三家为最。(《说诗晬语》卷上之七四)

又:五言律,阴铿、何逊、庾信、徐陵已开其体,唐人研揣声音,顺稳体势,其制乃备。神龙之世,陈、杜、沈、宋,浑金璞玉,不须追琢,自然名贵。开、宝以来,李太白之明丽,王摩诘、孟浩然之自得,分道扬镳,并推极胜。杜子美独辟畦径,寓纵横排奡于整密中,故应包涵一切。终唐之世,变态虽多,无有越诸家之范围者矣。(《说诗晬语》卷上之一〇一)

又:长律所尚,在气局严整,属对工切,段落分明,而其要在开阖相生,不露铺叙、转折、过接之迹,使语排而忘其为排,斯能事矣。唐初应制、赠送诸篇,王、杨、卢、骆,陈、杜、沈、宋,燕、许、曲江,并皆佳妙。少陵出而瑰奇鸿丽,一变故方,此后无能为役。(《说诗晬语》卷上之一二〇)

又:子昂追建安之风骨,变齐、梁之绮靡,寄兴无端,别有天地。昌黎《荐士》诗云:"国朝盛文章,子昂始高蹈。"良然。(《唐诗别裁》卷一)

又：感于心，因于寓，犹庄子之寓言也，与感知遇之意自别。（《唐诗别裁》卷一）

又：阮籍《咏怀》，后人每章注释，失之于凿，读者随所感触可也。子昂《感遇》，亦不当以凿求之。（《唐诗别裁》卷一）

又：唐初五言古，渐趋于律，风格未遒。陈正字起衰而诗品始正，张曲江继续而诗品乃醇。（《唐诗别裁》卷一）

又：《感遇诗》，正字古奥，曲江蕴藉，本原同出嗣宗，而精神面目各别，所以千古。（《唐诗别裁》卷一）

清李重华：五言律杜老固属圣境，而王、孟确是正锋。向后诸名家，竭尽心力，不能外此三家。前此则陈子昂、李太白亦佳。余俱旁门小窍尔。（《贞一斋诗说·诗谈杂录》）

又：唐初人当以陈伯玉、张子寿为最。开元大家，人知为李、杜、王、孟，而王龙标之幽，常盱眙之隽，亦诣极能事；高、岑虽正，苦心未之或逮也。（《贞一斋诗说·诗谈杂录》）

清乔亿：唐五古宜枕藉观者，射洪、曲江、李、杜、韦、柳，他如储、王数公，亦可备流览也。韩、白五古自佳，一险一易，别成韩、白体耳。（《剑溪说诗》卷上）

又：陈拾遗曰："文章道弊五百年矣。汉魏风骨，晋宋莫传，然而文献有可征者。仆尝暇时观齐、梁间诗，彩丽竞繁，而兴寄都绝，每以咏叹，思古人，常恐逶迤颓靡，风雅不作，以耿耿也。"李供奉曰："梁、陈以下，艳薄斯极，沈休文又尚以声律，将复古道，非我而谁？"读二公诗，益三复于斯言。（《剑溪说诗》卷上）

又：陈、杜、沈、宋、二张、王、孟、高、岑、李、杜及刘、柳、钱、郎诸家五律，虽气有厚薄，骨有重轻，并入高品，后来推张文昌稍步趋大历。（《剑溪说诗》卷下）

又：唐诗固称极盛，而五言正脉，亦无多传，陈拾遗、张曲江、李、杜、韦、柳而外，惟储、孟、二王、李颀、常建、刘昚虚、沈千运、孟云卿、元结、孟郊，尚不替前人轨则。高、岑体稍近杜，《品汇》列之名家，允称也。（《剑溪说诗又编》）

又：陈伯玉惟《感遇》诸篇全法阮步兵，余皆其自体；始兴公自《感遇》、《杂诗》外，亦自体也，何尝似后人步趋不失尺寸？（《剑溪说诗又编》）

清黄子云：唐初伯玉、云卿诸公，独创法局，运雄伟之斤，斫衰靡之习，而使淳风再造，不愧骚雅元勋。所嫌意不加新，而词稍粗率耳。（《野鸿诗的》）

清冒春荣：称诗者莫盛于唐，惟去汉、魏日远，古体遂乏浑厚之气。拟古乐府，则以太白为正宗，而少陵及元、白、张、王其变也。五古以子昂、太白、王、孟、韦、柳为正，子昂复古之功尤大，少陵则变而不失其正也。（《葚原诗说》卷四）

清袁枚：尝读《古诗纪》，而叹六朝之末，诗教大衰，凡吟咏者，皆用古乐府旧题，而语意又全不相合。……初唐陈子昂起而一扫空之。杜少陵、白香山创为新乐府，以自写性情。此三唐之诗所以盛也。（《随园诗话补遗》卷九）

清阙名：伯玉千缗市琴，一朝碎之，恶淫哇之惑听，奏《韶》、《濩》以启聪，固已有心矣。起六朝之衰，振三唐之气，发李、杜之初轫，建王、韦之前旌，宜无不然。（《静居绪言》）

清王尧衢：《感遇诗》十又余篇，今从《合选》登其二，以见其寄托之远，洗华从璞，自具初唐之骨。（《唐诗合解》卷一）

清姚范：陈子昂《感遇诗》：按射洪风骨矫拔，而才韵犹有未充。讽诵之次，风调似未极跌荡洋溢之致。"兰若""白日""鬼谷子""林居""临歧""宜都""瑶台""朔风"八首，尤堪咀味。（《援鹑堂笔记》卷四〇）

清纪昀：唐初文章，不脱陈、隋旧习，子昂始奋发自为，追古作者。韩愈诗云："国朝盛文章，子昂始高蹈。"柳宗元亦谓"张说工著述，张九龄善比兴，兼备者子昂而已"。马端临《文献通考》乃谓子昂"惟诗语高妙，其他文则不脱偶俪卑弱之体。韩、柳之论不专称其诗，皆所未喻"。今观其集，惟诸表序犹沿排俪之习，若论事书疏之类，实疏朴近古，韩、柳之论未为非也。子昂尝上书武后，请兴明堂太学。宋祁《新唐书》传赞以为"荐圭璧于房闼，以脂泽汗漫之"。其文今载集中。王士禛《香祖笔记》又举其《大周受命颂》四章、《进表》一篇、《请追上太原王帝号表》一篇，以为"视《剧秦美新》殆又过之。其下笔时不复知世有节义廉耻事"。今亦载集中。然则是集之传，特以词采见珍。譬诸荡姬佚女，以色艺冠一世，而不可以礼法绳之者也。（《四库全书总目》卷一四九）

清鲁九皋：唐承六代之余，崇尚诗学，特命词臣定律诗体式，制科以此取士。贞观之际，王、杨、卢、骆号称"四杰"，其诗多沿旧习。陈、杜、沈、宋继之，格律渐高。而陈拾遗尤为复古之冠，其五言古诗，原本阮公，直追建安作者。自后曲江继起，浸浸称盛。开元、天宝之际，笃生李、杜二公，集数百年之大成。（《诗学源流考》）

清翁方纲：唐初群雅竞奏，然尚沿六代余波；独至陈伯玉崒兀英奇，风骨峻上。盖其指力，毕见于《与东方左史》一书。（《石洲诗话》卷一）

又：子昂、太白，盖皆疾梁、陈之艳薄而思复古道者。然子昂以精深复古，太白以豪放复古，必如此乃能复古耳。若其揣摩于形迹以求合，奚足言复古乎？（《石洲诗话》卷一）

又：元遗山《论诗》："沈、宋横驰翰墨场，风流初不废齐梁。论功若准平吴例，合著黄金铸子昂。"此于论唐接六代之风会，最有关系，可与东坡"五代文章付劫灰"一首并读之。于初唐独推陈射洪，识力直接杜、韩矣。（《石洲诗话》卷七）

清李调元：唐王、杨、卢、骆四杰，浑厚朴茂，犹是开国风气。自吾蜀陈子昂始以《大雅》之音，振起一代，渢渢乎清庙明堂之什矣。昌黎诗云："国朝盛文章，子昂始高蹈。"信不诬矣。吾蜀文章之祖，司马相如、扬雄而后，必首推子昂。（《雨村诗话》卷下）

清管世铭：初唐五言，尚沿排偶之迹，陈拾遗翩然脱去，直接西京。（《读雪山房唐诗凡例·五古凡例》）

又：张曲江襟情高迈，有遗世独立之意，《感遇》诸诗，与子昂称岱、华矣。（《读雪山房唐诗凡例·五古凡例》）

又：太宗、明皇并工五言，以至尊为风雅倡。王勃、陈子昂、沈佺期、宋之问、张说、张九龄之徒，比肩接迹，莫不渊岳其心，麟凤其采，称盛代之元音焉。（《读雪山房唐诗凡例·五律凡例》）

清包世臣：三唐杰士，厥有七贤：郑公首赋"凭轼"，少保续咏"临河"，高倡复古，珍比素丝。伯玉之骀宕，子寿之精能，次山之柔厚，并具镈冶，无俪高曾。抗坠安详，极于李、杜，所谓一字一句，若奋若搏，彼建安词人，不得居其右者矣。（《艺舟双楫·论文》之《答张翰风书》）

清陈沆：射洪著述，斯文中兴，自李、杜推激于前，韩、柳服膺于后，于是高步三唐，横扫六代，莫不以为今古之升降，质文之轨辙焉。然逐响则同，知音罕觏，寻其湮郁，亦有端由。自宋子京《唐书》谓明堂太学之疏，"荐圭璧于房闼"；王士禛《笔记》谓《大周受命》之颂，甚剧秦而美新，又或訾《崇福观》之记，有孝明帝之称。于是末学随声，百喙一律。不有论世，曷由阐幽？请考子昂所立之朝与同朝之人，并考子昂立朝之节与去朝之日，而后质之以《感遇》之什，则心迹终始日月争光矣。……坤乾易位之时，猰貐磨牙之日，偶语弃市，道路以目，历考唐人诸集，亦有片章只句，寄怀兴废，如子昂之感愤幽郁、涕泗被面下者乎？故知屈、阮之嗣音，杜陵之先导，心迹与狄、宋同符，文行掩沈、杜而上。岂比《法言》颂安汉之德，可见美新之由衷；临刑赋子房之诗，适形叛宋之矫伪哉？故备笺之，俟诵诗论世君子，因其言以知其志。乌呼！九原可作，虽为执鞭，所欣慕焉。（《诗比兴笺》卷三）

又：子昂《感遇》，雄轶古今，然问其所感何遇，则皆不求甚解。于是推以玄奥，谓《阴符》、《参同》；诩其音节，如古谣乐府。趣不关理，词不附情，何异瞽史诵诗，有声无志耶？夫不求甚解，必在会意忘食之余；诗有别趣，不出惬意厌理之外。洄洑之下，必有渊潭；恍眇之词，端非浅寄。屈、宋、枚、阮，古辙可寻，得其肯綮，理解斯真，夫古人亦何取以无谓之词，迷缪后世哉！尝考杜子美诗曰："千古立忠义，《感遇》有遗篇。"并世知音，实惟牙旷。此外则僧皎然谓源于阮公《咏怀》，朱鹤龄谓多指武后革命，亦并能缘少陵之词，窥射洪之隐者。惜哉末学，目比秋荼，毁誉两非，比赋如梦。至《旧唐书》谓子昂少为《感遇》三十首，王适见而许以天下文宗，此则犹太白《蜀道难》作于明皇幸蜀之后，而《唐摭言》谓贺知章见之于初至长安之时，皆小说傅会无稽，止知取其生平有名之篇，傅以生平知遇之事，而不顾岁月情事之参差，无足深辨也。诗中云"林卧观无始"，又云"林居病时久"，则是作于暮年去官归养之时。（《诗比兴笺》卷三）

清潘德舆：人与诗，有宜分别观者，人品小小缪戾，诗不妨节取耳。若其人犯天下之大恶,则并其诗不得而恕之。故以诗而论,则阮籍之《咏怀》,未离于古;陈子昂之《感遇》,且居然能复古也。以人而论,则籍之当司马昭而作《劝晋王笺》,子昂之谄武曌而上书请立武氏九庙,皆小人也。既为小人之诗,则皆宜斥之为不足道,而后世犹赞之诵之者,不以人废言也。夫不以人废言者,谓操治世之权,广听言之路,非谓学其言语也。籍与子昂诚工于言语者,学之则亦过矣。况吾尝取籍《咏怀》八十二首、子昂《感遇》三十八首反复求之,终归黄老无为而已。其言廓而无稽,其意奥而不明,盖本非中正之旨,故不能自达也。论其诗之体,则高拔于俗流;论其诗之义,则浸淫于隐怪,听其存亡于天地之间可矣。赞之诵之,毋乃崇奉憸人而奖饰诐辞乎!(《养一斋诗话》卷一)

又:唐之复古者,始于张曲江,大于李太白。子昂与曲江先后不远,子昂《感遇》之诗,按之无实理;曲江《感遇》之诗,皆性情之中也,安得以复古之功归子昂哉?或谓昌黎称唐之文章,子昂、李、杜并列,而杜公于子昂尤三致意。……杜公尊子昂诗,至以骚雅忠义目之,子乌得异议?曰:子昂之忠义,忠义于武氏者也,其为唐之小人无疑也。其诗虽能扫江左之遗习,而讽谏施诸篡逆,乌得与曲江例观之?杜、韩之推许,许其才耳,吾不谓其才之劣也。若为千秋诗教定衡,吾不妨与杜、韩异。(《养一斋诗话》卷一)

清杨国桢:言诗必举唐人,然扫六朝之绮丽,开一代之正声者,陈伯玉也。起衰振靡,诗中之有伯玉,犹文中之有昌黎也。昌黎之以伯玉为高蹈也,宜哉!(清道光丁酉杨氏尊德堂刻本《陈子昂先生全集》卷首《陈伯玉集序》)

清方东树:五言律,阴铿、何逊、庾信、徐陵已开其体;唐初人研揣声音,稳顺体势,其制乃备。神龙之世,陈、杜、沈、宋、浑金璞玉,不须雕琢,自然名贵。(《昭昧詹言》卷二一)

又:太白五十篇《古风》,是学陈子昂《感遇诗》,其间多有全用他句处。(《昭昧詹言》卷二一)

清厉志:初唐五古,始张曲江、陈伯玉二家。伯玉诗大半局于摹拟,自己真气仅得二三分,至若修饰字句,故自精深。曲江诗包孕深厚,发舒神变,学古而古为我用,毫不为古所拘。(《白华山人诗说》卷二)

又：陈伯玉《感遇》诸诗,实本阮步兵《咏怀》之什。顾阮公诗如玉温醴醇,意味深厚,探之无穷。拾遗诗横绝颓波,力亦足以激发,而气未和顺,未可同日语也。(《白华山人诗说》卷二)

清陆鎣：子昂古直,曲江深稳,其源皆从汉、魏来,余子不及也。(《问花楼诗话》卷一)

清施补华：齐、梁、陈、隋间,自谢玄晖、江文通外,古诗皆带律体,气弱骨靡,思淫声衰,亡国之音也。退之云："齐、梁及陈、隋,众作等蝉噪。"不为刻论矣。唐初五言古,犹沿六朝绮靡之习,唯陈子昂、张九龄直接汉、魏,骨峻神竦,思深力遒,复古之功大矣。(《岘佣说诗》)

清朱庭珍：古今合计,惟陈思王、阮步兵、陶渊明、谢康乐、李太白、杜工部、韩昌黎、苏东坡,可为今古大家,不止冠一代一时。若左太冲、郭景纯、鲍明远、谢宣城、王右丞、韦苏州、李义山、岑嘉州、黄山谷、欧阳文忠、王半山、陆放翁、元遗山,则次于大家,可谓名大家。若王仲宣、张景阳、陆士衡、颜延之、沈隐侯、江文通、庾子山、陈伯玉、张曲江、孟襄阳、高达夫、李东川、常旴眙、储太祝、王龙标、柳柳州、刘中山、白香山、杜牧之、刘文房、李长吉、温飞卿、陈后山、张宛丘、晁冲之、陈简斋等,虽成就家数各异,然皆名家也。(《筱园诗话》卷二)

清刘熙载：唐初四子沿陈、隋之旧,故虽才力迥绝,不免致人异议。陈射洪、张曲江独能超出一格,为李、杜开先。人文所肇,岂天运使然耶?(《艺概》卷二《诗概》)

又：曲江之《感遇》出于《骚》,射洪之《感遇》出于《庄》,缠绵超旷,各有独至。(《艺概》卷二《诗概》)

清邓绎：唐人之学博而杂,豪侠有气之士,多出于其间。磊落奇伟,犹有西汉之遗风。而见诸文辞者,有陈子昂、李白、杜甫、韩愈、柳宗元之属,堪与谊、迁、相如、扬雄辈相驰骋以下上,抑侠、儒不相并而盛者也。故史称唐之世,儒林大衰。而诗歌之道主乎风者也,风盛则气雄,气雄则骨立,骨立则声远,声远则辞蔚,辞蔚则采鲜,故唐之诗歌,自杜甫而外,奋一艺以成名者,多至不可胜纪。(《藻文堂谭艺》《三代篇》)

清李慈铭：子昂人品不足论,其上《周受命颂》,罪百倍于扬子云之《美新》。所为诗虽力变六朝、初唐绮靡雕绘之习，然苦乏真意，盖变而未成者。《感遇》二十四首，章法杂糅，词繁意复，尤多拙率之病。缘其中无所见，理解不足，徒以气体稍近汉、魏。旋得张曲江起而和之，唐音由此而振，遂为后之论诗家正宗者所不能废，元遗山至有"黄金铸子昂"之语，亦可谓幸矣。（《越缦堂读书记》之八《文学·诗文别集》）

清宋育仁：《感遇》诸篇，璆然冠代，称物既芳，寄托遥远，固当仰驾阮公，俯陵左相。《幽州》豪唱，述为名言，如河梁赠答，语似常谈，而脱口天成，适如人意。海内文宗，非虚誉也。（《三唐诗品》卷一）

清王闿运：三唐风尚，人工篇什，各思所见，故不复摹古。陈、隋靡习，太宗已以清丽振之矣。陈子昂、张九龄以公干之体，自抒怀抱，李白所宗也。（《湘绮楼说诗》卷一）

清陈衍：曾刚甫有《壬子八九月间所读书题词》十五首，实论诗绝句也。……《陈杜沈宋集》云："陈杜精思沈宋才，有唐诗格此胚胎。问年三百饶于律，坐见诸贤揖让来。"胡元瑞以为有唐一代律有余，古不足，归咎于文皇《帝京篇》，不知当时既以诗赋为制科，则拘限声病，专攻体格，势所必至矣。四家者，实唐诗格调之祖。少陵，必简孙，乃集一代大成，杨诚斋所谓"三世之后，莫之与京也。"（《石遗室诗话》卷六）

清许印芳：士人造道，志识为先，伯玉此书（《修竹篇序》），识议超卓，志气高远，宜其振颓靡而追风雅。昌黎《荐士诗》云："国朝盛文章，子昂始高蹈。"信非虚语。（《诗法萃编》卷六上）

高步瀛：唐初犹沿梁、陈余习，未能自振，陈伯玉起而矫之，《感遇》之作，复见建安、正始之风。张子寿继之，途轨益辟。至李、杜出而篇幅恢张，变化莫测，诗体又为之一变。（《唐宋诗举要》卷一）

王国维：《沧浪》《凤兮》二歌，已开楚辞体格，然楚辞之最工者，推屈原、宋玉，而后此之王褒、刘向之词不与焉。五古之最工者，实推阮嗣宗、左太冲、郭景纯、陶渊明，而前此曹、刘，后此陈子昂、李太白不与焉。（《人间词话》）

图书在版编目（ＣＩＰ）数据

陈子昂诗全集：汇校汇注汇评 / 曾军编著．-- 武
汉：崇文书局，2017.9（2024.1 重印）
（中国古典诗词校注评丛书）
ISBN 978-7-5403-4749-9

Ⅰ．①陈⋯ Ⅱ．①曾⋯ Ⅲ．①唐诗－诗集 Ⅳ．
① I222.742

中国版本图书馆 CIP 数据核字（2017）第 213425 号

丛书策划　王重阳
项目统筹　程可嘉
责任编辑　李慧娟
责任校对　陈　燕
责任印制　田伟根

陈子昂诗全集

出版发行　　长江出版传媒　崇文书局
地　　址　武汉市雄楚大街 268 号 C 座 11 层
电　　话　(027)87293001　邮政编码　430070
印　　刷　中印南方印刷有限公司
开　　本　880mm×1230mm　1/32
印　　张　6.875
字　　数　195 千字
版　　次　2017 年 9 月第 1 版
印　　次　2024 年 1 月第 3 次印刷
定　　价　36.00 元

（如发现印装质量问题，影响阅读，由本社负责调换）

CHONGWENGUAN

中国古典诗词校注评丛书

（已出书目）

诗经全集	韩偓诗全集
汉乐府全集	李煜全集
曹操全集	花间集笺注
曹丕全集	林逋诗全集
曹植全集	张先诗词全集
陆机诗全集	欧阳修词全集
谢朓全集	苏轼词全集
庾信诗全集	秦观词全集
陈子昂诗全集	周邦彦词全集
孟浩然诗全集	李清照全集
王维诗全集	陈与义诗词全集
高适诗全集	张元幹词全集
杜甫诗全集	朱淑真词全集
韦应物诗全集	辛弃疾诗词全集
刘禹锡诗全集	姜夔词全集
元稹诗全集	吴文英词全集
李贺全集	草堂诗馀
温庭筠词全集	王阳明诗全集
李商隐诗全集	纳兰词全集
韦庄诗词全集	龚自珍诗全集